예언의 시작

WARRIORS
전사들

1 야생으로

WARRIORS series 1: The Prophecies Begin
Book 1: Into the Wild

예언의 시작

WARRIORS
전사들
1 야생으로

2018년 12월 20일 1쇄 발행
2024년 7월 30일 7쇄 발행

지은이 에린 헌터 | **옮긴이** 서나연

기획 이성애 | **편집** 한명근 | **교정·교열** 권혜정
마케팅 한명규 | **디자인** 김성엽의 디자인모아

발행처 ㈜가람어린이

출판등록 2002년 9월 16일 제2002−000291호
주소 경기도 고양시 덕양구 삼원로 63, 1015호
전화 02−323−2160 | **팩스** 02−6008−2150
전자우편 garambook@garambook.com
블로그 blog.naver.com/garamchildbook
인스타그램 instagram.com/garamchildbook
X(트위터) twitter.com/garamchildbook **유튜브** 가람어린이tv
카카오톡채널 가람어린이출판사

ISBN 979−11−87777−69−4 74840
ISBN 979−11−87777−68−7 (세트)

책의 내용과 그림을 출판사와 저자의 허락없이 인용하거나 발췌하는 것을 금합니다.

잘못된 책은 바꿔드립니다.
책값은 뒤표지에 있습니다.

예언의 시작

WARRIORS 전사들

1 야생으로 INTO THE WILD

에린 헌터 지음 | 서나연 옮김

가람어린이

두발쟁이 집을 떠나 전사가 된 빌리를 기리며.
그리고 별족이 된 벤자민을 위해.

+

케이트 캐리에게
특별한 감사의 뜻을 전합니다.

차례

WARRIORS
전사들

등장하는
고양이들

 천둥족

지도자
블루스타(푸른별) 청회색 암고양이로, 주둥이 주변은 은빛이 감돈다.

부지도자
레드테일(붉은꼬리) 작은 삼색얼룩 수고양이로, 적갈색 꼬리가 눈에 띈다.
훈련병 더스트포를 가르친다.

치료사
스파티드리프(얼룩잎사귀) 독특한 얼룩이 특징인 아름다운 삼색얼룩 암고양이.

전사(수고양이와 새끼가 없는 암고양이)
라이언하트(사자심장) 근사한 황금빛 얼룩무늬 수고양이로, 사자 갈기처럼 털이 길고 빽빽하다. 훈련병 그레이포를 가르친다.

타이거클로(호랑이발톱) 짙은 갈색 얼룩무늬 수고양이로, 몸집이 크고 앞발톱이 유난히 길다. 훈련병 레이븐포를 가르친다.

화이트스톰(하얀폭풍) 흰색 얼룩무늬 수고양이로, 몸집이 크다. 훈련병 샌드포를 가르친다.

다크스트라이프(짙은줄무늬) 암회색 얼룩무늬 수고양이로, 몸이 날렵하다.

롱테일(긴꼬리) 진한 흑색 줄무늬가 있는 옅은 얼룩무늬 수고양이.

러닝윈드(달리는바람) 재빠른 얼룩무늬 수고양이.

윌로펠트(버드나무가죽) 아주 옅은 회색 암고양이로, 흔치 않은 푸른 눈을 가졌다.

마우스퍼(쥐색털) 몸집이 작은 흑갈색 암고양이.

훈련병(태어난 지 6개월이 넘어 전사가 되기 위해 훈련을 받는 고양이)

더스트포(흙색발) 흑갈색 얼룩무늬 수고양이.

그레이포(회색발) 털이 긴 회색 수고양이.

레이븐포(칠흑색발) 몸집이 작고 마른 검은색 수고양이. 가슴에 작은 흰색 얼룩점이 있으며, 꼬리 끝도 흰색이다.

샌드포(모래색발) 옅은 황갈색 암고양이.

파이어포(불꽃색발) 잘생긴 적갈색 수고양이.

보육실의 어미 고양이(임신 중이거나 새끼를 기르는 암고양이)

프로스트퍼(서릿발털) 파란 눈의 아름다운 흰색 고양이.

브린들페이스(얼룩무늬얼굴) 예쁜 얼룩무늬 고양이.

골든플라워(황금꽃) 옅은 황갈색 고양이.

스페클테일(점박이꼬리) 옅은 얼룩무늬 고양이로, 보육실의 어미 고양이들 중 가장 나이가 많다.

원로(은퇴한 전사와 보육실에서 나온 암고양이)

하프테일(반쪽꼬리) 몸집이 큰 진갈색 얼룩무늬 수고양이로, 꼬리 일부가 떨어져 나갔다.

스몰이어(작은귀) 귀가 아주 작은 회색 수고양이로, 천둥족 수고양이 중 가장 나이가 많다.

패치펠트(누더기가죽) 몸집이 작은 흑백 얼룩무늬 수고양이.

원아이(하나의눈) 연회색 암고양이. 천둥족에서 가장 나이 많은 암고양이로, 눈이 거의 보이지 않고 귀도 잘 들리지 않는다.

대플테일(얼룩꼬리) 한때 무척 예뻤던 삼색얼룩 암고양이로, 사랑스러운 얼룩무늬 털을 가졌다.

 **그림자족**

지도자

브로큰스타(부서진별) 털이 긴 진갈색 얼룩무늬 수고양이.

부지도자

블랙풋(검은발) 덩치가 큰 흰색 수고양이로, 커다랗고 새까만 발이 특징이다.

치료사

러닝노즈(흐르는코) 몸집이 작은 회백색 수고양이.

전사

스텀피테일(뭉툭꼬리) 갈색 얼룩무늬 수고양이. 훈련병 브라운포를 가르친다.

볼더(뭉우리돌) 은색 얼룩무늬 수고양이. 훈련병 웻포를 가르친다.

클로페이스(긁힌얼굴) 전투에서 얻은 흉터가 있는 갈색 수고양이. 훈련병 리틀포를 가르친다.

나이트펠트(밤의털가죽) 검정색 수고양이.

보육실의 어미 고양이

돈클라우드(새벽구름) 작은 얼룩무늬 암고양이.

브라이트플라워(빛나는꽃) 흑백 얼룩무늬 암고양이.

원로

애쉬퍼(잿빛털) 마른 회색 수고양이.

바람족

지도자
톨스타(키큰별) 흑백 얼룩무늬 수고양이로, 꼬리가 매우 길다.

 강족

지도자
크룩트스타(비뚤어진별) 몸집이 큰 옅은 색 얼룩무늬 고양이로, 턱이 비뚤어져 있다.

부지도자
오크하트(떡갈나무심장) 붉은빛이 도는 갈색 수고양이.

종족에 속하지 않는 고양이
옐로팽(노란송곳니) 나이 많은 진회색 암고양이로, 얼굴이 펀펀하고 넓적하다.

스머지(얼룩이) 통통하고 상냥한 흑백 얼룩무늬 새끼 고양이로, 숲 언저리에 있는 두 발쟁이의 집에서 산다.

발리(보리) 흑백 얼룩무늬 수고양이로, 숲 근처의 농장에 산다.

높은 돌산

발리의 농장

나무 네 그루

바람족 진영

폭포

해 드는 바위

고양이 지도

강

강족 진영

나무 쪼개는 곳

썩은 고기 버리는 곳

그림자족 진영

천둥길

올빼미나무

커다란 단풍나무

천둥족 진영

뱀바위

모래 분지

큰 소나무 숲

두발쟁이 영역

종족 이름

천둥족

강족

그림자족

바람족

별족

북 쪽

악마의 손가락
(폐광)

노스 앨러튼 도로

윈드오버 농장

드루이드 계곡

윈드오버 황무지

드루이드 폭포

인간 지도

모건 농장 야영지

모건 농장

모건 농장 길

프롤로그

반달이 빛을 드리우자, 매끄러운 화강암 바위들이 은빛으로 반짝였다. 침묵을 깨는 건 빠른 속도로 흐르는 어두운 강의 물소리와, 저 너머 숲에 있는 나무들의 속삭임뿐이었다.

어둠 속에서 은밀한 움직임이 일더니, 사방에서 시커먼 형체들이 바위로 기어 올라왔다. 재빠르고 유연한 몸놀림이었다. 날카롭게 드러낸 발톱들이 달빛을 받아 번쩍였고, 경계의 눈빛들은 호박색으로 번득였다. 시커먼 형체들은 마치 소리 없는 신호가 오간 듯 서로에게 덤벼들었다. 여기저기서 비명을 지르며 몸싸움을 벌이는 고양이들로 바위 위는 순식간에 아수라장이 되었다.

미친 듯이 흥분한 털들과 발톱들이 엉겨 붙어 있는 한가운데에서, 건장한 체격의 짙은 얼룩 고양이가 적갈색 수고양이를 바닥에 내리꽂았다. 그러고는 의기양양하게 고개를 쳐들고 으르렁거렸다.

"오크하트! 어떻게 감히 우리 영역에서 사냥을 하지? '해 드는 바위'는 천둥족 영역이다!"

"타이거클로, 오늘 밤 이후로 이곳은 강족의 또 다른 사냥터다!"

적갈색 수고양이가 되받아쳤다.

그때 물가에서 날카롭게 경고하는 소리가 들려왔다.

"조심해요! 강족 전사들이 더 있어요!"

타이거클로가 몸을 돌렸다. 물에 젖어 반들거리는 몸들이 바위 아래 강물에서 날렵하게 솟아오르고 있었다. 흠뻑 젖은 강족 전사들은 소리 없이 물가로 올라오더니, 젖은 털을 털 새도 없이 전투에 뛰어들었다.

타이거클로가 오크하트를 노려보았다.

"너희가 수달처럼 헤엄을 잘 칠 수 있을지는 몰라도 이 숲은 너희 영역이 아니야!"

타이거클로가 입술을 쭉 찢어 이빨을 드러냈다. 밑에 깔린 오크하트는 몸부림을 쳤다.

정신없는 소란을 뚫고 천둥족 암고양이의 절박한 비명이 울려 퍼졌다. 힘센 강족 수고양이 하나가 흑갈색 천둥족 암고양이를 엎어눌러 꼼짝 못 하게 만들고 있었다. 강족 전사는 강물이 뚝뚝 떨어지는 턱으로 암고양이의 목을 겨냥해 다가가고 있었다.

타이거클로는 오크하트를 놓아주고 펄쩍 뛰어 암고양이에게 달려갔다. 그리고 적의 전사를 암고양이에게서 떼어 놓았다.

"마우스퍼, 뛰어!"

타이거클로는 지시를 내리고, 암고양이를 위협했던 강족 전사에게로 몸을 돌렸다. 마우스퍼는 어깨에 입은 깊은 상처 때문에 주춤거리면서도 허둥지둥 일어나 달아났다.

그 사이에 강족 수고양이가 뒤에 남은 타이거클로의 코를 발톱으로 할퀴었다. 타이거클로는 분노에 찬 울부짖음을 내질렀다. 순간 피가 앞을 가렸지만, 개의치 않고 앞으로 달려들어 적의 뒷다리에 이빨을 푹 찔러 넣었다. 강족 고양이는 비명을 지르며 벗어나려고 몸부림쳤다.

"타이거클로, 이건 소용없는 짓이야! 강족 전사들이 너무 많아!"

꼬리가 여우 털처럼 붉은 전사가 울부짖었다.

"아뇨, 레드테일. 천둥족은 절대 지지 않습니다!"

타이거클로가 레드테일의 옆으로 펄쩍 뛰며 소리쳤다.

"여긴 우리 영역입니다!"

코와 입 주변에 피가 흘렀지만, 타이거클로는 그저 성가시다는 듯 머리를 흔들어 피를 털어 냈다. 진홍색 핏방울들이 바위에 흩뿌려졌다.

"천둥족은 그 용기를 높이 살 거야, 타이거클로. 하지만 더 이상 전사들을 잃을 수는 없어. 블루스타도 자신의 전사들이 승산 없는 싸움을 계속하기를 바라지는 않을 거야. 이번 패배는 반드시 설욕할 기회가 있을 거야."

레드테일은 타이거클로의 호박색 눈을 잠시 들여다보았다. 그러고는 뒤로 물러나서 나무 언저리에 있는 바위 위로 뛰어올랐다.

"후퇴하라! 천둥족은 후퇴하라!"

명령을 들은 천둥족 전사들은 즉각 몸을 움직여 적들에게서 벗어나기 시작했다. 그들은 강족 고양이들에게 으르렁거리면서 레드테일이 있는 쪽으로 후퇴했다. 강족 고양이들은 이렇게 쉽게 전투에서 이긴 것을 믿지 못하겠는지 잠시 어리둥절한 표정을 지었다. 그때 강족 부지도자인 오크하트가 의기양양하게 기쁨의 환호성을 내질렀다. 그 소리를 듣고서야 강족 전사들도 목소리를 높여 자신들의 승리에 환호했다.

레드테일은 자신의 전사들을 잠시 내려다보다가 꼬리를 흔들어 신호를 보냈다. 천둥족 고양이들은 부지도자의 신호에 따라 해 드는 바위 저편으로 뛰어내려, 나무들 틈으로 사라졌다.

마지막으로 뒤를 따르던 타이거클로는 숲 언저리에서 머뭇거리며 피로 얼룩진 싸움터를 흘긋 돌아보았다. 그의 눈빛은 분노로 이글거리고 있었다. 마침내 고개를 돌린 타이거클로는 종족을 뒤따라 고요한 숲 속으로 뛰어들었다.

휑한 공터에 나이 많은 청회색 암고양이가 홀로 앉아 맑은 밤하늘을 올려다보고 있었다. 어둠 속에서 잠든 고양이들이 숨을 새근거리며 뒤척이는 소리가 들렸다.

어두침침한 구석에서 작은 삼색얼룩 암고양이가 나타났다. 그녀의 발걸음은 재빠르고 조용했다.

청회색 고양이는 고개를 까딱하며 인사를 한 뒤에 물었다.

"마우스퍼는 좀 어떻소?"

"상처가 깊습니다, 블루스타. 하지만 젊고 튼튼하니까 빨리 나을 테지요."

삼색얼룩 고양이가 밤기운에 서늘해진 풀밭에 앉으며 대답했다.

"다른 전사들은?"

"다들 회복될 거예요."

블루스타가 한숨을 내쉬었다.

"이번에는 우리 전사를 하나도 잃지 않아서 다행이오. 그대는 타고난 치료사요, 스파티드리프."

블루스타는 다시 고개를 들어 별들을 바라보았다.

"난 오늘의 패배가 무척 걱정스럽소. 내가 천둥족 지도자가 된 뒤로 우리 영역 안에서는 단 한 번도 져 본 적이 없지 않소. 지금은 우리 종족에게 어려운 시기라오. 새잎 돋는 계절이 늦어지는 데다 새끼 고양이도 많이 태어나지 않았으니. 천둥족이 살아남으려면 더 많은 전사들이 필요한데 말이오."

"하지만 올해는 이제 막 시작되었어요. 초록잎 우거진 계절이 되면 새끼 고양이들은 더 많아질 거예요."

스파티드리프가 차분하게 짚어 주었다.

블루스타는 넓은 어깨를 들썩였다.

"어쩌면. 하지만 어린 고양이들을 훈련시켜 전사로 만들기까지는 시간이 걸린다오. 천둥족이 영역을 지키려면 가급적 빨리 새로운 전사들이 탄생해야 하오."

"별족에게서 답을 구하시는 건가요?"

스파티드리프가 부드럽게 물었다. 그리고 블루스타의 시선을 따라서 어두운 하늘에 반짝이는 별 무리를 올려다보았다.

"이런 때야말로 우리를 도와줄 선대 전사들의 말씀이 필요한데……. 별족이 그대에게 무슨 예언이라도 해 주었소?"

"최근엔 없었습니다, 블루스타."

갑자기 별똥별 하나가 나무 꼭대기에서 눈부시게 번쩍였다. 스파티드리프는 꼬리를 휙 쳐들었다. 등뼈를 따라 털이 곤두섰다.

블루스타는 귀를 쫑긋 세웠지만, 스파티드리프가 하늘을 바라보는 동안 잠자코 기다렸다.

잠시 후, 스파티드리프가 고개를 내리고 블루스타를 바라보며 말했다.

"별족에게서 온 예언입니다."

그녀는 어딘가 먼 곳을 응시하는 눈으로 말을 이었다.

"오직 '불'만이 우리 종족을 구할 수 있습니다."

"불이라고? 하지만 불은 모든 종족이 두려워하는 것인데! 어떻게 불이 우리를 구할 수 있다는 말이오?"

블루스타가 되물었다.

스파티드리프는 고개를 저었다.

"저도 알지 못합니다. 하지만 이것이 별족이 저에게 내려 준 예언입니다."

천둥족 지도자는 맑고 푸른 눈동자로 치료사 고양이를 가만히 응시했다.

"스파티드리프, 그대는 지금껏 한 번도 틀린 적이 없었소. 만일 별족이 그렇게 말했다면, 그리 될 테지. 불이 우리 종족을 구할 것이오."

1
전사 고양이

　그곳은 아주 어두웠다. 러스티는 무언가 가까이에 있는 것을 느낄 수 있었다. 빽빽한 덤불을 살피던 어린 수고양이의 눈이 휘둥그레졌다. 낯선 장소였다. 하지만 이상한 냄새가 그를 어둠 속 더 깊숙한 곳으로 들어가게 만들었다. 배가 꾸르륵거리면서 새삼 허기가 느껴졌다. 러스티는 숲의 따스한 냄새가 입천장 위쪽에 있는 후각 기관에 닿도록 입을 살짝 벌렸다. 낙엽이 썩어 가며 풍기는 퀴퀴한 흙냄새에 조그만 털북숭이 동물의 매혹적인 향기가 섞여 있었다.

　별안간 회색 형체가 그를 휙 지나쳐 달려갔다. 러스티는 꼼짝 않고 가만히 서서 소리를 들어 보았다. 나뭇잎 속에 쥐가 숨어 있었다. 꼬리 두 개도 채 되지 않는 거리였다. 빠르게 뛰는 작은 심장 소리를 들을 수 있을 정도였다. 러스티는 침을 꿀꺽 삼키며, 요동치는 위장을 진정시켰다. 곧 허기를 채울 수 있을 듯했다.

　러스티는 천천히 몸을 낮추어 공격 자세를 취했다. 마침 바람이 러스티를 향해 불어오고 있어서 쥐는 전혀 알아채지 못하고 있었다. 러스티는 먹잇감의 위치를 마지막으로 확인한 뒤, 몸을 한껏 뒤로 움츠렸다. 그러고는 바닥에 깔린 나뭇잎들을 차면서 펄쩍 뛰어올랐다.

쥐는 땅에 난 구멍을 향해 잽싸게 뛰어들었다. 하지만 러스티가 이미 쥐의 목덜미를 잡아챈 뒤였다. 그는 그 무력한 생명체를 가시처럼 날카로운 발톱으로 낚아 허공으로 재빨리 들어 올렸다. 쥐는 높은 포물선을 그리며 낙엽이 쌓인 땅으로 내동댕이쳐졌다. 쥐는 얼이 빠져 있었지만 아직 목숨이 붙어 있었다. 러스티는 도망가려는 쥐를 다시 낚아채서 던져 버렸고, 이번에는 좀 더 멀리 날아갔다. 가까스로 몇 걸음을 뗀 쥐는 또다시 러스티에게 잡히고 말았다.

그때 갑자기 근처에서 시끄러운 소리가 들려왔다. 러스티는 주변을 둘러보았다. 쥐는 그 틈을 타 러스티의 발톱에서 벗어났다. 뒤를 돌아보았을 때 쥐는 이미 뒤엉킨 나무뿌리 사이 어둠 속으로 달아나고 있었다.

러스티는 사냥을 포기했다. 머리끝까지 화가 난 그는 먹잇감을 놓치게 만든 소음이 무엇인지 알아내려고 초록빛 눈을 번득이며 주위를 돌아보았다. 계속 듣다 보니 소음이 점점 익숙하게 느껴졌다. 러스티는 눈을 끔벅였다.

숲은 사라졌다. 그는 후끈하고 갑갑한 부엌 안, 자신의 잠자리에 몸을 웅크리고 있었다. 달빛이 창문으로 새어 들어와 매끄럽고 딱딱한 마룻바닥에 그림자를 드리웠다. 그 소음은 마르고 딱딱한 먹이 알갱이들이 그릇에 와그르르 부딪치는 소리였다. 그는 꿈을 꾸고 있었던 것이다.

러스티는 고개를 들어 잠자리 한쪽 구석에 턱을 괴었다. 목줄 때문에 목 주위가 불편하게 쓸렸다. 꿈속에서는 목줄이 없었다. 대신 상쾌한 공기가 목 주위의 보드라운 털을 헝클어뜨리는 것을 느낄 수 있었다. 러스티는 바닥에 등을 대고 구르며 꿈을 조금 더 즐겼다. 아직도 쥐 냄새가 생생했다. 보름달이 뜬 이후로 벌써 똑같은 꿈을 세 번째 꾸었다. 매번 쥐는 그의 발에서 달아나 버렸다.

러스티는 입술을 핥았다. 잠자리에서 먹이 알갱이의 단조로운 냄새가 났다. 주인은 늘 자러 가기 전에 먹이 그릇을 채워 주곤 했다. 그 생기 없는 냄새가 꿈에서 나던 따스한 향기를 쫓아 버렸다. 하지만 허기진 배는 여전히 꾸르륵거렸다. 러스티는 기지개를 쭉 펴며 잠을 떨쳐 내고, 저녁 식사를 하러 부엌 바닥을 가로질러 걸어갔다. 먹이는 건조하고 맛이 없었다. 러스티는 마지못해 한 입을 더 삼키고, 먹이 그릇에서 몸을 돌려 고양이 문을 통해 밖으로 나갔다. 정원의 냄새가 꿈에서 맛본 느낌들을 되살려 주길 기대하면서.

밖은 달이 환했고, 비가 부슬부슬 내리고 있었다. 러스티는 별빛이 비치는 자갈길을 따라서 깔끔하게 손질된 정원을 걸어갔다. 발밑에서 차갑고 날카로운 돌들이 느껴졌다. 그는 반들거리는 초록 잎사귀와 커다란 보라색 꽃들이 있는 넓은 덤불 아래에서 똥을 눴다. 꽃에서 나는 야릇하고 들척지근한 향기가 주변 공기를 가득 채우고 있었다. 러스티는 입술을 비죽대며 그 냄새를 콧구멍에서 몰아냈다.

잠시 후 러스티는 정원의 경계를 표시해 놓은 울타리 기둥 꼭대기에 올라가 앉았다. 그가 가장 좋아하는 자리였다. 그곳에서는 이웃 정원이 내려다보이고, 울타리 너머 울창한 초록 숲의 안쪽까지 볼 수 있었기 때문이다.

어느새 비가 그쳤다. 뒤쪽으로는 짧게 깎은 잔디가 달빛에 물들어 있었다. 하지만 울타리 너머 숲에는 어둠이 가득했다. 러스티는 머리를 앞으로 쭉 내밀어 축축한 공기를 들이마셨다. 두툼한 털 안쪽 살갗은 아직 따뜻하고 보송했지만, 적갈색 털에 맺혀 반짝이는 빗방울은 제법 무게가 느껴졌다.

뒷문에서 주인이 부르는 소리가 들렸다. 지금 주인에게 간다면 상냥한 말로 반기며 귀여워해 주고, 자신들의 잠자리에도 기꺼이 올라오게 해 줄 것이다. 그곳에서 그는 따뜻하게 몸을 말고 목을 가르랑거리며 편안히 잠들 수 있을 것이다.

하지만 러스티는 이번에는 주인의 목소리를 무시했다. 그리고 다시 숲을 향해 시선을 돌렸다. 숲의 상쾌한 냄새는 비가 온 뒤라 더 생생해졌다.

별안간 러스티의 등줄기 털이 쭈뼛 섰다. 저기 뭔가가 움직이고 있는 걸까? 뭔가가 지켜보고 있는 걸까? 러스티는 앞을 뚫어져라 보았다. 하지만 어두운 데다 나무 냄새가 강하게 풍겨 와서 아무것도 볼 수 없고, 냄새를 맡을 수도 없었다. 러스티는 턱을 치켜들고 몸을 똑바로 일으켰다. 그리고 울타리 기둥을 두 발로 움켜잡은 채 다리를 쭉 펴고 등을 활처럼 구부렸다. 그는 눈을 감고 다시 한 번 숲의 냄새를 들이마셨다. 그 냄새는 마치 무언가를 약속해 주는 것 같았다. 어둠 속으로 계속 나아가라고 유혹하는 듯했다. 러스티는 근육을 긴장시킨 채 잠시 웅크렸다가, 울타리에서 가볍게 뛰어내려 거친 풀밭에 사뿐히 내려앉았다. 목줄에 매달린 방울 소리가 고요한 밤공기를 타고 울려 퍼졌다.

"어디 가는 거야, 러스티?"

뒤쪽에서 친숙한 목소리가 들렸다.

러스티는 고개를 들었다. 흑백 얼룩 고양이가 울타리 위에 위태롭게 균형을 잡고 앉아 있었다.

"안녕, 스머지?"

러스티가 대답했다.

"설마 숲으로 가려는 건 아니지?"

스머지가 호박색 눈을 휘둥그레 뜨고 물었다.

"그냥 좀 둘러보려고."

러스티는 불편한 기색으로 몸을 움직이며 대답했다.

"거긴 절대로 가면 안 돼. 위험하단 말이야!"

스머지가 질색하며 검은 코를 찡그렸다.

"헨리가 숲에 한 번 가 본 적이 있대."

스머지는 고개를 들더니 헨리가 살고 있는 정원 쪽으로 줄줄이 서 있는 울타리 너머를 코로 가리켰다.

"그 늙고 뚱뚱한 얼룩 고양이는 숲에 가 본 적이 없어! 수의사를 만나러 간 뒤로는 자기 정원을 나가 본 적도 없다고. 그저 먹고 자기만 하지."

러스티가 비웃듯이 말했다.

"아니야, 진짜야. 거기서 울새를 잡았대!"

스머지가 주장했다.

"글쎄, 그게 사실이라면 수의사를 만나기 전이었나 보지. 지금은 새들이 낮잠을 방해한다고 불평이나 늘어놓을 뿐이야."

"그래, 어쨌든."

스머지는 러스티의 조롱 섞인 말은 무시하고 이야기를 계속했다.

"헨리가 거기에는 온갖 위험한 동물들이 있다고 말해 줬어. 덩치 큰 야생 고양이들이 아침 식사로 살아 있는 토끼를 잡아먹는대. 또 뼈다귀에 대고 발톱을 날카롭게 간다고 하던데!"

"난 그냥 한번 둘러보러 가는 거야. 오래 머물지 않을 거야."

"러스티, 난 너한테 분명히 경고해 줬다!"

스머지는 마지막 경고를 남기고 몸을 돌려 울타리에서 자신의 정원으로 뛰어내렸다.

정원 울타리 건너편의 거친 풀밭에 앉은 러스티는 불안한 마음에 어깨를 핥았다. 스머지가 들려준 이야기가 모두 사실일까?

그때 아주 작은 생명체가 움직이는 모습이 눈에 띄었다. 그것은 가시덤불 아래에서 바쁘게 움직이고 있었다.

러스티는 본능적으로 자세를 낮게 웅크렸다. 그리고 천천히 한 발씩 떼면서 수풀을 헤치며 앞으로 나아갔다. 귀가 쫑긋 서고 코가 벌름거렸다. 러스티는 눈도 깜빡이지 않고 작은 동물에게 다가갔다. 이제는 그 동물의 모습이 또렷이 보였다. 가시 돋친 가지들 틈에서 일어나 앉아 커다란 씨앗을 발 사이에 잡고 야금야금 먹고 있는 것은 바로 쥐였다.

러스티는 엉덩이를 양옆으로 흔들며 뛰어오를 준비를 하다가, 방울이 또 울릴까 봐 숨을 꾹 참았다. 흥분이 몸을 타고 흐르면서 심장이 쿵쾅거렸다. 심지어 꿈에서보다 더 흥분되었다! 그때 갑작스럽게 나뭇가지가 부러지고 나뭇잎이 바스락거리는 소리가 들려왔다. 러스티는 깜짝 놀라 자기도 모르게 뛰어오르고 말았다. 목에 걸려 있던 방울이 숨을 참은 보람도 없이 왱그랑왱그랑 울렸다. 쥐는 가장 빽빽한 가시덤불 안으로 쏜살같이 도망가 버렸다.

러스티는 꼼짝 않고 서서 주위를 둘러보았다. 앞쪽에서 긴 고사리 줄기 사이로 복슬복슬하고 붉은 꼬리가 땅에 끌리는 것이 보였다. 낯선 냄새가 짙게 풍겼다. 분명히 고기를 먹는 동물의 냄새였지만, 고양이나 개는 아니었다. 러스티는 쥐에 대해서는 까맣게 잊고 호기심 가득한 눈으로 붉은 꼬리를 지켜보았다.

좀 더 자세히 보고 싶어진 러스티는 앞으로 살금살금 다가갔다. 모든 감각이 팽팽하게 긴장되었다. 그때 또 다른 소리가 감지되었다. 이번엔 뒤쪽 어딘가 먼 곳에서 나는 희미한 소리였다. 러스티는 더 잘 들어 보려고 귀를 홱 움직였다. 발소리인가? 궁금하긴 했지만, 여전히 앞쪽에 있는 낯선 붉은 털에 시선을 고정한 채 앞으로 계속 나아갔다. 그런데 뒤쪽에서 희미하게 바스락거리던 소리가 커지더니, 이제 나뭇가지가 우지끈 부러지는 소리로 바뀌었다. 무언가 빠르게 다가오고 있었다. 러스티는 자신이 위험에 빠졌다는 사실을 뒤늦게 깨달았다.

무언가가 러스티를 세차게 들이받았다. 러스티는 쐐기풀 더미에 나동그라져 버렸다. 몸을 비틀고 고함을 지르며 등에 매달린 공격자를 떼어 내려고 했지만, 수염에서 꼬리까지 온몸을 꿈틀거리며 몸부림쳐도 벗어날 수 없었다. 공격자는 믿을 수 없을 만큼 날카로운 발톱으로 러스티의 등을 움켜잡고 있었다. 목을 파고드는 날카로운 이빨을 느낄 수 있었다. 러스티는 순간 힘이 빠지고 몸이 얼어붙어 버렸다. 하지만 재빨리 머리를 굴려 몸을 확 뒤집었다. 연약한 배를 드러내는 것이 얼마나 위험한지 본능적으로 알고 있었지만, 지금은 이 방법밖에 없었다.

운 좋게도 작전이 통한 것 같았다. 그가 몸을 뒤집는 바람에 공격자는 러스티의 밑에 깔리고 말았다. 숨이 막혀 헉헉거리는 소리가 들렸다. 러스티는 사납게 몸부림치면서 가까스로 빠져나왔다. 그리고 뒤도 돌아보지 않고 집을 향해 힘껏 내달렸다.

뒤에서 빠르게 달려드는 발소리가 들렸다. 공격자가 쫓아오고 있었다. 러스티는 다시 습격을 당하느니 차라리 돌아서서 맞서기로 마음먹었다.

그는 미끄러지듯 멈춰 서서, 확 돌아 추격자를 마주했다.

추격자는 또 다른 고양이였다. 회색 털이 텁수룩하게 덮인 그 고양이는 얼굴이 넓적하고, 다리가 튼튼해 보였다. 러스티는 순간적으로 그가 수고양이라는 것을 알아보았다. 부드러운 털 아래 탄탄한 어깨에서 뿜어져 나오는 힘이 느껴졌다. 수고양이는 러스티를 향해 전속력으로 달려들었다. 그러다 러스티가 갑자기 몸을 돌리는 바람에 미처 멈추지 못하고 그에게 쿵 부딪쳤다. 깜짝 놀란 수고양이는 어리벙벙한 표정으로 뒤로 물러났다.

러스티 역시 부딪힌 충격으로 숨이 막힐 것 같아 비틀거렸지만, 잽싸게 다시 일어났다. 그리고 당장이라도 달려들 태세로 등을 구부리며 주황색 털을 한껏 부풀렸다. 그러나 공격자는 일어나 앉아서 앞발을 핥기 시작할 뿐, 공격할 기색은 전혀 보이지 않았다.

전투를 벌일 준비를 하며 온몸을 긴장시키고 있던 러스티는 묘하게 실망스러운 기분이 들었다.

"안녕, 애완 고양이? 집고양이치고는 꽤나 잘 싸우던데!"

회색 수고양이가 명랑하게 말했다.

러스티는 공격을 해야 할지 말아야 할지 고민스러워서 발끝을 든 채 잠시 서 있었다. 아까 수고양이를 바닥에 꼼짝 못 하게 눌렀을 때 발에서 느껴지던 엄청난 저항력이 생각났다. 러스티는 마침내 들고 있던 발을 내리며 근육의 긴장을 풀었다. 둥글게 말았던 등도 폈다. 그리고 으르렁거렸다.

"싸워야 한다면 다시 싸울 거야."

"난 그레이포라고 해."

회색 고양이가 러스티의 위협에는 아랑곳하지 않고 말을 계속했다.

"천둥족 전사가 되려고 훈련을 받는 중이야."

러스티는 아무 말 없이 잠자코 있었다. 이 그레이 어쩌고 하는 고양이가 무슨 소리를 하는 건지 이해가 가지 않았다. 어쨌든 일단 위험한 상황은 지나간 것 같았다. 그는 얼떨떨한 기분을 감추려고 몸을 숙여 헝클어진 가슴 털을 핥았다.

"너 같은 애완 고양이가 숲에서 뭐 하는 거야? 여기는 위험하다는 거 몰라?"

그레이포가 물었다.

"숲에서 가장 위험한 게 너라면, 그 정도는 감당할 수 있을 것 같은데."

러스티는 허세를 부렸다.

그레이포가 크고 노란 눈을 찌푸리면서 그를 잠시 바라보았다.

"나 정도는 전혀 위험하지 않아. 내가 전사 반만큼이라도 된다면 너 같은 침입자에게 심각한 부상을 입혔을걸."

러스티는 오싹한 공포를 느꼈다. 그나저나 '침입자'라니, 무슨 뜻일까?

"어쨌든, 널 다치게 할 필요는 없겠지. 다른 종족에서 온 고양이가 아닌 게 분명하니까."

그레이포가 발톱 사이로 비죽 나온 풀줄기를 날카로운 이빨로 잡아당기며 말했다.

"다른 종족?"

러스티는 어리둥절한 얼굴로 물었다.

그레이포가 불만 섞인 목소리로 쉭쉭거렸다.

"이 주변에서 사냥을 하는 네 개의 전사 종족에 대해 들어 본 적이 있을 텐데? 난 천둥족이야. 다른 종족들은 늘 우리 영역에서 먹이를 훔치려고 하지. 특히 그림자족이 그래. 그 녀석들은 아주 잔인해서 너 같은 건 묻지도 따지지도 않고 갈기갈기 찢어 놓을걸."

그레이포는 말을 잠시 멈추고 화난 듯 으르렁거렸다.

"당연히 우리 먹잇감인데, 그걸 잡으러 오는 거야. 그런 녀석들을 우리 영역에서 쫓아내는 것이 천둥족 전사가 하는 일이야. 훈련을 마치면 난 정말 무시무시해질 거야. 다른 종족 녀석들의 그 벼룩투성이 살갗까지 부들부들 떨게 만들겠어. 그러면 우리 영역 근처에는 감히 얼씬도 못 하겠지!"

러스티는 눈을 가늘게 떴다. 이 고양이는 스머지가 경고했던 야생 고양이들 중 하나가 틀림없었다. 그들은 숲에서 거친 생활을 하며 사냥을 하고, 마지막 먹이 한 조각을 두고 서로 다투는 고양이들이었다. 하지만 러스티는 겁먹지 않았다. 실은 이렇게 자신감 넘치는 고양이를 보니 탄복하지 않을 수 없었다.

"그러니까 너는 아직 전사가 아닌 거야?"

"왜? 내가 전사인 줄 알았어?"

그레이포가 우쭐거리듯 말하더니, 넓적하고 털이 북슬북슬한 머리를 절레절레 흔들었다.

"난 전사가 되려면 아직 멀었어. 먼저 훈련 기간을 거쳐야 하거든. 새끼 고양이들이 훈련을 시작하려면 태어난 지 여섯 달은 되어야 하고. 오늘 밤은 내가 훈련병으로 나온 첫날이야."

"그러지 말고 아늑한 집이 있는 주인을 찾는 건 어때? 훨씬 편하게 살 수 있을 거야."

러스티가 말했다.

"너 같은 새끼 고양이를 받아 줄 주인들이 아주 많아. 너는 그저 그들 눈에 띄는 곳에 배고픈 표정으로 며칠 동안 앉아 있기만 하면 돼."

"그러면 나한테 토끼 똥처럼 생긴 알갱이랑 물컹한 음식 찌꺼기나 주겠지."

그레이포가 말을 자르고 끼어들었다.

"절대 싫어! 애완 고양이가 되는 것보다 더 끔찍한 일은 없을 거야! 애완 고양이는 두발쟁이 장난감에 지나지 않는다고! 음식처럼 보이지도 않는 것을 먹고, 모래 상자에 일을 보고, 두발쟁이들이 허락할 때만 집 밖에 코를 내밀라고? 그건 사는 게 아니야! 여기 바깥세상은 거칠고 자유로워. 우리는 내키는 대로 자유롭게 오갈 수 있어."

그레이포는 말을 마치더니 자랑스럽다는 듯 으르렁거렸다. 그러고는 장난스럽게 덧붙였다.

"갓 잡은 싱싱한 쥐를 맛보기 전까지는 제대로 살아 있다고 할 수 없어. 쥐를 먹어 본 적은 있어?"

"아니, 아직."

러스티는 조금 머뭇거리며 솔직히 대답했다.

"넌 절대로 이해하지 못할 거야."

그레이포가 한숨을 쉬듯 말을 내뱉었다.

"넌 야생에서 태어나지 않았으니까. 그게 큰 차이를 만들거든. 태어날 때부터 핏줄에 전사의 피가 흐르거나, 수염에 바람의 느낌을 타고나야 해. 두발쟁이 보금자리에서 태어난 새끼 고양이들은 절대로 똑같이 느낄 수가 없어."

러스티는 꿈에서 느꼈던 감정을 떠올리고, 발끈하며 외쳤다.

"그렇지 않아!"

그레이포는 대답하지 않았다. 그리고 발을 핥으려다 갑자기 굳어져서 한 발을 든 채 킁킁대며 공기 냄새를 맡았다.

"우리 종족 고양이들 냄새가 나. 어서 가! 네가 우리 영역에서 사냥하는 걸 알면 좋아하지 않을 거야!"

그레이포가 쉭쉭거렸다.

러스티는 의아한 표정으로 주변을 둘러보았다. 그레이포는 어떻게 다른 고양이가 다가오고 있다는 걸 알았을까? 러스티는 바람에 실린 잎사귀 냄새 말고 다른 냄새는 전혀 맡을 수가 없었다. 하지만 그레이포의 다급한 목소리에 털이 쭈뼛했다.

"빨리! 도망가!"

러스티는 어느 방향으로 가야 안전한지도 모른 채 덤불로 뛰어들 준비를 했다. 하지만 너무 늦었다. 뒤에서 단호하고 위협적인 목소리가 들렸던 것이다.

"무슨 일이지?"

러스티는 뒤를 돌아보았다. 덤불 속에서 몸집이 큰 청회색 암고양이가 위풍당당하게 걸어 나오고 있었다. 주둥이에는 하얀 털이 줄무늬를 그리며 나 있었다. 어깨에는 흉측한 흉터가 남아서 털이 갈라져 있었지만, 달빛을 받은 부드러운 회색 털은 은색으로 빛이 났다.

"블루스타!"

러스티 옆에서 그레이포가 몸을 낮추고 눈을 내리깔았다. 청회색 고양이를 따라 잘생긴 황금빛 얼룩 고양이가 공터에 나타나자, 그레이포는 몸을 더 낮게 웅크렸다.

"두발쟁이 영역에 이렇게 가까이 있으면 안 되지, 그레이포!"

황금빛 얼룩 고양이가 초록 눈을 찌푸리며 으르렁거렸다.

"저도 알아요, 라이언하트. 잘못했어요."

그레이포가 자기 발에서 시선을 떼지 못한 채 말했다.

러스티도 그레이포를 따라서 숲 바닥에 낮게 웅크렸다. 귀가 초조하게 씰룩거렸다. 이 고양이들에게서는 정원에 사는 친구들에게서 볼 수 없는 강한 기운이 느껴졌다. 어쩌면 스머지의 경고가 사실인지도 몰랐다.

"누구지?"

암고양이가 자신에게 시선을 돌리자 러스티는 움찔했다. 그녀의 날카로운 푸른 눈빛에 더더욱 몸이 움츠러들었다.

"위험하지 않은 고양이예요. 다른 종족 전사가 아니라, 우리 영역으로 잘못 넘어온 두발쟁이의 애완동물일 뿐이에요."

그레이포가 재빨리 대답했다.

'두발쟁이의 애완동물일 뿐이라고?'

러스티는 그 말에 화가 났지만, 꾹 참았다. 그의 눈빛에 분노가 이는 것을 알아본 블루스타가 경고의 눈초리를 보냈기 때문이다. 러스티는 블루스타의 눈길을 피했다.

"이분은 블루스타야. 우리 종족의 지도자이시지."

그레이포가 러스티에게 낮은 소리로 말했다.

"그리고 이분은 내 스승인 라이언하트야. 내가 전사가 되도록 훈련을 시켜 주시지."

"소개해 줘서 고맙다, 그레이포."

라이언하트가 차갑게 말했다.

블루스타는 여전히 러스티를 바라보고 있었다.

"두발쟁이 애완동물치고는 싸움을 잘하는구나."

러스티와 그레이포는 어리둥절한 시선을 주고받았다. 어떻게 알았지?

"너희 둘을 지켜보고 있었다."

블루스타가 그들의 생각을 읽기라도 한 듯 말했다.

"네가 침입자를 어떻게 처리하는지 궁금했단다, 그레이포. 용맹스럽게 공격하더구나."

블루스타의 칭찬에 그레이포가 기뻐하는 표정을 지었다.

"이제 일어나 앉으렴, 둘 다."

블루스타가 러스티를 보며 말했다.

러스티는 바로 일어나 앉아 침착하게 블루스타의 시선을 마주했다.

"애완 고양이, 너도 공격에 잘 대응했고. 그레이포가 너보다 힘이 세지만 넌 기지를 발휘해서 방어를 했지. 게다가 그레이포가 추격하자 너는 돌아서서 맞서더구나. 난 그렇게 행동하는 애완 고양이는 본 적이 없다."

러스티는 뜻밖의 칭찬에 깜짝 놀라 고갯짓으로 겨우 고맙다는 표시를 했다. 블루스타가 이어서 한 말은 그를 더욱 놀라게 했다.

"실은 네가 두발쟁이 영역을 넘어 이곳에 들어오면 어떻게 행동할지 궁금했었다. 우리는 이 경계를 자주 순찰하는데, 네가 울타리에 앉아 숲을 빤히 바라보는 모습이 자주 보이더구나. 마침내 용기를 내어 이곳에 발을 디딘 거로구나."

블루스타는 생각에 잠긴 눈으로 러스티를 응시했다.

"너는 사냥에 재능을 타고난 것 같구나. 날카로운 눈을 가졌어. 그렇게 오랫동안 머뭇거리지 않았다면 그 쥐를 잡을 수 있었을 거다."

"저, 정, 정말로요?"

러스티는 더듬거리며 물었다.

이번에는 라이언하트가 입을 열었다. 그의 낮은 말소리는 정중했지만 고집스러운 느낌이었다.

"블루스타, 이 녀석은 애완 고양이입니다. 천둥족 영역에서 사냥을 해서는 안 됩니다. 두발쟁이들이 있는 자기 집으로 돌려보내야 합니다!"

러스티는 자신을 무시하는 말에 발끈해서 참지 못하고 따져 물었다.

"나를 집으로 보낸다고요?"

블루스타의 칭찬에 러스티는 자신감에 차 있었다. 그녀가 그를 알아봐 주었다. 그에게서 깊은 인상을 받은 것이다!

"나는 쥐나 한두 마리 잡으러 여기 왔을 뿐이에요. 여긴 쥐가 충분히 많잖아요!"

라이언하트를 쳐다보고 있던 블루스타가 다시 러스티에게 고개를 돌렸다. 푸른 눈이 분노로 불타고 있었다.

"절대로 충분하지 않다! 넌 넘치는 먹이를 먹으며 편하게만 살아서 모를 테지!"

블루스타의 갑작스런 분노에 러스티는 어리둥절해졌다. 얼핏 그레이포의 겁에 질린 얼굴이 보였다. 그 표정만으로도 자신이 너무 멋대로 떠들어 댔다는 것을 알 수 있었다. 라이언하트가 지도자의 옆으로 걸어갔다. 그리고 두 전사가 함께 러스티에게 다가왔다. 블루스타의 위협적인 눈빛에 러스티의 자부심은 사그라졌다. 지금 마주하고 있는 고양이들은 아늑한 난롯가에서 지내는 고양이들이 아니었다. 이들은 그레이포가 시작했던 공격을 단숨에 끝낼 수 있는, 위험하고 굶주린 고양이들이었다.

2
숲의 부름

"그래서?"

블루스타가 쉭쉭거렸다. 그녀는 이제 쥐 한 마리 정도의 거리를 두고 러스티에게 얼굴을 들이밀고 있었다. 라이언하트는 말없이 우뚝 서서 러스티를 내려다보고 있었다.

러스티는 귀를 납작하게 붙이고, 황금빛 전사의 차가운 시선 아래서 몸을 웅크렸다. 불안감에 털이 곤두섰다.

"난 당신네 종족을 위협하려는 게 아니에요."

러스티가 떨리는 발을 내려다보며 말했다.

"네가 우리의 먹이를 가져가는 것이 우리 종족을 위협하는 거다."

블루스타가 호통을 쳤다.

"너는 너희 두발쟁이 보금자리에 이미 충분한 먹이가 있다. 그저 재미삼아 여기 와서 사냥을 하는 거지. 하지만 우리는 살아남기 위해 사냥을 한다."

전사의 날카로운 말이 산사나무 가지처럼 러스티의 가슴을 아프게 파고들었다. 어느 순간 그는 그녀의 분노를 이해할 수 있었다. 그는 더 이상 떨지 않고 일어나 앉아 귀를 쫑긋 세웠다. 그리고 눈을 들어 그녀와 시선을 맞추었다.

"그런 생각은 미처 하지 못했어요. 죄송해요. 다시는 여기서 사냥하지 않을게요."

러스티의 진지한 말에 블루스타는 곤두세웠던 목털을 가라앉혔다. 그리고 라이언하트에게 물러나라는 신호를 보냈다.

"너는 범상치 않은 애완 고양이구나."

그레이포가 안도하며 한숨을 내쉬는 소리가 들렸다. 러스티는 블루스타가 자신의 진심을 알아주었다고 느꼈다. 그때 블루스타가 라이언하트와 의미심장한 눈빛을 주고받았다. 러스티는 궁금했다. 두 전사 사이에 오고 간 눈빛은 어떤 의미일까?

러스티는 조용히 물었다.

"여기서 살아남기가 정말 그렇게 힘든가요?"

"우리는 숲의 일부분만 차지한다."

블루스타가 대답했다.

"우리는 우리가 가진 것을 지키기 위해 다른 종족들과 경쟁해야 하지. 그리고 올해는 새잎 돋는 계절이 늦어져서 먹잇감도 부족하구나."

"당신네 종족은 큰가요?"

러스티는 눈을 휘둥그레 뜨고 다시 물었다.

"꽤 크지. 그리고 종족을 먹일 만큼 영역도 충분히 넓단다. 하지만 남아도는 먹이는 없단다."

블루스타가 대답했다.

"그러면 종족 모두가 전사들인가요?"

러스티가 다시 물었다. 블루스타의 진지한 대답에 호기심이 더욱 커졌다.

이번에는 라이언하트가 대답했다.

"전사들은 일부란다. 나머지는 사냥하기에 너무 어리거나 너무 나이가 많아. 아니면 새끼 고양이들을 돌보느라 바쁘거나."

"그럼 당신들은 모두 함께 살면서 먹이를 나누어 먹는 건가요?"

러스티는 자신의 편하고 이기적인 삶에 조금 죄책감을 느끼면서 경외심을 가지고 물었다.

블루스타가 라이언하트를 다시 쳐다보았다. 황금빛 얼룩 고양이도 차분한 눈빛으로 그녀를 바라보았다. 마침내 블루스타가 러스티에게 시선을 돌리고 말했다.

"아마 그런 것들은 네가 직접 알아내야 할 것 같구나. 천둥족에 들어오고 싶으냐?"

러스티는 너무 놀라서 말을 잇지 못했다.

"만일 그렇게 한다면 그레이포와 함께 종족 전사가 되기 위한 훈련을 받게 될 거다."

"하지만 애완 고양이는 전사가 될 수 없어요!"

그레이포가 불쑥 말을 내뱉었다.

"그들에게는 전사의 피가 흐르지 않아요!"

블루스타의 눈이 슬픔으로 흐려졌다.

"전사의 피라……."

그녀는 한숨을 쉬며 되뇌었다.

"최근 그 전사의 피를 너무 많이 흘렸구나."

블루스타가 침묵에 빠지자 라이언하트가 말을 이었다.

"블루스타는 네게 훈련 기회를 주는 것뿐이야, 애송이. 네가 온전한 전사가 되리라는 보장은 없어. 너에겐 벅찬 일일지도 모르지. 어쨌든 넌 편안한 생활에 익숙해져 있잖아."

러스티는 라이언하트의 말에 기분이 상했다. 그는 고개를 획 돌려 황금빛 얼룩 전사를 바라보았다.

"그러면 나한테 왜 그런 기회를 주는 거죠?"

하지만 대답은 블루스타가 해 주었다.

"우리 의도가 무엇인지 궁금할 만도 하지. 사실 천둥족에는 더 많은 전사가 필요하다."

"결코 쉽게 제안하는 것이 아니라는 사실을 명심해야 돼."

라이언하트가 경고했다.

"네가 훈련을 받고 싶다면 우린 널 종족에 받아들일 것이다. 그럼 넌 우리와 함께 살면서 우리 방식을 존중하고 배워 나갈 것이다. 아니면 두발쟁이 영역으로 돌아가서 다시는 돌아오지 말든지. 넌 선택을 해야 해. 양쪽 세계에 한 발씩 걸친 채 살 수는 없어."

차가운 바람이 덤불을 흔들고 지나갔다. 러스티의 털이 바람에 일렁거렸다. 러스티는 몸이 덜덜 떨렸다. 추위 때문이 아니라, 자신 앞에 열린 믿을 수 없는 가능성에 흥분했기 때문이었다.

"편안한 애완 고양이 생활을 포기할 만큼 가치가 있는지 궁금하겠지? 그런데 그 안락함과 먹이를 얻으려고 어떤 대가를 치르는지 알고 있느냐?"

블루스타가 부드럽게 물었다.

러스티는 어리둥절한 얼굴로 그녀를 쳐다보았다. 확실히 이 고양이들과 맞닥뜨리면서 자신의 생활이 얼마나 쉽고 편안했는지 깨닫게 된 것은 사실이었다.

"난 네가 아직 수고양이라는 것을 알 수 있지. 네 털에 두발쟁이의 악취가 들러붙어 있어도 말이야."

블루스타가 덧붙였다.

"아직 수고양이라니, 무슨 뜻이죠?"

"아직 두발쟁이들이 너를 절단사에게 데려가지 않았다는 거지. 그랬다면 지금과는 사뭇 다른 모습이었을 게다. 종족 고양이와 그렇게 싸우려 들지 않았을 테지."

블루스타가 진지하게 말했다.

러스티는 혼란스러웠다. 그때 문득 헨리가 떠올랐다. 헨리는 수의사에게 다녀온 뒤로 뚱뚱하고 게을러졌다. 블루스타가 말한 '절단사'라는 것이 그런 뜻이었을까?

블루스타가 말을 이었다.

"우리 종족은 너에게 쉬운 먹이나 안락함을 주지는 못할지도 모른다. 잎 없는 계절에는 숲에서 지내는 밤이 고통스러울 수도 있다. 종족은 엄청난 충성심과 힘든 임무를 요구할 것이다. 필요하다면 목숨까지 걸고 종족을 지켜야 한다. 그리고 먹여야 할 입도 많지. 하지만 훌륭한 보상이 있다. 바로 수고양이로 계속 남을 수 있다는 것이다. 야생의 방식으로 훈련을 받고, 진정한 고양이가 되는 것이 무엇인지도 배울 수 있고. 게다가 종족의 힘과 동료애가 언제나 함께하겠지. 홀로 사냥할 때조차도."

러스티는 머리가 어지러웠다. 블루스타가 제안하는 삶은 바로 꿈속에서 살았던 삶, 몇 번씩이나 그를 안달하게 만들었던 그 삶인 것 같았다. 하지만 현실에서 정말 그렇게 살 수 있을까?

라이언하트가 러스티의 생각을 방해했다.

"블루스타, 여기서 더 이상 시간을 낭비하면 안 됩니다. 달이 가장 높이 떠오를 때까지는 다른 순찰대와 합류해야 합니다. 타이거클로가 기다리고 있을 겁니다."

라이언하트는 일어나서 재촉하듯 꼬리를 휙휙 흔들었다.

"잠깐만요, 저한테 생각할 시간을 좀 주시겠어요?"

러스티가 말했다.

블루스타는 한참 동안 그를 바라보다가 고개를 끄덕였다.

"내일 해가 가장 높이 떠오를 때 라이언하트가 여기로 올 것이다. 그때 답을 해라."

블루스타가 낮은 소리로 신호를 보내자, 세 고양이는 곧장 돌아서서 덤불 속으로 사라졌다.

러스티는 눈을 끔벅였다. 흥분되어 있다. 하지만 확신이 서지 않았다. 그는 자신을 둘러싼 고사리 너머, 나뭇잎 사이로 보이는 맑은 하늘에 반짝이는 별을 올려다보았다. 저녁 공기에는 종족 고양이들의 냄새가 아직도 짙게 드리워져 있었다. 돌아서서 집으로 향하던 러스티의 마음속에 무언가 낯선 기분이 느껴졌다.

그를 숲 속 깊숙한 곳으로 다시 끌어당기는 느낌이었다. 가벼운 바람이 불어와 털이 흩날렸다. 바스락거리는 잎사귀들이 마치 그의 이름을 부르는 것만 같았다.

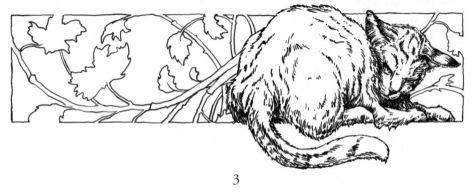

3

훈련병의 이름

밤마실에서 돌아온 러스티가 아침잠을 자는 동안 꿈에 다시 쥐가 나타났다. 전보다도 더욱 생생한 꿈이었다. 러스티는 달빛을 받으며 목줄에서 벗어나 그 작은 생명체를 따라갔다. 하지만 이번에는 누군가 자신을 지켜보고 있음을 알아차렸다. 그늘진 숲에서 반짝이는 노란 눈 수십 개가 보였다. 종족 고양이들이 그의 꿈속 세상으로 들어왔던 것이다.

러스티는 부엌 바닥을 가로지르는 환한 햇빛에 눈을 깜박이며 잠에서 깼다. 온기를 받은 털이 무겁고 답답하게 느껴졌다. 먹이 그릇은 가득 채워져 있었고, 깨끗한 물그릇에도 씁쓸한 맛이 나는 두발쟁이 물이 담겨 있었다. 러스티는 밖에 있는 웅덩이에서 물을 마시는 걸 더 좋아했다. 하지만 솔직히 날이 덥거나 목이 너무 마를 때는 안에서 물을 할짝대는 것이 편했다. 정말 이렇게 안락한 생활을 버릴 수 있을까?

러스티는 먹이를 다 먹은 뒤에 고양이 문을 밀고 정원으로 나갔다. 오늘은 따뜻한 날이 될 것 같았다. 정원에는 이르게 핀 꽃들의 향기가 가득했다.

"안녕, 러스티?"

울타리 위쪽에서 목소리가 들려왔다. 스머지였다.

"한 시간이나 늦잠을 잤잖아! 새끼 참새들도 벌써 기지개를 켜고 있단 말이야."

"그래서 좀 잤어?"

러스티가 물었다.

스머지는 하품을 하더니 코를 핥았다.

"나야 신경 쓸 필요가 없었지. 벌써 집에서 배불리 먹었으니까. 어쨌든 너는 왜 이렇게 늦게 나온 거야? 어제는 헨리가 잠만 잔다고 뭐라 그러더니, 오늘은 너도 별로 나을 게 없네."

러스티는 울타리 옆 서늘한 땅에 앉아서 꼬리를 앞발 위로 단정하게 말았다.

"어젯밤에 숲에 갔었잖아."

친구의 기억을 일깨워 주려고 말을 꺼내자마자, 다시금 피가 요동치고 털이 빳빳해지는 기분이 들었다.

스머지가 눈이 휘둥그레져서 친구를 내려다보았다.

"아, 맞다! 잊어버리고 있었네. 어땠어? 뭐라도 잡았어? 아니면 네가 잡혔어?"

러스티는 잠시 말을 잇지 못했다. 자신에게 일어난 일에 대해 오랜 친구에게 어떻게 말해 주면 좋을지 확신이 서지 않았다.

"야생 고양이들을 만났어."

"뭐라고? 그래서 싸움에 말려든 거야?"

48

스머지는 충격을 받은 게 틀림없었다.

"그렇다고 볼 수도 있고."

종족 고양이들의 힘을 떠올리자 다시 한 번 온몸을 휩싸고 도는 기운을 느낄 수 있었다.

"다쳤어? 무슨 일이 있었던 거야?"

스머지가 안달하며 러스티를 다그쳤다.

"고양이 셋이 있었는데, 우리보다 훨씬 몸집이 크고 힘도 셌어."

"그래서 그 셋 모두랑 싸운 거야?"

스머지가 흥분해서 꼬리를 씰룩거리며 물었다.

"아니, 그런 건 아니야."

러스티는 급히 말했다.

"가장 어린 녀석 하나랑 싸웠어. 다른 둘은 나중에 왔거든."

"그 녀석들이 어떻게 너를 가만히 두었지? 갈기갈기 찢어 놓지 않고 말이야."

"그냥 자기네 영역을 떠나라고 경고만 했어. 그리고……."

러스티는 머뭇거렸다.

"뭔데?"

스머지가 조바심을 치며 물었다.

"나한테 자기네 종족에 들어오라고 했어."

스머지는 믿을 수 없다는 듯이 수염을 파르르 떨었다.

"정말 그랬다니까!"

러스티는 힘주어 말했다.

"왜 그런 제안을 했을까?"

"나는 모르지. 아마도 종족에서 일할 발이 더 필요한가 봐."

"나한테는 좀 이상하게 들리는데. 나 같으면 그 고양이들을 믿지 않겠어."

스머지가 미심쩍은 표정으로 말했다.

러스티는 스머지를 바라보았다. 흑백 얼룩 털을 가진 이 친구는 한 번도 숲 속으로 들어가 보고 싶어 한 적이 없었고, 주인들과 함께 사는 것에도 완벽하게 만족하고 있었다. 그는 러스티가 밤마다 꿈을 꾸며 끊임없이 느끼는 열망을 이해할 리가 없었다.

"하지만 나는 그들을 믿어."

러스티는 조용히 가르랑거렸다.

"결심했어. 그 고양이들에게 갈 거야."

스머지가 울타리에서 허둥지둥 내려와 러스티 앞에 섰다.

"제발 가지 마, 러스티. 널 다시는 못 볼지도 몰라."

러스티는 머리로 다정하게 친구를 툭 밀었다.

"걱정하지 마. 우리 주인이 다른 고양이를 데려올 거야. 그럼 넌 그 고양이랑 잘 지내면 돼. 너는 누구와도 금방 친해지잖아!"

"하지만 전과 똑같아질 순 없잖아!"

스머지가 구슬프게 말했다.

러스티는 답답해하며 꼬리를 휙 젖혔다.

"바로 그거야. 여기 계속 있다간 그들이 날 절단사에게 데려갈 거야. 그럼 나 역시 전과 같지 않을 거야."

스머지는 어리둥절한 표정이었다.

"절단사?"

"수의사 말이야. 그럼 난 달라질 거야, 헨리처럼."

스머지는 어깨를 으쓱하고는 발치를 내려다보았다.

"그렇지만 헨리는 괜찮은걸. 내 말은, 헨리가 전보다 조금 게을러진 건 사실이지만 그렇다고 해서 불행한 건 아니잖아. 우리역시 그렇게 되더라도 즐겁게 지낼 수 있어."

러스티는 친구를 떠나야 한다는 생각에 마음이 아팠다.

"미안해, 스머지. 나도 네가 보고 싶을 거야. 하지만 가야만 해."

스머지는 대답하지 않았다. 하지만 앞으로 한 발짝 다가와 코로 러스티의 코를 부드럽게 만져 주었다.

"괜찮아. 널 말릴 수 없다는 걸 알아. 그래도 하루만 더, 적어도 오늘 아침은 함께 지내자."

러스티는 평소보다 아침 시간을 더 만끽하고 있었다. 스머지와 늘 오가던 장소에 다니며, 함께 자란 고양이들과 이야기도 나누었다. 마치 펄쩍 뛰어오르려고 준비 자세를 취할 때처럼 감각하나하나가 지나치리만큼 예민해져 있었다. 시간이 지날수록 조바심이 더해 갔다. 라이언하트가 정말로 기다리고 있을까? 숲을향해 온 신경을 기울이는 바람에 옛 친구들이 한가롭게 웅성거리는 소리는 뒷전으로 사라지는 것 같았다.

러스티는 마지막으로 정원 울타리에서 뛰어내려 숲을 향해 살금살금 걸어갔다. 스머지에게 작별 인사를 하고 난 후로 생각이온통 숲과 그 안에 사는 고양이들에게 쏠려 있었다.

전날 밤 종족 고양이들과 만났던 장소에 다다르자, 러스티는 자리에 앉아 공기를 맛보았다. 키 큰 나무들이 한낮의 햇살을 막아 준 덕에 땅이 기분 좋게 선선했다. 여기저기에서 나뭇잎 틈으로 햇빛이 조각조각 비쳐 들어와 숲 바닥을 환하게 밝혀 주었다. 러스티는 어젯밤과 똑같은 고양이 냄새를 맡을 수 있었다. 하지만 전날의 냄새가 남아 있는 것인지 지금 나는 냄새인지 분간할 수 없었다. 그는 고개를 들어 확신 없이 코를 킁킁거렸다.

"넌 배울 게 많겠구나."

낮은 목소리가 들렸다.

"종족에서는 가장 어린 새끼 고양이도 다른 고양이가 가까이 오면 알아채는데."

러스티는 가시나무 덤불 아래에서 번득이는 초록 눈 한 쌍을 발견했다. 이제야 냄새를 알아차릴 수 있었다. 라이언하트였다.

"내가 혼자 있는 것 같니?"

황금빛 얼룩 고양이가 빛이 드는 곳으로 걸어 나오며 물었다.

러스티는 머뭇거리며 다시 코를 킁킁거려 보았다. 블루스타와 그레이포의 냄새가 아직 남아 있었지만, 전날 밤처럼 강하지는 않았다. 그는 쭈뼛쭈뼛 대답했다.

"블루스타와 그레이포는 이번에는 함께 오지 않았어요."

"맞았어, 하지만 다른 고양이가 있지."

라이언하트가 말했다.

두 번째 고양이가 공터로 걸어 들어오자 러스티는 몸이 굳어 버렸다.

"여기는 화이트스톰이다. 천둥족의 전사들 중 하나지."

라이언하트가 말했다.

러스티는 그 수고양이를 쳐다보면서, 등줄기가 서늘해졌다. 이건 함정일까? 몸이 길고 근육질인 화이트스톰은 바로 앞까지 다가와 러스티를 내려다보았다. 그는 상처 하나 없이 빽빽하고 하얀 털에, 햇볕에 달구어진 모래처럼 노란 눈을 가지고 있었다. 러스티는 경계하며 귀를 납작하게 눕혔다. 그리고 싸움에 대비해 근육을 긴장시켰다.

"긴장하지 마. 겁에 질린 냄새 때문에 괜히 주의를 끌기 전에 말이야. 우리는 널 진영으로 데려가려고 온 것뿐이니까."

라이언하트가 으르렁거렸다.

러스티는 꼼짝도 못 하고 가만히 앉아 있었다. 화이트스톰은 호기심 가득한 얼굴로 코를 앞으로 내밀어 러스티의 냄새를 킁킁 맡았다.

"안녕, 신출내기? 네 얘기는 많이 들었어."

흰 고양이가 말했다.

러스티는 고개를 숙여 인사했다.

"가자, 얘기는 진영에 가서 더 하기로 하지."

라이언하트가 명령을 내리고 곧바로 화이트스톰과 함께 덤불 속으로 뛰어들었다. 러스티도 벌떡 일어나 최대한 빠르게 그들을 따라갔다.

두 전사는 러스티를 봐주지 않고 숲을 빠르게 통과해 갔다. 곧 러스티는 안간힘을 써야만 겨우 따라갈 수 있을 정도가 되었다. 전사들은 쓰러진 나무들을 지날 때도 걸음을 거의 늦추지 않고

한 번에 훌쩍 뛰어넘었지만, 러스티는 한 발씩 힘겹게 올라가야 했다. 진한 향이 나는 소나무들을 지나쳐 가자, 펄쩍 뛰어 넘어 가야 하는 깊은 도랑들이 나타났다. 두발쟁이들이 데려온 나무 먹보가 휘젓고 가면서 생긴 것이었다. 안전한 정원 울타리 안에 살던 러스티도 저 멀리서 나무먹보가 우르릉 꽝꽝거리는 소리를 종종 들은 적이 있었다. 한 번에 뛰어넘기엔 너무 넓은 도랑도 있었다. 종족 고양이들은 끈적끈적하고 나쁜 냄새가 나는 물이 반쯤 채워진 그곳을 서슴지 않고 첨벙첨벙 걸어서 건넜다.

러스티는 한 번도 물속에 발을 담가 본 적이 없었다. 하지만 절대로 약한 모습은 보이지 않겠다고 다짐했다. 러스티는 눈을 반쯤 감은 채 두 고양이의 뒤를 따랐다. 배털을 적시는 꺼림칙한 물기는 무시하려고 애쓰면서.

마침내 라이언하트와 화이트스톰이 잠시 걸음을 멈췄다. 그 뒤에서 미끄러지듯 멈춰 선 러스티가 숨을 헐떡거리는 동안 두 전사는 다시 작은 골짜기의 끝에 있는 바위를 올라가고 있었다.

"이제 진영에 거의 다 왔다."

라이언하트가 말했다.

러스티는 생명의 흔적을 찾으려고 아래를 내려다보았다. 움직이는 나뭇잎이라도 있는지, 아니면 덤불 사이로 얼핏 보이는 털 같은 것이 있나 싶어 열심히 들여다보았다. 하지만 눈에 보이는 거라고는 숲을 덮고 있는 덤불들뿐이었다.

"코를 사용해라. 틀림없이 냄새를 맡을 수 있을 거다."

화이트스톰이 말했다.

러스티는 눈을 감고 코를 킁킁거렸다. 화이트스톰의 말이 맞았다. 이곳의 냄새는 그에게 익숙한 고양이들의 냄새와는 매우 달랐다. 수많은 다른 고양이들이 있다는 것을 증명하듯 공기에서 짙은 냄새가 풍겨왔다.

러스티는 신중하게 고개를 끄덕이고 말했다.

"고양이들 냄새가 나요."

라이언하트와 화이트스톰이 재미있다는 표정으로 시선을 교환했다.

"네가 종족에 받아들여진다면, 언젠가는 각각의 고양이를 냄새로 구분할 수 있게 될 것이다."

라이언하트가 말했다.

"따라오너라!"

라이언하트가 앞장서서 민첩하게 바위를 내려가 골짜기 아래쪽으로 향했다. 그리고 빽빽한 가시금작화를 헤치며 나아갔다. 러스티가 뒤를 따랐고 화이트스톰이 맨 뒤를 맡았다. 따끔거리는 가시금작화에 옆구리를 긁힌 러스티는 아래를 내려다보았다. 풀이 반반하게 누운 자리에 강한 냄새를 풍기는 넓은 길이 만들어져 있었다. 이 길이 진영으로 가는 입구가 틀림없었다.

가시금작화 굴길을 지나자 공터가 펼쳐졌다. 공터 한가운데의 흙바닥은 여러 세대에 걸쳐 남겨진 발자국들로 단단하게 다져져 있었다. 오랜 세월 유지되어 온 진영임이 분명했다. 공터는 햇빛으로 아롱졌고, 공기는 고요하고 따뜻했다.

러스티는 휘둥그레진 눈으로 주변을 둘러보았다. 사방에 고양이들이 있었다. 혼자 있거나, 무리를 지어 앉아서 먹이를 나누고 서로 털을 다듬어 주며 조용히 가르랑거렸다.

"해가 가장 높이 뜨고 날이 가장 더울 때가 혀를 나누는 시간 이야."

라이언하트가 설명해 주었다.

"혀를 나눈다고요?"

"종족 고양이들은 언제나 서로 털을 다듬어 주고 그날의 소식 을 함께 나눠. 우리는 그걸 혀를 나눈다고 말해. 종족 구성원들 을 하나로 묶어 주는 관습이지."

화이트스톰이 말해 주었다.

러스티의 낯선 냄새를 맡은 고양이들이 하나둘씩 그를 향해 고개를 돌렸다. 그들은 호기심에 찬 눈으로 바라보기 시작했다.

러스티는 모르는 고양이들과 시선을 마주치기가 부끄러워서, 공터 주변으로 눈길을 돌렸다. 공터 가장자리는 무성한 풀로 둘 러싸여 있었고, 쓰러진 나무 한 그루와 여기저기에 흩어진 나무 등치들이 있었다. 빽빽하게 둘러쳐진 고사리와 가시금작화 장막 이 숲의 다른 지역에서 진영이 보이지 않도록 가려 주고 있었다.

라이언하트가 헤치고 들어갈 수 없을 것처럼 뒤엉킨 가시나무 덤불을 향해 꼬리를 휙 움직였다.

"저쪽은 보육실이다. 새끼 고양이들을 돌보는 곳이지."

러스티는 가시나무 덤불 쪽으로 귀를 쫑긋 세웠다. 뾰족뾰족 한 가시나무 덤불숲 틈새로 아무것도 보이지 않았지만, 안쪽 어 딘가에서 새끼 고양이 여러 마리가 가냘프게 우는 소리가 들려왔다. 소리 나는 쪽을 쳐다보는 동안, 황갈색 암고양이 하나가 앞쪽에 벌어진 작은 틈으로 꿈틀대며 빠져나왔다.

'새끼를 돌보는 어미 고양이들 중 하나겠지.'

러스티는 생각했다.

이번에는 눈에 띄는 검정색 반점이 있는 얼룩무늬 암고양이가 가시나무 덤불을 돌아 나타났다. 두 고양이는 서로의 귀 사이를 다정하게 핥아 주었다. 이윽고 얼룩 고양이는 꽥꽥거리는 새끼 고양이들에게 뭐라 말을 하며 보육실 안으로 들어갔다.

"새끼 고양이들을 돌보는 일은 모든 어미 고양이들이 함께 맡아 한다. 모든 고양이들이 종족에게 봉사하지. 종족에 대한 충성은 전사의 규약에서 제1 원칙이다. 네가 우리와 함께 지내고 싶다면 하루 빨리 배워야 할 가르침이지."

라이언하트가 알려 주었다.

"블루스타가 온다."

화이트스톰이 킁킁거리며 말했다.

러스티도 공기 냄새를 맡아 보았다. 그리고 청회색 암고양이가 나타나기 직전에 냄새를 알아차리고는 뿌듯해했다. 블루스타는 공터의 맨 위쪽에 놓인 넓은 바위 그늘에서 나타났다.

"왔군."

블루스타가 전사들을 맞이하며 가르랑거렸다.

"라이언하트는 오지 않을 거라고 큰소리쳤지요."

화이트스톰이 대답했다.

러스티는 블루스타의 꼬리 끝이 조급하게 씰룩거리는 것을 눈치챘다.

"그래서, 어떻게 생각하나?"

"몸집은 작지만, 돌아오는 길을 잘 따라왔어요. 확실히 애완 고양이치고는 제법입니다."

화이트스톰이 말했다.

"그러니까 동의하는 건가?"

블루스타가 라이언하트와 화이트스톰을 차례로 바라보았다. 둘 다 고개를 끄덕였다.

"그러면 종족에게 새 식구의 도착을 알려야겠군."

블루스타가 바위 위로 올라가 외쳤다.

"제 힘으로 먹이를 잡을 수 있는 나이가 된 모든 고양이들은 여기 '높은 바위' 아래로 와서 종족 회의에 참석하십시오!"

지도자의 또렷한 외침을 들은 고양이들이 공터 언저리에서 물이 흐르듯 나타났다. 모든 고양이가 빠르게 모여들었다. 러스티는 그 자리에 그대로 서 있었다. 라이언하트와 화이트스톰이 양옆에 다가와 섰다. 고양이들은 높은 바위 아래에 자리를 잡고, 기대하는 표정으로 지도자를 올려다보았다.

러스티는 고양이들 사이에서 그레이포의 굵은 회색 털을 알아보고는 한결 마음이 놓였다. 그의 옆에는 앳된 삼색얼룩 암고양이가 앉아 있었다. 그녀는 작고 하얀 발을 끝이 검은 꼬리로 단정하게 감싸고 있었다. 그들 뒤로는 몸집이 큰 얼룩 고양이가 웅크리고 있었다. 그의 진회색 털에 그어진 검은 줄무늬는 달빛이 비친 숲 속에 드리운 그림자처럼 보였다.

고양이들이 모두 잠잠해지자 블루스타가 입을 열었다.

"천둥족에는 지금 전사가 더 필요합니다. 훈련병들이 이렇게 적었던 적은 없었습니다. 그래서 종족 밖의 고양이를 받아들여 전사 훈련을 받게 하기로 결정했습니다."

종족 고양이들 사이에서 성난 웅성거림이 터져 나왔다. 하지만 블루스타는 단호한 목소리로 그들을 조용히 시켰다.

"그리고 기꺼이 천둥족의 훈련병이 되고 싶어 하는 고양이를 하나 발견했습니다."

"훈련병이 되는 건 행운이니까 그렇겠죠."

모든 고양이들에게 물결처럼 충격이 퍼지는 가운데, 날카로운 외침이 들렸다.

러스티는 목을 빼고 목소리의 주인공을 찾았다. 옅은 색 얼룩 고양이 하나가 일어서서 지도자를 반항적으로 쏘아보고 있었다.

블루스타는 얼룩 고양이를 개의치 않고 종족 전체에게 말했다.

"라이언하트와 화이트스톰이 그 어린 고양이를 만나 보았습니다. 그들도 그 고양이를 다른 훈련병들과 함께 훈련시키는 데 동의했습니다."

러스티는 라이언하트를 쳐다보았다. 그리고 다시 종족 고양이들이 모여 있는 쪽을 바라보았다. 이제 모든 눈이 그에게 쏠려 있었다. 러스티는 털을 곤두세우고 초조하게 침을 삼켰다. 순간 침묵이 내려앉았다. 러스티는 심장이 쿵쾅쿵쾅 뛰었다. 다른 고양이들이 심장 뛰는 소리를 듣고, 겁에 질린 냄새도 맡을 것이 분명했다.

이제 고양이들은 귀청이 터질 듯 아우성치기 시작했다.

"그는 어디서 왔나요?"

"어느 종족에 속한 고양이입니까?"

"냄새가 너무 이상해! 내가 아는 어떤 종족의 냄새도 아니야!"

이런저런 말소리들 위로 유난히 크게 들리는 목소리가 있었다.

"목줄을 봐! 애완 고양이야!"

이번에도 그 옅은 색 얼룩 고양이였다.

"한번 애완 고양이는 영원한 애완 고양이입니다. 우리 종족을 지키는 데 필요한 건 야생에서 태어난 전사들입니다. 먹여 살려야 할 나약한 입이 필요한 게 아니란 말입니다."

라이언하트가 몸을 숙여 러스티의 귀에 대고 속삭였다.

"저 얼룩무늬는 롱테일이다. 겁에 질린 네 냄새를 맡고 저러는 거야. 다들 마찬가지야. 네가 두려움 때문에 주저앉지 않는다는 사실을 다른 고양이들에게 증명해 보여야 해."

하지만 러스티는 움직일 수 없었다. 이 사나운 고양이들에게 어떻게 증명할 수 있을까? 자신이 그저 그런 애완 고양이가 아니라는 사실을.

얼룩 고양이는 계속해서 그를 비웃었다.

"네 목줄은 두발쟁이들의 표시야. 아무리 잘해 봤자 그 시끄럽게 짤랑거리는 소리 때문에 넌 형편없는 사냥꾼이 될 거야. 최악의 경우에는 그 소리가 두발쟁이들을 우리 영역으로 불러들일 거라고. 숲에서 가엽게 딸랑거리는 길 잃은 애완 고양이를 찾아서 말이지."

모든 고양이들이 맞장구를 치며 떠들썩하게 소리쳤다. 다른 고양이들의 지지에 힘입은 롱테일이 조롱을 계속했다.

"그런 위험한 종이 시끄럽게 울려 대면 우리 적들도 미리 알고 경계하겠지. 네가 풍기는 두발쟁이 악취가 아니더라도 말이야!"

라이언하트가 러스티의 귀에 다시 한 번 속삭였다.

"도전을 받고도 물러서려는 거야?"

러스티는 여전히 움직이지 않았다. 하지만 이번에는 롱테일의 위치가 정확히 어디인지 파악하는 중이었다. 롱테일은 거무스름한 갈색 암고양이의 바로 뒤에 있었다. 러스티는 귀를 납작하게 눕히고 눈을 질끈 감은 다음, 쉭쉭 소리를 내며 깜짝 놀란 고양이들 사이로 펄쩍 뛰어올랐다. 그리고 자신을 조롱하는 고양이에게 몸을 날렸다.

롱테일은 러스티의 공격에 무방비 상태였다. 그는 단단하게 굳은 흙바닥에서 몸을 가누지 못하고 옆으로 휘청거렸다. 스스로를 증명해 보이겠다는 간절함과 분노로 가득 찬 러스티는 발톱을 얼룩 고양이의 털 깊숙이 밀어 넣고, 이빨을 푹 박았다. 대개 싸움을 시작할 때는 교묘하게 후려치거나 기습적으로 한번 쳐 보는 동작들을 하기 마련이지만, 이번에는 그런 탐색전도 없었다. 두 고양이는 곧바로 소리를 지르고 몸부림을 치며 본격적인 싸움을 벌였다. 진영 한가운데에 있는 공터 여기저기에서 공중제비를 하며 뒹굴자, 다른 고양이들은 정신없이 휘몰아치는 두 털 뭉치를 피하느라 펄쩍펄쩍 뛰면서 자리를 비켜 주어야 했다.

상대를 발톱으로 할퀴고 발버둥 치던 러스티는 문득 자신이 아무런 두려움 없이 오직 흥분만을 느끼고 있음을 깨달았다. 심장이 고동치는 소리가 귓가에 울렸다. 주변에 있는 고양이들이 덩달아 흥분하여 외치는 소리도 들려왔다.

그때 러스티의 목줄이 팽팽하게 당겨졌다. 롱테일이 이빨 사이에 목줄을 문 채 점점 더 세게 잡아당기고 있었다. 러스티는 지독하게 목을 죄는 압박감을 느꼈다. 이제 러스티는 숨을 쉴 수 없어서 어쩔 줄 몰라 하며 허둥대기 시작했다. 발버둥 치며 몸을 비틀어 보았지만, 움직일 때마다 목줄은 오히려 더 세게 조여들 뿐이었다. 러스티는 헛구역질을 하고 숨을 벌컥벌컥 삼키면서, 있는 힘을 모두 끌어모아 롱테일에게서 벗어나려고 애썼다. 그때 별안간 요란하게 우두둑 소리가 나더니 마침내 몸이 풀려났다.

롱테일은 저만치 나가떨어졌다. 러스티는 허둥지둥 일어나 주변을 살폈다. 꼬리 세 개 정도 떨어진 거리에서 웅크리고 있는 롱테일의 입에 엉망으로 망가진 자신의 목줄이 매달려 있었다.

곧이어 블루스타가 높은 바위에서 뛰어내려 우레와 같은 호통을 쳤다. 소란스럽던 무리가 잠잠해졌다. 러스티와 롱테일은 그 자리에 꼼짝 않고 서서 헐떡거리고 있었다. 둘 다 털이 마구 형클어져 있었고, 여기저기 털 뭉치가 달려 있었다. 러스티는 눈가에 베인 상처가 따끔거리는 걸 느꼈다. 롱테일의 왼쪽 귀는 심하게 찢어졌고, 깡마른 어깨에서는 피가 흘러 흙먼지 자욱한 바닥으로 떨어지고 있었다. 그들은 여전히 적개심을 삭이지 못하고 서로를 노려보았다.

블루스타가 롱테일에게 다가갔다. 그리고 목줄을 가져와 바닥에 놓고 모두에게 말했다.

"새로 온 고양이가 자신의 명예를 지키기 위한 싸움에서 두발 쟁이가 걸어 준 목줄을 잃었습니다. 별족이 승인을 해 준 것입니다. 이 고양이는 두발쟁이 주인들에게서 풀려나 자유롭게 천둥족 훈련병이 되었습니다!"

러스티는 블루스타를 보고 진지하게 고개를 끄덕여 받아들인다는 표시를 했다. 그러고는 일어나서 한 줄기 햇빛 속으로 걸어 나갔다. 아픈 근육에 따뜻한 기운이 느껴져 기분이 좋아졌다. 햇빛을 받은 주황색 털가죽이 환하게 빛났다. 러스티는 자랑스럽게 고개를 들어 자신을 에워싼 고양이들을 둘러보았다. 이번에는 아무도 조롱하거나 언쟁을 벌이지 않았다. 그는 자신이 싸울 만한 적수가 된다는 것을 그들에게 보여 주었다.

블루스타가 러스티에게 다가오더니 갈기갈기 찢어진 목줄을 그의 앞에 놓고, 코로 귀를 부드럽게 쓰다듬어 주었다.

"이렇게 햇빛을 받으니 마치 타오르는 횃불처럼 보이는군."

블루스타의 눈이 잠시 번득였다. 그녀의 말에는 러스티가 아는 것보다 더 많은 뜻이 담겨 있는 것 같았다.

"잘 싸웠다."

블루스타는 몸을 돌려 종족을 향해 선언했다.

"오늘부터 전사의 이름을 얻게 되는 그날까지 이 훈련병은 그의 불꽃색 털을 따라서 파이어포라고 불릴 것입니다."

블루스타는 뒤로 물러나서 다른 고양이들과 함께 잠자코 러스티의 다음 행동을 기다렸다. 러스티는 머뭇거리지 않고 흙과 풀잎을 발로 차서 목줄을 덮어 버렸다.

롱테일이 으르렁거리는 소리를 내며 공터 밖으로 절뚝거리며 나갔다. 그리고 고사리 그늘이 드리운 구석으로 사라졌다. 나머지 고양이들은 삼삼오오 나뉘어 흥분한 목소리로 떠들어 댔다.

"이봐, 파이어포!"

뒤쪽에서 그레이포의 친근한 목소리가 들렸다.

'파이어포라니!'

새로운 이름으로 불리니 자부심이 생기면서 온몸이 흥분에 휩싸였다. 파이어포는 몸을 돌려 반갑게 킁킁거리며 회색 훈련병을 맞았다.

"훌륭한 싸움이었어, 파이어포! 특히 애완 고양이치고는 말이야! 겨우 두 달 전에 훈련을 마치기는 했지만, 그래도 롱테일은 전사거든. 네가 귀에 남긴 상처 때문에 롱테일도 너를 쉽게 잊지는 못할 거야. 그 잘생긴 얼굴을 네가 망친 건 확실하니까."

그레이포가 말했다.

"고마워, 그레이포. 롱테일도 정말 대단했어!"

파이어포는 대답을 해 주고, 앞발을 핥으며 눈 위에 생긴 따끔거리는 상처를 닦아 내기 시작했다. 상처를 닦는 동안, 다른 고양이들이 이야기를 나누며 그의 새 이름을 부르는 소리가 여러 번 들렸다.

"파이어포!"

"이봐, 파이어포!"

"환영해, 파이어포!"

파이어포는 잠시 눈을 감고 밀려드는 목소리에 귀를 기울였다.

"좋은 이름이야!"

그레이포가 만족스럽다는 듯 말했다.

파이어포는 주변을 살폈다.

"롱테일은 어디로 간 거지?"

"스파티드리프의 동굴 쪽으로 가는 것 같았어."

그레이포가 롱테일이 사라진 공터 구석을 향해 고갯짓을 하며 말했다.

"스파티드리프는 우리 종족 치료사야. 외모도 나쁘지 않아. 사실 대부분의 고양이들보다 젊고 훨씬 매력적⋯⋯."

그때 옆에서 낮은 외침이 들려와 그레이포의 말을 가로막았다. 둘은 동시에 소리 나는 쪽을 돌아보았다. 종족 회의 때 그레이포 뒤에 앉아 있던 건장한 회색 얼룩 고양이가 보였다.

"다크스트라이프."

그레이포가 공손하게 고개를 숙이며 말했다.

매끈한 수고양이가 잠깐 파이어포를 응시했다.

"운 좋게 그때 마침 목줄이 끊긴 걸 다행으로 여겨라. 롱테일이 어린 전사이긴 해도, 애완 고양이에게 지는 건 상상도 못 할 일이니까!"

그는 멸시하듯 '애완 고양이'라는 말을 내뱉고는 돌아서서 가버렸다.

"이제 다크스트라이프는⋯⋯ 젊지도, 매력적이지도 않지⋯⋯."

그레이포가 목소리를 낮추어 파이어포에게 속삭였다.

파이어포가 친구에게 맞장구를 치려는 순간, 공터 가장자리에 앉아 있던 나이 든 회색 고양이가 큰 소리로 위험을 알렸다.

"스몰이어가 무슨 냄새를 맡았나 봐!"

그레이포가 즉각 경계 태세를 갖추며 말했다.

파이어포가 주변을 살필 겨를도 없이, 어린 고양이 하나가 덤불을 뚫고 진영으로 들어왔다. 그 고양이는 아주 말랐고, 길고 가느다란 꼬리 끝의 하얀 무늬를 제외하면 머리부터 발끝까지 새카맸다.

그레이포가 헉 소리를 냈다.

"저건 레이븐포야! 왜 혼자지? 타이거클로는 어디 있는 거야?"

파이어포는 비틀거리며 공터 바닥을 가로질러 오는 레이븐포를 바라보았다. 그는 몹시 헐떡이고 있었다. 털은 헝클어진 채 먼지로 덮여 있었고, 눈은 겁에 질려 사나워져 있었다.

"레이븐포와 타이거클로가 누군데?"

파이어포는 그레이포에게 속삭여 물었다. 그사이 다른 고양이들이 막 도착한 고양이를 맞으러 달려갔다.

"레이븐포는 훈련병이야. 타이거클로는 그의 스승이고. 오늘 아침 태양이 떠오를 때, 레이븐포는 타이거클로, 레드테일과 함께 강족과 맞서 싸우는 임무를 맡고 나갔었어."

그레이포가 재빨리 설명했다. 그러더니 한숨을 쉬듯 덧붙였다.

"운 좋은 털 뭉치 녀석 같으니."

"레드테일?"

파이어포는 처음 듣는 온갖 이름들 때문에 몹시 혼란스러워져서 되물었다.

"천둥족의 부지도자야."

그레이포가 속삭였다.

"그런데 왜 레이븐포 혼자 돌아온 걸까?"

그때 블루스타가 앞으로 나섰다. 그레이포는 지도자의 이야기를 듣기 위해 고개를 돌렸다.

"레이븐포?"

블루스타의 목소리는 차분했지만, 푸른 눈은 근심으로 흐려져 있었다. 다른 고양이들은 뒤로 물러나서 초조하게 지켜보고 있었다.

"무슨 일이지?"

블루스타는 높은 바위 위로 뛰어올라, 덜덜 떨고 있는 고양이를 내려다보았다.

"말을 해라, 레이븐포!"

레이븐포는 여전히 숨을 헐떡이고 있었다. 숨을 내쉴 때마다 옆구리가 들썩였다. 몸을 뒤덮은 먼지는 피로 붉게 물들어 있었다. 레이븐포는 가까스로 높은 바위에 올라가 블루스타 옆에 설 수 있었다. 그는 겨우 숨을 고르고, 간절한 표정으로 자신을 바라보고 있는 종족 고양이들에게 알렸다.

"레드테일이 죽었습니다!"

4

부지도자의 죽음

충격을 받은 고양이들이 울부짖는 소리가 숲 전체에 울려 퍼졌다.

레이븐포의 몸이 휘청거렸다. 그의 오른쪽 앞다리가 번들거렸다. 어깨에 깊게 난 상처에서 흘러나온 피로 젖어 있었던 것이다.

"우리는 해 드는 바위에서 멀지 않은 시내 옆에서 강족 전사 다섯을 만났습니다. 오크하트도 그들 중에 있었습니다."

"오크하트!"

파이어포 옆에 있던 그레이포가 깜짝 놀라 소리쳤다.

"강족의 부지도자야. 숲에서 가장 위대한 전사들 중 하나지. 레이븐포는 운이 좋았어! 아, 내가 그 자리에 있었다면 좋았을 텐데. 난 정말이지……."

그레이포가 말을 멈췄다. 레이븐포가 돌아오는 것을 가장 먼저 알아차렸던 나이 든 회색 수고양이가 사나운 눈초리를 보냈던 것이다.

파이어포는 다시 레이븐포에게 시선을 돌렸다.

"레드테일은 오크하트에게 다시는 천둥족 영역에서 사냥하지 말라고 경고했습니다. 강족 전사가 또다시 우리 영역에서 사냥하다 걸리면 죽음을 면치 못할 거라고 말했지만, 오크하트는…… 그는 물러나려 하지 않았어요. 우리가 뭐라고 위협을 하든지 강족을 먹여 살려야 한다고 말했습니다."

레이븐포가 숨을 고르느라 잠시 말을 멈췄다. 상처에서는 여전히 피가 흘러나왔다. 그는 어깨에 입은 부상 때문에 어정쩡한 자세로 서 있었다.

"바로 그때 강족 고양이들이 공격을 시작했습니다. 무슨 일이 벌어지고 있는지 살필 겨를도 없었어요. 전투는 치열했고, 저는 오크하트가 레드테일을 바닥에 꼼짝 못 하게 누르는 걸 보았어요. 그런데 그 뒤에 레드테일이……."

갑자기 레이븐포의 눈이 뒤집히더니 몸이 옆으로 휘청했다. 똑바로 서기 위해 안간힘을 썼지만 몸은 아래로 무너져 내리고 있었다. 결국 그는 높은 바위에서 주르르 미끄러져 내려 바닥에 쓰러지고 말았다.

황갈색 어미 고양이 하나가 그를 향해 재빨리 달려가 옆에 웅크리고 앉았다. 그리고 잠깐 레이븐포의 뺨을 핥더니 소리쳤다.

"스파티드리프!"

고사리 그늘이 드리운 구석에서 예쁘장한 삼색얼룩 고양이가 빠른 걸음으로 걸어 나왔다. 아까 그레이포 옆에 앉아 있던 고양이였다. 그녀는 서둘러 레이븐포에게 다가가, 어미 고양이에게 뒤로 물러나라고 말했다. 그리고 작은 분홍색 코를 이용해 훈련병을 굴려 상처를 자세히 들여다보았다. 마침내 일어선 스파티드리프가 어미 고양이를 흘긋 쳐다보며 말했다.

"괜찮아요, 골든플라워. 치명적인 상처는 아니에요. 하지만 출혈을 멈추려면 거미줄을 좀 가져와야겠어요."

스파티드리프가 거처로 달려가자 공터에는 침묵이 흘렀다. 그때 비통하게 울부짖는 소리가 그 침묵을 깨뜨렸다. 모든 고양이들의 눈길이 소리가 터져 나온 쪽으로 향했다.

건장한 진갈색 얼룩 고양이가 가시금작화 굴길을 통과해 비틀거리며 진영으로 걸어 들어왔다. 전사의 날카로운 이빨 사이에 물려 있는 건 먹잇감이 아니었다. 숨이 끊어진 다른 고양이의 시신이었다. 그는 너덜너덜해진 그 형체를 공터 한가운데로 물고 왔다.

목을 길게 빼고 있던 파이어포는 먼지 속에서 축 늘어진 밝은 황갈색 꼬리를 얼핏 볼 수 있었다.

살을 에는 바람처럼 충격이 종족을 훑고 지나갔다. 그레이포가 슬픔에 휩싸인 채 파이어포 옆에서 몸을 낮게 웅크렸다.

"레드테일!"

"어떻게 된 일인가, 타이거클로?"

블루스타가 높은 바위에서 다그치듯 물었다.

타이거클로는 레드테일의 목덜미를 입에서 내려놓고 침착하게 블루스타를 응시했다.

"레드테일은 오크하트에게 목숨을 빼앗겼고, 명예롭게 죽었습니다. 그를 구할 수는 없었지만, 대신 승리를 자축하는 오크하트의 목숨을 빼앗았습니다."

타이거클로의 목소리는 낮고 강렬했다.

"레드테일의 죽음은 헛되지 않았습니다. 그 덕분에 강족 사냥꾼들을 우리 영역에서 다시 볼 일은 없을 거라고 생각합니다."

파이어포는 그레이포를 흘깃 보았다. 훈련병의 눈은 슬픔으로 어두워져 있었다.

잠시 후에 여럿이 앞으로 나와 레드테일의 더러워진 털을 핥아 주었다. 그들은 털을 손질하면서, 죽은 전사에게 소리를 낮추어 뭐라 중얼거렸다.

파이어포는 그레이포의 귀에 대고 속삭였다.

"지금 뭘 하고 있는 거야?"

그레이포는 죽은 고양이에게서 눈을 떼지 않은 채 대답했다.

"레드테일의 영혼은 이제 우리를 떠나 별족과 함께할 거야. 그 전에 종족이 마지막으로 그와 혀를 나누는 거야."

"별족이라고?"

파이어포는 다시 물었다.

"별족은 모든 종족 고양이들을 보살펴 주는 하늘의 전사 종족이야. 별 무리에서 그들을 볼 수 있어."

그레이포가 파이어포의 어리둥절한 표정을 보고 설명을 덧붙였다.

"밤마다 하늘에 굵은 띠 모양으로 펼쳐지는 별 무리가 보일 거야. 그 별 하나하나가 바로 별족 전사들이야. 레드테일도 오늘 밤 그들 중 하나가 될 거야."

파이어포는 고개를 끄덕거렸다. 그레이포는 앞으로 걸어 나가 죽은 부지도자와 혀를 나누었다.

먼저 나온 고양이들이 레드테일에게 인사를 하는 동안 블루스타는 잠자코 있었다. 그녀는 높은 바위에서 뛰어내려 천천히 레드테일의 시신을 향해 걸어갔다. 다른 고양이들은 뒤로 물러나 지도자가 옛 동지와 마지막으로 혀를 나누는 모습을 지켜보았다.

인사를 마친 블루스타는 고개를 들었다. 그리고 슬픔이 짙게 묻어나는 목소리로 나직하게 말을 하기 시작했다. 종족은 조용히 귀를 기울였다.

"레드테일은 용맹한 전사였습니다. 천둥족에 대한 그의 충성심은 한 치도 의심할 여지가 없었습니다. 나는 언제나 그의 판단에 의지했습니다. 그는 오직 종족을 위해 판단을 내렸고, 결코 자신의 이익이나 만족을 위해 흔들린 적이 없습니다. 그가 살아 있었다면 훌륭한 지도자가 되었을 것입니다."

말을 마친 블루스타는 몸을 낮추고 머리를 숙인 채 앞발을 가지런히 모으고 친구를 애도했다. 다른 고양이들도 다가와 옆에 앉았다. 그리고 슬픔에 잠긴 지도자를 따라 고개를 숙이고 머리를 조아렸다.

그 모습을 지켜보던 파이어포는 강렬한 감정에 사로잡혔다. 비록 레드테일을 알지는 못하지만, 종족 전체가 동료를 애도하는 광경에 마음이 움직이지 않을 수 없었다.

다시 파이어포의 옆으로 온 그레이포가 말했다.

"더스트포가 슬퍼할 거야."

"더스트포?"

"레드테일의 훈련병이야. 저쪽에 있는 갈색 줄무늬 고양이 말이야. 다음 스승이 누가 될지 모르겠네."

파이어포는 레드테일의 시신 근처에 쪼그리고 앉아 멍하니 바닥을 응시하고 있는 고양이를 흘깃 보았다. 몸집이 작은 수고양이였다.

파이어포는 그를 지나쳐서 지도자를 바라보았다.

"블루스타는 얼마나 오랫동안 레드테일의 곁을 지키는 거야?"

"아마도 밤새도록 앉아 있을 거야."

그레이포가 대답했다.

"레드테일은 꽤 여러 달 동안 천둥족의 부지도자였거든. 레드테일을 쉽게 보낼 수는 없을 거야. 그는 가장 훌륭한 전사들 중 하나였어. 타이거클로나 라이언하트처럼 덩치가 크고 힘이 세진 않아도, 민첩하고 영리했지."

파이어포는 타이거클로를 바라보았다. 그의 강인한 근육과 넓적한 머리, 거기에 넘치는 기운이 존경스러웠다. 타이거클로의 건장한 몸은 전사로 살아온 흔적을 보여 주고 있었다. 한쪽 귀는 쐐기 모양으로 깊게 찢어졌고, 깊은 흉터가 콧등을 가르고 있었다.

갑자기 타이거클로가 벌떡 일어서더니 레이븐포에게 걸어갔다. 레이븐포의 옆에는 스파티드리프가 웅크리고 앉아, 어깨에 난 상처에 이빨과 앞발로 거미줄 뭉치를 눌러 주고 있었다.

파이어포는 그레이포에게 몸을 기울여 물었다.

"스파티드리프가 뭘 하고 있는 거야?"

"지혈을 하는 거야. 심하게 베인 것 같아. 레이븐포는 큰 충격을 받은 것 같아. 항상 좀 안절부절못하긴 했지만 이렇게 심한 건 처음 봐. 정신을 좀 차렸는지 가 보자."

그들은 슬퍼하는 고양이들을 지나쳐 레이븐포가 누워 있는 곳으로 향했다. 그리고 멀찌감치 서서 타이거클로가 이야기를 마칠 때까지 기다렸다.

타이거클로가 자신만만한 목소리로 물었다.

"레이븐포는 어떻소, 스파티드리프? 구할 수 있겠소? 이 녀석을 훈련시키느라 엄청난 시간을 들였는데, 고작 첫 전투에서 그 노력이 물거품이 되게 할 순 없소."

스파티드리프는 상처 입은 고양이에게서 눈을 떼지 않고 대답했다.

"알아요, 그토록 귀한 훈련을 받았는데 첫 번째 전투에서 죽는다면 참으로 애석한 일이겠죠."

파이어포는 그녀의 부드러운 말 속에 비꼬듯 가르랑거리는 소리가 숨겨져 있는 걸 느낄 수 있었다.

"살 수 있겠소?"

타이거클로가 다그쳤다.

"물론이에요. 그냥 쉬면 돼요."

타이거클로가 콧방귀를 뀌고는 움직임이 없는 검은 몸체를 내려다보았다. 그러더니 앞발을 들어 발톱으로 레이븐포를 쿡 찔렀다.

"자, 그럼 어서 일어나라!"

레이븐포는 움직이지 않았다.

"저 발톱 길이 좀 봐!"

파이어포가 숨죽여 말했다.

"내 말이! 그러니까 타이거클로와 싸움에 휘말리면 절대 안 돼!"

그레이포가 공감한다는 듯 말했다.

"아직 아니에요, 타이거클로!"

스파티드리프가 타이거클로의 날카로운 발톱 위에 자신의 발을 올려 슬쩍 밀어냈다.

"이 훈련병은 상처가 나을 때까지 가능하면 가만히 있어야 한다고요. 당신을 만족시키려고 뛰어다니다가 상처가 벌어지면 안 되잖아요. 그냥 놔두세요."

파이어포는 자신도 모르게 숨을 참고 타이거클로의 반응을 기다렸다. 타이거클로 같은 전사에게 감히 명령을 내릴 고양이는 몇 안 될 것 같았다. 덩치 큰 얼룩 고양이는 순간 몸이 뻣뻣하게 굳더니 무언가 말을 하려고 입을 벌렸다. 하지만 그때 스파티드리프가 부드럽게 말했다.

"타이거클로, 당신은 치료사와 말다툼을 벌일 만큼 어리석지 않잖아요."

삼색얼룩 고양이의 말에 타이거클로의 눈이 번득였다.

"스파티드리프, 어찌 감히 당신과 말다툼을 벌일 수 있겠소."

돌아서던 그가 그레이포와 파이어포를 발견했다. 우뚝 서서 두 고양이를 내려다보며 타이거클로가 물었다.

"이건 누구냐?"

"새로 온 훈련병입니다."

그레이포가 대답했다.

"애완 고양이 냄새가 나는데?"

전사가 콧방귀를 뀌었다.

"저는 집 고양이였거든요. 하지만 전사가 되는 훈련을 받을 거예요."

파이어포는 대담하게 말했다.

타이거클로가 돌연 관심을 보이며 파이어포를 찬찬히 뜯어보았다.

"아, 그래, 이제 기억이 나는군. 블루스타가 길 잃은 애완 고양이를 우연히 발견했다는 얘기를 한 적이 있지. 블루스타가 정말 너를 시험해 보기로 했나 보구나. 그런 거냐?"

파이어포는 유달리 눈에 띄는 이 전사에게 좋은 인상을 주려고 바른 자세로 서서 공손하게 말했다.

"맞습니다."

타이거클로가 생각에 잠겨 그를 내려다보았다.

"그렇다면 네가 어떻게 성장하는지 내가 관심을 갖고 지켜봐야겠구나."

타이거클로가 멀어질 때까지 파이어포는 자랑스럽게 가슴을 펴고 서 있었다.

"타이거클로가 나를 좋아하는 것 같니?"

"타이거클로는 어떤 훈련병도 좋아하지 않아."

그레이포가 소곤거렸다.

바로 그때 레이븐포가 뒤척뒤척하더니 귀를 씰룩거렸다.

"갔어?"

"누구? 타이거클로?"

그레이포가 종종걸음으로 레이븐포에게 다가가며 대답했다.

"응, 갔어."

"안녕?"

파이어포도 자신을 소개하기 위해 다가갔다.

"저리 가거라, 둘 다! 이렇게 방해꾼이 많으면 어떻게 이 녀석을 치료하겠니?"

스파티드리프가 쏘아붙였다. 그리고 성마르게 꼬리를 휘두르며 그레이포와 파이어포를 뚫고 상처 입은 고양이에게 다가갔다.

파이어포는 그녀의 온화한 황갈색 눈에 활기찬 빛이 어리긴 했지만 진지하게 말하고 있다는 것을 깨달았다.

"가자, 파이어포! 내가 진영을 안내해 줄게."

그레이포가 말했다.

"나중에 보자, 레이븐포."

두 고양이는 스피티드리프와 레이븐포를 뒤로하고 공터를 가로질렀다.

그레이포는 생각에 잠긴 표정이었다. 파이어포를 안내하는 임무를 매우 진지하게 받아들이고 있는 것이 분명했다.

"높은 바위는 이미 알지?"

그레이포가 크고 매끈한 바위를 꼬리로 가리키며 말했다.

"블루스타가 종족에게 연설할 때는 항상 저기 올라가서 해. 블루스타의 거처는 저 아래에 있어."

레이븐포가 높은 바위 한쪽 옆에 난 구멍을 코로 가리켰다.

"아주 오래전에 시냇물 줄기에 깎여 만들어진 동굴이지."

지도자의 거처 입구에는 이끼가 드리워져, 바람과 비로부터 보호해 주고 있었다.

"전사들은 이쪽에서 잠을 자."

그레이포가 안내를 계속했다.

파이어포는 친구를 따라 높은 바위에서 몇 걸음 떨어진 큰 덤불로 갔다. 그곳에서는 진영으로 들어오는 가시금작화 굴길 입구까지 시야가 훤히 트여 있었다. 덤불 가지들이 낮게 드리워져 있었지만, 그 안쪽으로 전사들이 보금자리로 삼은 공간을 들여다볼 수 있었다.

"선임 전사들은 중앙에서 가장 가까운 곳에서 자. 거기가 가장 따뜻하거든. 보통 저기 쐐기풀 무더기 쪽에서 선임 전사들이 함께 싱싱한 먹이를 나눠 먹어. 후임 전사들은 그 근처에서 먹고. 가끔씩 선임 전사들이 같이 먹자고 초대하기도 하는데, 그건 아주 큰 영광이야."

"전사가 아닌 고양이들은?"

파이어포는 종족 생활의 모든 전통과 풍습에 매력을 느끼긴 했지만, 조금 위축되는 기분이 드는 것도 사실이었다.

"음, 암고양이들은 전사로서 일할 때는 전사들의 숙소를 함께 쓰지만, 새끼 고양이를 임신하거나 젖을 먹일 때는 보육실 가까

78

이에 있는 보금자리에 머물러. 원로들을 위한 공간은 공터 반대편에 따로 있어. 가자, 내가 보여 줄게."

파이어포는 그레이포를 뒤따라 공터를 가로질러 걸어갔다. 그리고 스파티드리프의 거처가 있는 그늘진 구석을 지나쳐, 쓰러진 나무 한 그루 옆에 멈춰 섰다. 나무는 풀이 무성하게 자란 땅의 어느 한 부분을 가려 주고 있었다. 보드라운 푸른 잎들 사이에는 원로 고양이 넷이 웅크리고 앉아 통통하고 어린 토끼를 열심히 먹고 있었다.

"더스트포와 샌드포가 토끼를 가져다 드렸을 거야. 원로들을 위해 싱싱한 먹이를 잡는 일도 훈련병의 임무 중 하나거든."

그레이포가 소곤거렸다.

"안녕, 젊은 친구?"

원로들 중 하나가 그레이포에게 인사를 건넸다.

"안녕하세요, 스몰이어?"

그레이포가 공손하게 고개를 숙이며 인사했다.

"이 녀석이 우리의 새 훈련병이로군. 파이어포, 맞지?"

두 번째 수고양이가 말했다. 털은 얼룩얼룩한 짙은 갈색이었고, 꼬리가 있어야 할 자리에는 뭉툭한 부분만 남아 있었다.

"맞아요."

파이어포는 그레이포를 따라 예의 바르게 고갯짓을 하며 대답했다.

"난 하프테일이란다. 천둥족에 들어온 걸 환영한다."

갈색 고양이가 가르랑거렸다.

"너희 둘, 먹이는 먹었니?"

스몰이어가 물었다.

파이어포와 그레이포는 고개를 저었다.

"자, 여기 먹이가 넉넉히 있단다. 더스트포랑 샌드포가 훌륭한 사냥꾼이 되어 가고 있구나. 이 친구들과 쥐 한 마리를 나눠 먹어도 괜찮겠지, 원아이?"

옆에 있던 연회색 암고양이가 고개를 끄덕였다. 파이어포는 그녀의 한쪽 눈이 흐릿하고 보이지 않는다는 것을 알아차렸다.

"대플테일은 어때?"

회색 주둥이를 가진 삼색얼룩 암고양이가 나이 들어 갈라진 목소리로 대답했다.

"물론 괜찮지."

"고맙습니다."

그레이포가 신이 난 목소리로 인사했다. 그러고는 앞으로 나아가 쌓여 있는 먹이 중에서 큼지막한 쥐를 하나 잡아 파이어포의 발치에 떨어뜨려 주었다.

"아직 쥐를 안 먹어 봤겠지?"

"응."

파이어포는 솔직히 대답했다.

싱싱한 먹이에서 올라오는 따스한 냄새를 맡으니 마음이 들떴다. 종족 구성원으로서 처음으로 진짜 음식을 나눈다고 생각하자, 온몸에 전율이 일었다.

"그렇다면 네가 먼저 먹도록 해. 내 몫은 조금만 남겨 줘."

그레이포가 고개를 까딱하더니 뒤로 물러나 파이어포에게 자리를 내주었다.

파이어포는 웅크리고 앉아서 쥐를 크게 한 입 베어 물었다. 그것은 촉촉하고 부드러웠으며, 숲의 풍미가 나는 듯했다.

"어때?"

그레이포가 물었다.

"환상적이야!"

파이어포는 아직 입에 먹이를 가득 문 채로 우물거렸다.

"그럼 좀 비켜 봐."

그레이포도 앞으로 나서서 고개를 숙여 한 입 베어 물었다.

두 훈련병이 쥐를 나누어 먹는 동안, 원로들끼리 이야기하는 소리가 들렸다.

"블루스타가 새 부지도자를 임명할 때까지 얼마나 걸릴까?"

스몰이어가 물었다.

"뭐라고 했어, 스몰이어?"

원아이가 물었다.

"자네 청력은 시력만큼이나 형편없어지는군. 블루스타가 새 부지도자를 임명할 때까지 얼마나 걸릴 것 같으냐고 물었네."

원아이는 스몰이어의 짜증스러운 대꾸는 무시하고, 대신 삼색 얼룩 암고양이에게 말을 걸었다.

"대플테일, 오래전에 블루스타가 부지도자로 임명되던 날 기억나?"

"오, 그럼! 블루스타가 새끼들을 잃고 얼마 지나지 않았을 때였잖아."

대플테일이 진지하게 대답했다.

"새 부지도자를 선뜻 임명하기가 꺼려질 거야."

스몰이어가 말했다.

"레드테일이 오랫동안 일을 잘해 왔잖아. 하지만 빨리 결정을 내리긴 해야겠지. 종족 관습에 따르면 전임 부지도자가 죽고 나서 달이 가장 높이 뜨기 전까지 결정을 내려야만 하니까."

"적어도 이번에는 누굴 선택할지 확실하지 않은가."

하프테일이 말했다.

파이어포는 고개를 들어 공터 주변을 둘러보았다. 하프테일은 누굴 말하는 걸까? 파이어포가 보기에는 모든 전사들이 부지도자가 될 자격이 있는 것 같았다. 아마도 그는 타이거클로를 말하는 걸지도 몰랐다. 어쨌든 그가 레드테일의 죽음에 복수를 해 주었으니까.

타이거클로는 멀지 않은 곳에 앉아 있었다. 그의 귀는 원로들의 대화를 듣기 위해 쫑긋 서 있었다.

파이어포는 혀를 뻗어 수염에 남은 쥐의 마지막 흔적을 핥아 없앴다. 그때 높은 바위에서 블루스타의 목소리가 울려 퍼졌다. 레드테일의 시신은 희미해지는 빛 속에서 창백한 회색빛을 띠고 여전히 그 아래 공터에 놓여 있었다.

"새로운 부지도자를 임명해야만 합니다."

블루스타가 말했다.

"하지만 먼저 레드테일을 거두어 주신 별족에게 감사를 드립

시다. 오늘 밤 그는 동료 전사들과 함께 별들 사이를 거닐 것입니다."

침묵이 내려앉았고, 모든 고양이들이 하늘을 올려다보았다. 숲에 저녁이 다가오면서 하늘도 어두워지기 시작했다.

블루스타가 말을 이었다.

"이제 천둥족의 새 부지도자를 임명해야 합니다. 레드테일의 영혼이 내 선택을 듣고 받아들일 수 있도록 그의 몸 앞에서 이 말을 합니다."

파이어포는 타이거클로를 쳐다보았다. 덩치 큰 전사는 높은 바위를 응시하고 있었다. 그의 호박색 눈에 어린 열망은 모른 척하기 힘들 정도로 강렬했다.

"라이언하트."

블루스타가 말했다.

"라이언하트가 천둥족의 새 부지도자가 될 것입니다."

파이어포는 타이거클로의 반응이 궁금했다. 하지만 전사의 얼굴에는 아무것도 드러나 있지 않았다. 타이거클로는 라이언하트에게 다가가 그를 쿡 찌르며 축하해 주었다. 황금빛 얼룩 고양이를 거의 쓰러뜨릴 만큼 힘이 들어간 축하였다.

"왜 타이거클로를 부지도자로 뽑지 않았을까?"

파이어포는 그레이포에게 속닥거렸다.

"아마도 라이언하트가 전사가 된 지 더 오래되고 경험이 많기 때문일 거야."

그레이포가 여전히 블루스타를 쳐다보며 대꾸했다.

블루스타가 다시 말을 이었다.

"레드테일은 어린 더스트포의 스승이기도 했습니다. 훈련병들을 가르치는 일은 결코 미룰 수 없으니 더스트포의 새 스승을 즉시 임명해야만 합니다. 다크스트라이프, 자네는 첫 훈련병을 받을 준비가 되었네. 자네가 더스트포의 훈련을 계속해 주기 바라네. 타이거클로에게서 훌륭한 가르침을 받았으니 그에게서 배운 뛰어난 기술들을 전수해 주기를 기대하겠네."

얼룩무늬 전사는 지도자의 말을 받아들인다는 뜻으로 진지하게 고개를 끄덕였다. 그는 자부심에 찬 의기양양한 표정이었다. 더스트포에게 걸어간 전사는 고개를 숙이고 새 훈련병과 조금 어색하게 코를 맞댔다. 더스트포는 공손하게 꼬리를 세웠지만, 스승을 잃은 슬픔으로 눈은 아직도 흐려져 있었다.

블루스타가 목소리를 높였다.

"해가 떠올라 레드테일을 묻기 전까지, 난 오늘 밤 레드테일의 곁을 지키며 밤새 추모할 것입니다."

블루스타는 높은 바위에서 펄쩍 뛰어내려 다시 레드테일의 시신 곁으로 갔다. 다른 여러 고양이들도 그녀와 함께했다. 더스트포와 스몰이어도 그들 사이에 끼어 있었다.

"우리도 같이 있어야 할까?"

파이어포가 물었다. 솔직히 그렇게 하고 싶은 건 아니었다. 분주한 하루였고, 이제 피로를 느끼기 시작했기 때문이다. 그저 따뜻하고 보송보송한 어딘가를 찾아 몸을 둥글게 말고 자고 싶었다.

그레이포가 고개를 저었다.

"아니, 레드테일과 가까웠던 고양이들만 마지막 밤을 함께할 거야. 우리가 잠을 자는 곳으로 안내해 줄게. 훈련병의 거처는 이쪽이야."

파이어포는 그레이포를 따라 이끼가 낀 나무 그루터기 뒤에 있는 무성한 고사리 덤불로 향했다.

"훈련병들은 모두 이 그루터기 옆에서 싱싱한 먹이를 나누어 먹어."

그레이포가 설명했다.

"훈련병은 몇이나 되는데?"

파이어포가 물었다.

"요새는 별로 많지 않아. 나랑 너랑 레이븐포, 더스트포, 샌드 포가 다야."

그레이포와 파이어포가 나무 그루터기 옆에 자리를 잡자, 젊은 암고양이 하나가 고사리 덤불 아래로 기어 나왔다. 그녀의 털은 파이어포와 비슷한 황갈색이었지만 훨씬 옅었고, 줄무늬도 보일 듯 말 듯했다.

"아하, 새 훈련병이 등장하셨군!"

암고양이가 눈을 가늘게 뜨며 말했다.

"안녕?"

파이어포가 인사했다.

암고양이는 인사 대신 킁킁대며 냄새를 맡았다.

"애완 고양이 냄새가 나잖아! 제발 저 역겨운 냄새가 나는 녀석과 내 잠자리를 함께해야 한다고 말하진 말아 줘!"

파이어포는 약간 당황스러운 기분이었다. 롱테일과 싸운 뒤로는 모든 고양이가 꽤나 다정하게 대해 주었기 때문이다. 어쩌면 그들은 단지 레이븐포가 전해 준 소식에 정신이 빼앗겼던 것이었으리라.

"샌드포 말에 신경 쓰지 마. 분명히 몸 어딘가에 털 뭉치가 끼어 있을 거야. 평소에는 이렇게 성격이 고약하지는 않거든."

그레이포가 대신 사과했다.

"이봐!"

샌드포가 짜증스럽게 쏘아붙였다.

"그만해라, 애송이들."

화이트스톰의 낮은 목소리가 뒤에서 들려왔다.

"샌드포! 내 훈련병으로서 새로운 친구를 좀 더 반갑게 맞아 줄 거라 기대했다."

샌드포가 반항하듯 고개를 치켜들었다.

"죄송해요, 화이트스톰. 단지 전 애완 고양이랑 함께 훈련을 받게 될 줄은 몰랐어요. 그뿐이에요!"

그녀의 목소리에는 전혀 죄송한 기색이 없었다.

"익숙해질 거다, 샌드포."

화이트스톰이 차분하게 말했다.

"이제 시간이 늦었어. 훈련은 내일 일찍 시작할 거란다. 너희 셋은 잠을 자야 해."

화이트스톰이 샌드포에게 엄한 표정을 지어 보였다. 샌드포는 순종적으로 고개를 끄덕였다. 하지만 스승이 떠나자 그녀는 몸을 홱 돌리더니 고사리 덤불 속으로 사라져 버렸다. 파이어포 옆을 스치고 지날 땐 다시 한 번 코를 쿵쿵거리기까지 했다.

그레이포는 꼬리를 휙 휘둘러 파이어포에게 따라오라는 신호를 보내고 샌드포를 뒤따라갔다. 잠자리 안쪽 바닥에는 보드라운 이끼가 깔려 있었다. 흐릿한 달빛이 모든 것을 은은한 초록색으로 바꾸어 놓았다. 바깥보다 따스한 공기에는 고사리 향기가 묻어났다.

"난 어디서 자지?"

파이어포가 물었다.

"어디든지 내 근처만 아니면 돼!"

샌드포가 발로 이끼를 쿡쿡 찔러 대며 으르렁거렸다.

그레이포와 파이어포는 서로 눈빛을 주고받았지만 아무 말도 하지 않았다. 파이어포는 발톱으로 이끼 덩어리를 그러모았다. 포근한 잠자리가 만들어지자 잠을 청하려고 편안하게 누웠다. 안도감이 밀려들면서 몸 전체가 나른해졌다. 이제 이곳이 그의 집이었다. 그는 천둥족의 일원이 되었다.

5
신출내기 훈련병

"이봐, 파이어포! 일어나!"

그레이포의 말소리가 파이어포의 꿈에 끼어들었다. 그는 다람쥐를 쫓아 위로, 위로 올라가다가 키가 큰 떡갈나무의 가장 높은 가지에 닿은 참이었다.

"해가 뜨면 훈련을 시작할 거야. 더스트포랑 샌드포는 벌써 일어났단 말이야."

그레이포가 다급하게 말했다.

파이어포는 졸린 듯이 기지개를 켜다가, 오늘이 훈련 첫날이라는 사실을 퍼뜩 떠올리고는 벌떡 일어났다. 핏줄을 따라 밀려드는 흥분에 졸음은 사라져 버렸다.

그레이포가 급하게 몸을 핥으며 말했다.

"방금 라이언하트한테서 들었어. 레이븐포는 부상이 나을 때까지 우리랑 함께 훈련하지 않을 거래. 아마 스파티드리프의 거처에서 하루나 이틀 더 머무를 거야. 더스트포랑 샌드포는 사냥 임무를 맡았어. 그러니까 오늘 아침에는 너랑 나만 라이언하트와 타이거클로와 함께 훈련할 거래. 아무튼 서둘러야 해. 우리를 기다리고 있을 거야!"

파이어포는 그레이포와 함께 재빨리 진영을 빠져나와 바위로 뒤덮인 골짜기로 올라갔다. 좁은 골짜기의 꼭대기를 넘어가자 시원한 바람이 불어와 털을 헝클어 놓았다. 머리 위로는 토실토실하고 하얀 구름들이 푸른 하늘을 내달리고 있었다. 파이어포는 그레이포를 따라 나무 그늘이 드리운 비탈을 내려가 모래로 뒤덮인 우묵한 땅으로 들어섰다. 마음속에는 기쁨이 용솟음쳤다.

타이거클로와 라이언하트가 정말로 그들을 기다리고 있었다. 두 전사는 햇볕에 데워진 모래 위에 꼬리 여러 개 거리만큼 떨어져 앉아 있었다.

"앞으로는 둘 다 제시간에 올 수 있도록."

타이거클로가 으르렁거렸다.

"너무 엄격하게 굴지 마시오, 타이거클로. 어젯밤에는 일이 많았으니까. 많이 피곤했을 거요."

라이언하트가 부드럽게 말했다.

"너는 아직 스승이 정해지지 않았다, 파이어포."

라이언하트가 말을 이었다.

"지금은 타이거클로와 내가 함께 널 훈련시킬 거란다."

파이어포는 열성적으로 고개를 끄덕였다. 이렇게 대단한 전사들을 둘씩이나 스승으로 모시게 되다니! 그는 기쁨을 감추지 못하고 꼬리를 높이 쳐들었다.

타이거클로가 말했다.

"자, 오늘은 천둥족 영역의 경계를 알려 주마. 그래야 어디서 사냥을 할지, 지켜야 할 경계선은 어디인지 알 수 있다. 그레이포, 너도 종족의 바깥쪽 경계가 어디인지 다시 한 번 짚어 보는 게 좋을 거다."

타이거클로는 더는 말하지 않고 서둘러 모래 분지에서 뛰어나갔다. 라이언하트가 그레이포에게 고갯짓을 했고, 둘은 똑같은 속도로 출발했다. 파이어포는 그 뒤를 허둥지둥 뒤따라갔다. 발이 부드러운 모래 위에서 미끄러졌다.

숲의 이쪽 지역에는 나무가 무성했다. 자작나무와 물푸레나무들이 거대한 떡갈나무의 그늘에 가려 있었다. 바닥에는 바싹 마른 잎들이 덮여 있어서, 발밑에서 바스락거리는 소리가 났다. 타이거클로가 잠시 걸음을 멈추더니 울창한 고사리 덤불에 자신의 냄새를 뿌렸다. 다른 고양이들은 그의 옆에 멈춰 섰다.

"여기 두발쟁이들의 길이 있다. 코를 사용해라, 파이어포. 무슨 냄새가 나지?"

라이언하트가 말했다.

파이어포는 코를 킁킁대며 냄새를 맡아 보았다. 두발쟁이의 냄새가 희미하게 났다. 그리고 예전 집에서 맡았던 익숙한 개 냄새가 좀 더 강하게 풍겼다.

"두발쟁이 하나가 개를 데리고 여기를 따라 걸어갔어요. 하지만 지금은 없어요."

파이어포가 말했다.

"좋아, 길을 건너도 안전할 것 같나?"

라이언하트가 물었다.

파이어포는 다시 킁킁거렸다. 두발쟁이와 개의 냄새는 그리 짙지 않았고 더 생생한 숲의 냄새로 덮여 있었다.

"네."

파이어포가 대답했다.

타이거클로가 고개를 끄덕이자, 네 고양이는 고사리 그늘 밑에서 나와 좁고 모난 두발쟁이 돌길을 건너갔다.

건너편에는 높고 곧게 자란 소나무들이 줄줄이 늘어서 있었다. 여기서는 소리를 내지 않고 걷기가 한층 수월했다. 바닥에는 떨어진 솔잎이 두툼하게 깔려 있었다. 그 바람에 발바닥이 가끔 따끔거리기도 했지만 폭신폭신하게 느껴졌다. 이곳에는 몸을 숨길 만한 덤불이 없었다. 파이어포는 몸을 드러내고 나무둥치들 사이를 걸어가는 동안 다른 고양이들이 긴장하고 있는 것을 느낄 수 있었다.

타이거클로가 말했다.

"이 나무들은 두발쟁이들이 여기 놔둔 것이다. 그들은 나쁜 냄새가 나는 물건들을 가지고 나무를 자르는데, 그 물건은 새끼 고양이가 눈이 멀 정도로 연기를 많이 뿜어낸다. 그리고 쓰러진 나무들은 근처에 있는 '나무 쪼개는 곳'으로 가져가지."

파이어포는 나무먹보가 우르릉거리는 소리를 들어 보려고 걸음을 멈추었다. 전에도 그 소리를 들은 적이 있었다.

"나무 쪼개는 곳은 앞으로 몇 달은 조용할 거야. 초록잎 우거진 계절이 올 때까지 말이야."

파이어포가 멈춰 선 것을 알아차린 그레이포가 설명해 주었다.
고양이들은 소나무 숲을 통과해 계속 걸었다.

"두발쟁이 영역은 저쪽에 있다."

타이거클로가 굵은 꼬리를 한쪽으로 휙 움직이며 말했다.

"틀림없이 너도 냄새를 맡을 수 있겠지, 파이어포. 하지만 오늘은 다른 방향으로 갈 거다."

드디어 소나무 숲이 끝나고 또 다른 두발쟁이 길에 다다랐다. 그들은 재빨리 건너편의 안전한 떡갈나무 덤불 쪽으로 넘어갔다. 하지만 파이어포는 다른 고양이들이 여전히 불안해하는 것을 감지할 수 있었다.

"강족 영역에 다가가고 있어."

그레이포가 속삭였다.

"저쪽에 해 드는 바위가 있어."

그레이포가 부드러운 주둥이로 나무 하나 없이 매끈한 바위 무더기를 가리켰다.

파이어포는 털이 끝까지 곤두섰다. 그곳은 레드테일이 죽임을 당한 장소였다.

라이언하트가 납작한 회색 바위 옆에 멈춰 서서 말했다.

"이곳이 천둥족과 강족 영역의 경계다. 강족은 큰 강 옆의 사냥터를 다스리지. 숨을 크게 들이켜 봐라, 파이어포."

익숙하지 않은 톡 쏘는 듯한 냄새가 파이어포의 입천장에 닿았다. 파이어포는 천둥족 진영의 따뜻한 냄새와 너무나 다른 냄새에 깜짝 놀랐다. 그리고 자신이 벌써 천둥족 냄새에 이 정도로 익숙하고 편안해졌다는 사실에 다시 한 번 놀랐다.

"이건 강족 냄새다."

타이거클로가 그의 옆에서 그르렁거렸다.

"잘 기억해 둬라. 냄새는 경계에서 가장 짙어질 거다. 전사들이 이곳 나무들을 따라서 냄새 표시를 남겨 두기 때문이다."

이 말과 함께 타이거클로는 꼬리를 들어 올리고 납작한 바위에 자신의 냄새를 뿌려 놓았다.

"이 경계선을 따라갈 거야. 가다 보면 곧장 '나무 네 그루'로 이어지니까."

라이언하트는 말을 마치고 재빨리 해 드는 바위에서 멀어져 갔다. 타이거클로가 뒤를 이었고, 그레이포와 파이어포가 총총걸음으로 따라갔다.

"나무 네 그루는 뭐야?"

파이어포가 헐떡이며 물었다.

"네 종족의 영역이 모두 만나는 곳이야."

그레이포가 대답했다.

"거기에는 커다란 떡갈나무 네 그루가 있는데, 종족들만큼이나 오래되었……."

"쉿! 우리가 적의 영역에 얼마나 가까이 있는지 잊지 말아라!"

타이거클로가 명령했다.

두 훈련병은 입을 다물었다. 파이어포는 조용히 걷는 데만 집중했다. 그들은 발을 적시지 않으려고 이 바위에서 저 바위로 뛰면서, 자갈이 덮인 강바닥을 가로질러 얕은 물줄기를 건넜다. 그리고 마침내 나무 네 그루에 다다랐다. 그레이포와 파이어포를 데리고 울창한 숲에서 나온 두 전사는 덤불로 덮인 비탈 꼭대기에서 멈춰 섰다. 숨이 턱까지 차오르고 발도 아팠던 파이어포는 무척 안도했다. 그는 이렇게 먼 거리를 이렇게 빠른 속도로 이동하는 데 익숙하지가 않았다.

이제 해가 가장 높이 뜬 시간이었다. 구름은 걷혔고 바람도 가라앉았다. 비탈 아래 눈부신 햇빛 속에 거대한 떡갈나무 네 그루가 서 있었다. 짙은 초록색 나무 꼭대기가 가파른 언덕의 정상에 거의 닿을 정도로 자라 있었다.

라이언하트가 파이어포에게 말했다.

"그레이포가 말했듯이 여기가 나무 네 그루다. 네 종족의 영역이 모두 만나는 곳이지. 바람족은 우리 앞쪽으로 보이는 고원 지대를 지배한다. 그쪽은 해가 지는 지역이다. 오늘은 바람이 바람족을 향해 불어서 그들의 냄새를 맡을 수 없겠지만, 머지않아 맡을 수 있을 것이다."

그레이포가 고개를 옆으로 휙 돌리며 거들었다.

"그리고 그림자족은 저쪽, 숲에서 가장 어두운 지역을 차지하고 있어. 원로들이 그러는데, 북쪽에서 불어오는 찬 바람이 그림자족에게 영향을 끼쳐서 그들의 심장을 차갑게 얼리는 거래."

"종족이 꽤 여럿이네!"

파이어포가 외쳤다.

'그리고 아주 잘 조직되어 있는 것 같아.'

그는 속으로 덧붙였다. 숲에 사는 무서운 야생 고양이들에 대한 스머지의 으스스한 이야기가 떠올랐다.

"이제 왜 먹이가 그렇게 귀한 것인지 알겠지? 우리가 가진 얼마 안 되는 먹이를 지키기 위해 싸워야 한다는 걸 말이야."

라이언하트가 말했다.

"하지만 그건 어리석어요! 왜 종족들이 힘을 합쳐 사냥터를 함께 쓸 수는 없는 거죠? 서로 싸우는 대신에 말이에요."

파이어포가 대담하게 의견을 말했다.

그의 말이 불러일으킨 충격에 한동안 침묵이 흘렀다.

가장 먼저 대답한 것은 타이거클로였다.

"그건 반역적인 생각이다, 애완 고양이."

그가 쏘아붙였다.

"너무 사납게 굴지는 마시오, 타이거클로. 이 훈련병에게는 종족들의 방식이 생소할 테니까."

라이언하트는 주의를 주고 나서 파이어포를 바라보았다.

"넌 가슴에서 우러나오는 말을 하는구나, 신출내기 파이어포. 그 점이 언젠가는 널 더 강한 전사로 만들어 줄 것이다."

"아니면 결정적인 순간에 나약한 애완 고양이로 만들지도 모르지."

타이거클로가 으르렁댔다.

라이언하트는 잠시 타이거클로를 쏘아보다가 말을 이었다.

"네 종족은 평화롭게 일을 처리하고 있단다. 달마다 열리는 모임이 있거든."

그가 아래에 있는 거대한 떡갈나무 네 그루 쪽으로 고개를 기울었다.

"여기가 바로 종족들이 만나는 장소란다. 꽉 찬 보름달이 떠 있는 동안에는 휴전 상태가 유지되지."

"그럼 곧 모임이 있겠네요?"

파이어포는 전날 밤 달빛이 얼마나 밝았는지 떠올리며 물었다.

"그렇지!"

라이언하트는 감탄하듯 대답했다.

"실은 오늘 밤이란다. 모임은 아주 중요해. 그 하룻밤만은 종족들이 평화롭게 함께할 수 있도록 허락되니까. 하지만 동맹이 오래갈수록 문제도 많이 생긴다는 걸 명심해야 한다."

"우리를 강하게 만드는 건 종족에 대한 충성이다. 충성심이 약해지면, 종족이 살아남을 기회도 그만큼 적어지는 거다."

타이거클로가 거들며 말했다.

파이어포는 고개를 끄덕이며 대답했다.

"잘 알겠습니다."

"자, 계속 가자고."

라이언하트가 일어나면서 말했다.

그들은 나무 네 그루가 있는 골짜기 등성이를 따라 걸어갔다. 해가 지는 가운데 일행은 해를 등지고 걸었다. 그리고 한 번에 펄쩍 뛰어넘을 만큼 폭이 좁은 곳을 찾아 시내를 건넜다.

파이어포는 공기 냄새를 맡아 보았다. 낯선 고양이 냄새가 후각 신경을 건드렸다. 강하고 시큼한 냄새였다.

"이건 어느 종족이죠?"

"그림자족. 우리는 지금 그림자족 경계를 따라 이동하고 있다. 정신 똑바로 차려라, 파이어포. 냄새가 생생하다는 건 그림자족 순찰병이 근처에 있다는 뜻이다."

타이거클로가 근엄하게 대답했다.

파이어포가 고개를 끄덕이는 순간, 새로운 소리가 들렸다. 그는 몸이 굳어졌지만, 웬일인지 다른 고양이들은 불길한 굉음이 들리는 쪽으로 계속 걸어갔다.

"저건 뭐예요?"

파이어포는 종종걸음으로 다른 고양이들을 따라잡으며 물었다.

"곧 보게 될 거란다."

라이언하트가 대답했다.

파이어포는 나무들 사이로 앞을 내다보았다. 나무들이 점점 사라지면서 햇빛이 널따랗게 비쳐 들었다.

"우린 지금 숲 가장자리에 있는 건가요?"

파이어포는 걸음을 멈추고 숨을 깊게 들이쉬었다. 초록 숲 냄새에 낯설고 음울한 또 다른 냄새가 덧씌워져 있었다. 이번에는 고양이 냄새가 아니었다. 그가 살던 두발쟁이 집을 떠올리게 하는 냄새였다. 굉음도 점점 더 커져 갔다. 끊이지 않고 땅을 흔들어 대는 아우성에 파이어포는 귀가 아파 왔다.

"여기는 천둥길이다."

타이거클로가 말했다.

파이어포는 라이언하트가 이끄는 대로 숲 가장자리를 향해 걸어갔다. 라이언하트가 자리를 잡고 앉았고, 그들은 함께 숲 바깥

쪽을 내다보았다.

마치 숲을 가르는 강처럼 뻗어 있는 회색 길이 보였다. 단단한 회색 돌로 만들어진 길이 파이어포의 앞에서부터 멀리까지 쭉 펼쳐져 있었다. 길 끝에 있는 나무들은 아주 작고 흐릿하게 보였다. 파이어포는 길에서 올라오는 지독한 냄새에 몸서리를 쳤다.

다음 순간, 거대한 괴물이 굉음을 내며 지나쳐 가자 파이어포는 뒤로 펄쩍 물러났다. 털이 쭈뼛 섰다. 질주하는 괴물을 뒤따르는 세찬 바람에 양쪽에 선 나무의 가지들이 미친 듯이 흔들렸다. 파이어포는 눈이 휘둥그레져서 아무 말도 하지 못하고 다른 고양이들을 둘러보았다. 예전 두발쟁이 집 근처에서 이런 길을 본 적이 있었지만, 이렇게 넓은 데다 이렇게 빠르고 사나운 괴물들이 있는 길은 처음이었다.

그레이포가 말했다.

"처음엔 나도 무서웠어. 하지만 그림자족 전사들이 우리 영역으로 넘어오는 걸 막는 데 도움이 되기는 해. 천둥길이 우리 경계선을 따라서 쭉 이어져 있거든. 걱정하지 마. 저 괴물들은 절대로 천둥길을 떠나는 것 같지 않으니까. 너무 가까이 가지만 않으면 괜찮을 거야."

"진영으로 돌아갈 때가 됐다."

라이언하트가 말했다.

"이제 우리 경계 지역들을 다 돌아보았다. 단, '뱀바위'는 피하도록 하자. 미숙한 훈련병은 살무사의 먹잇감이 되기 십상이거든. 그리고 너도 이제 피곤할 테니까, 파이어포."

파이어포는 진영으로 돌아간다는 말에 마음이 놓이는 게 사실이었다. 라이언하트의 말이 맞았다. 그는 이 모든 새로운 냄새와 광경들로 머릿속이 빙글빙글 돌아 피곤했고, 배도 고팠다. 천둥 길에서 멀어져 다시 숲으로 향할 때 파이어포는 그레이포 뒤로 처질 수밖에 없었다.

축축한 저녁 냄새가 공기를 채웠다. 파이어포는 가시금작화 굴길을 지나 천둥족 진영으로 들어섰다. 싱싱한 먹이가 그들을 기다리고 있었다. 파이어포와 그레이포는 공터 그늘진 곳에 놓인 먹이 더미에서 각자의 몫을 집어 들고, 거처 바깥쪽에 있는 나무 그루터기로 가져갔다. 그곳에선 이미 더스트포와 샌드포가 먹이를 우걱우걱 먹고 있었다.

"어이! 안녕, 애완 고양이? 우리가 널 위해 잡아 온 먹이, 맛있게 먹으라고."

더스트포가 눈을 찌푸리며 파이어포에게 조롱하듯 말했다.

"혹시 알아? 언젠가는 너도 스스로 먹이를 잡는 법을 배우게 될지도 모를 일이지!"

샌드포도 비꼬듯 말했다.

"너희 둘은 사냥을 하고 왔나 보지?"

그레이포가 아무것도 모르는 척 물었다.

"우린 영역 경계를 순찰하고 왔어. 걱정 마, 아무 일도 없었고 아무도 다치지 않았어."

"다른 종족 고양이들이 너희 둘의 냄새를 맡고 겁에 질렸겠지,

아무렴!"

더스트포가 기분 나쁘게 비아냥거렸다.

"그래, 감히 얼굴도 못 내밀더라고."

그레이포가 화를 숨기지 않고 쏘아붙였다.

"그래, 오늘 밤에 종족 모임에서 만나면 어디 한번 물어보지."

샌드포도 지지 않고 응수했다.

"너희도 모임에 간다고?"

적대감을 드러내는 두 훈련병에게 파이어포가 불쑥 물었다.

"당연하지! 너도 알겠지만 그건 대단한 특권이거든. 하지만 걱정 마. 내일 아침에 전부 이야기해 줄 테니까."

더스트포가 거만하게 대답했다.

그레이포는 우쭐거리는 더스트포를 무시한 채 싱싱한 먹이를 먹기 시작했다. 파이어포도 배가 고파서 먹이를 먹으려고 웅크리고 앉았다. 하지만 더스트포와 샌드포가 오늘 밤 다른 종족들을 만나러 간다는 사실에 질투심이 이는 건 어쩔 수 없었다.

블루스타가 크게 외치는 소리에 파이어포는 고개를 들었다. 전사들과 원로들이 공터에 모여드는 모습이 보였다. 종족이 모임을 위해 떠날 시간이 된 것이다. 더스트포와 샌드포는 벌떡 일어나 바쁜 걸음으로 다른 고양이들에게 합류했다.

"잘들 있으라고, 너희 둘. 편안하고 적막한 저녁 시간 보내시고 말이야!"

샌드포가 어깨 너머로 외쳤다.

모여든 고양이들은 한 줄로 진영 입구를 빠져나갔다. 맨 앞에

선 블루스타의 털이 달빛을 받아 은색으로 빛났다. 종족을 이끌고, 오랜 적들 사이의 짧은 휴전 협정을 맺기 위해 앞으로 나아가는 그녀는 차분하고 자신감이 넘치는 모습이었다.

"모임에 한 번이라도 가 본 적 있어?"

파이어포는 아쉬워하며 그레이포에게 물었다.

"아직 못 가 봤어."

그레이포가 쥐 뼈를 요란하게 오독오독 씹으며 대답했다.

"하지만 머지않아 가게 될 거야. 기다려 봐. 모든 훈련병에게 기회가 주어지니까."

두 훈련병은 잠자코 남은 먹이를 마저 먹었다. 식사가 끝나자 그레이포가 파이어포에게 다가와 머리를 깨끗하게 다듬어 주기 시작했다. 파이어포가 처음 진영에 도착했을 때 보았던 다른 고양이들처럼 둘은 함께 몸을 닦고 혀를 나누었다. 오랫동안 걸은 뒤라 피곤했던 그들은 거처로 들어갔다. 그리고 잠자리에 편안히 누워 이내 잠에 빠져들었다.

다음 날 아침, 그레이포와 파이어포는 이른 시간에 모래 분지에 도착했다. 둘은 샌드포와 더스트포가 깨어나기 전에 몰래 잠자리를 빠져나왔다. 파이어포는 모임에 대한 이야기를 몹시 듣고 싶었지만, 그레이포가 그를 끌고 나왔다.

"어차피 나중에 다 듣게 될 거야. 걔들은 내가 잘 안다니까."

날씨는 여전히 따뜻했다. 이번 훈련에는 레이븐포가 합세했다. 레이븐포의 부상은 스파티드리프 덕분에 잘 낫고 있었다.

그레이포는 나뭇잎을 허공으로 퍼 올리고는 떨어지는 나뭇잎을 쫓아 경중경중 뛰어다니면서 장난을 쳤다. 그 모습을 지켜보던 파이어포도 재미있어하며 꼬리를 씰룩거렸다. 그러나 레이븐포는 긴장되고 슬퍼 보이는 얼굴로 분지 한편에 조용히 앉아 있었다.

"기운 내, 레이븐포! 훈련받기 싫어하는 건 알지만, 평소에는 이렇게까지 우울해하지는 않았잖아!"

그레이포가 외쳤다.

라이언하트와 타이거클로의 냄새가 났다. 덕분에 훈련병들은 그들이 다가온다는 것을 미리 알 수 있었다. 레이븐포는 전사들이 오기 전에 황급히 대꾸했다.

"어깨를 또 다칠까 봐 걱정돼서 그래."

바로 그때 타이거클로가 덤불에서 나타났다. 라이언하트가 그 뒤를 바짝 따르고 있었다.

"전사들은 묵묵히 고통을 견뎌야 한다."

타이거클로가 으르렁댔다. 그리고 레이븐포의 눈을 똑바로 쳐다보았다.

"입조심하는 법을 배워라."

레이븐포는 움찔하더니 눈을 땅에 내리깔았다.

"타이거클로가 오늘 좀 울툭불툭하네."

그레이포가 파이어포의 귀에 소곤거렸다.

라이언하트가 자신의 훈련병을 근엄한 눈길로 힐긋 보고는 훈련 계획을 발표했다.

"오늘은 사냥감에게 접근하는 방법을 연습할 것이다. 자, 토끼에게 몰래 다가가는 법과 쥐에게 몰래 다가가는 법에는 큰 차이점이 있다. 왜 그런지 누가 말해 볼까?"

파이어포는 전혀 알 수가 없었다. 레이븐포는 타이거클로의 지적을 마음에 새겼는지 잠자코 말을 삼가고 있었다.

"어서!"

타이거클로가 성마르게 호통을 쳤다.

마침내 그레이포가 대답했다.

"토끼는 우리를 보기도 전에 냄새를 맡을 테고, 쥐는 냄새를 맡기도 전에 땅에 닿는 발걸음을 느낄 테니까요."

"정확하다, 그레이포! 그래서 쥐를 사냥할 때 반드시 명심해야 할 것은?"

"살살 걷는 건가요?"

파이어포는 조심스레 의견을 말해 보았다.

라이언하트가 만족스럽다는 듯 그를 바라보았다.

"바로 그거란다, 파이어포. 체중을 모두 뒷몸에 실어서 발이 숲 바닥에 닿을 때 아무런 충격도 주지 않도록 해야 한단다. 한 번 해 보자!"

파이어포는 그레이포와 레이븐포가 곧장 사냥감에 접근하는 자세로 몸을 낮추는 모습을 지켜보았다.

"잘했다, 그레이포!"

라이언하트가 칭찬했다.

두 훈련병은 이제 앞으로 살금살금 움직이기 시작했다.

"뒷몸을 낮춰라, 레이븐포. 넌 지금 오리처럼 보이잖아!"

타이거클로가 소리쳤다.

"파이어포, 이제 너도 해 봐라."

파이어포는 몸을 낮추고 숲 바닥을 기어가기 시작했다. 본능적으로 자신이 올바른 자세를 취했다는 느낌이 왔다. 파이어포는 최대한 조용히 살금살금 앞으로 나아갔다. 자신의 근육이 이렇게 순조롭게 반응한다는 사실에 은근히 자부심을 느꼈다.

"넌 유연성 말고는 아무것도 모르는 게 확실하구나! 마치 쿵쾅대는 애완 고양이처럼 움직이잖아! 저녁 먹잇감이 네 밥그릇에 드러누워서 잡아먹어 달라고 기다려 줄 것 같나?"

타이거클로가 으르렁거렸다.

파이어포는 타이거클로의 가혹한 말에 당황하여 황급히 일어나 앉았다. 그리고 한 치의 오차도 없이 모든 동작을 해내겠다고 작정하며 전사의 말에 신중하게 귀를 기울였다.

"걷는 속도나 전진하는 동작은 나중에 익힐 수 있을 거다. 웅크린 자세는 완벽하게 균형이 잡혀 있어."

라이언하트가 친절하게 알려 주었다.

"그건 레이븐포보다도 나은 것 같군."

타이거클로가 툴툴거리면서 검은색 훈련병 레이븐포를 경멸하듯 쳐다보았다.

"두 달이나 훈련을 받았는데 넌 아직도 체중을 왼쪽에만 싣고 있다."

레이븐포는 더욱 풀이 죽은 표정이 되었다. 파이어포는 참지 못하고 불쑥 내뱉었다.

"부상 때문에 괴로워서 그런 거잖아요!"

타이거클로가 고개를 홱 돌려 파이어포를 노려보았다.

"부상은 피할 수 없는 일이다. 적응해야만 하는 거다. 심지어 파이어포 너도 오늘 아침에 뭔가를 배웠다. 레이븐포가 너처럼 빠르게 익혔다면, 나에게 골칫거리가 아니라 자랑거리가 됐겠지. 애완 고양이보다도 못해서 창피당하는 꼴이라니!"

타이거클로는 화를 내며 자신의 훈련병에게 으르렁거렸다.

파이어포는 마음이 불편해서 털이 곤두서는 느낌이었다. 레이븐포와 눈을 마주칠 수가 없어서, 눈을 내리깐 채 자신의 발만 쳐다보았다.

"날 좀 봐! 난 다리가 하나뿐인 오소리보다 더 한쪽으로 치우쳐 있잖아."

그레이포가 살금살금 다가가는 자세를 그만두고 우스꽝스럽게 비틀거리며 공터를 가로질러 걸어왔다.

"나는 멍청한 쥐들이나 사냥할래. 그 녀석들은 꼼짝도 못 할 걸? 난 그냥 슬렁슬렁 걸어가서 쥐들이 항복할 때까지 깔고 앉아 있을 거야."

"집중해야지, 그레이포! 실없는 소리나 할 때가 아니잖아!"

라이언하트가 엄하게 말했다.

"실전에서 해 보면 더 집중할지도 모르겠군."

세 훈련병은 한결 밝아진 표정으로 고개를 들었다.

"너희 각자 진짜 먹잇감을 잡아 보도록 해라."

라이언하트가 말했다.

"레이븐포, 너는 올빼미나무 옆으로 가서 찾아봐. 그레이포, 저기 큰 가시덤불숲에도 뭔가 있을지도 몰라. 그리고 파이어포, 저 오르막 위로 토끼 길을 따라가다 보면 말라 있는 시내 바닥이 나타날 거야. 거기서 뭔가 찾을 수 있을 거다."

세 훈련병은 즉시 뛰어나갔다. 레이븐포도 기운을 차리고 도전을 시작했다.

파이어포는 귓가에서 피가 펄떡펄떡 치솟는 소리를 들을 수 있었다. 천천히 오르막을 기어 올라가자, 과연 앞쪽으로 나무들 사이를 가르는 시내 바닥이 보였다. 낙엽 지는 계절에는 빗물이 숲에서 이 시내를 따라 강족 영역을 가르는 큰 강으로 흘러 들어갈 테지만, 지금은 말라서 바닥이 드러나 있었다.

파이어포는 조용히 기슭으로 내려가 모래 바닥에 몸을 웅크렸다. 온몸의 감각이 긴장되어 불타올랐다. 그는 살아 있는 생명체의 흔적을 찾으려고 텅 빈 시내를 조용히 훑어보았다. 아주 작은 움직임이라도 나타나기를 기다리면서, 사소한 냄새까지도 감지할 수 있도록 입을 벌리고 귀를 앞으로 기울였다.

쥐 냄새가 났다. 파이어포는 전날 밤 먹어 본 그 맛을 떠올리며 쥐 냄새를 바로 알아차릴 수 있었다. 격렬한 흥분이 온몸을 휘감았다. 하지만 미동도 하지 않은 채, 먹잇감이 어디 있는지 정확히 찾아내려고 애썼다.

귀를 앞으로 기울이자 조그만 쥐의 심장이 빠르게 뛰는 소리가 들렸다. 그때 갈색을 띤 무언가가 얼핏 눈에 보였다. 그 생명체는 시냇가에 덮인 긴 풀 사이로 빠르게 움직이고 있었다. 파이어포는 체중을 뒷몸에 싣는 것을 명심하며, 공격할 수 있는 거리까지 더 가까이 다가갔다. 그리고 뒷발로 바닥을 힘껏 밀어 모래를 차 내면서 펄쩍 튀어 올랐다.

쥐는 눈치를 채고 달아나려 했지만 파이어포가 더 빨랐다. 그는 공중에서 한 발로 쥐를 낚아채 모래 바닥에 내동댕이치고는, 그 위로 몸을 날렸다. 그리고 재빨리 쥐를 세게 물어 단번에 숨통을 끊었다.

파이어포는 따뜻한 쥐의 시체를 조심스럽게 이빨로 물어 올렸다. 그리고 꼬리를 높이 치켜든 채 타이거클로와 라이언하트가 기다리고 있는 분지로 돌아갔다. 처음으로 잡은 먹이였다. 이제 그는 진정한 천둥족 훈련병이었다.

6

처음 맡은 임무

이른 아침 햇살이 숲에 내려앉았다. 파이어포는 먹잇감을 찾아 두리번거리고 있었다. 훈련을 시작한 지도 어느덧 두 달이 지났다. 파이어포는 이제 숲이 편안하게 느껴졌다. 감각들도 깨어나 숲의 방식으로 길들여졌다.

파이어포는 잠시 멈춰 서서 흙냄새를 맡아 보았다. 땅속에 숨어 희미하게 움직이는 생명체들의 낌새도 살펴보았다. 두발쟁이들이 최근에 숲을 돌아다녔다는 것을 알 수 있었다. 이제 초록 풀들이 여기저기 돋아나 있고, 나뭇가지의 잎도 무성해졌다. 조그만 생명체들은 융단처럼 깔린 흙 아래에서 바쁘게 움직이고 있었다.

파이어포는 소리를 내지 않고 날렵하고 힘차게 나무들 사이를 움직였다. 재빨리 먹잇감을 해치울 기회를 노리며, 온몸의 감각들이 냄새 흔적을 찾고 있었다. 오늘 그는 처음으로 단독 임무를 맡았다. 그 임무라는 게 고작 종족에게 싱싱한 먹이를 가져가는 것일 뿐이었지만, 잘 해내겠다고 단단히 마음먹었다.

파이어포는 먼저 천둥족 사냥터를 처음으로 둘러보았을 때 건너갔던 시내 쪽으로 향했다. 시냇물은 매끈하고 둥근 자갈이 덮인 내리막을 타고 콸콸 흘러내리며 물방울들을 흩뿌렸다. 파이어포는 잠시 멈춰 서서 차갑고 맑은 물을 핥았다. 그런 다음 고개를 들고, 공기 중에 먹이 냄새가 나는지 다시 확인했다.

공기 중에는 여우의 체취가 무겁게 깔려 있었다. 냄새가 오래된 것으로 보아 여우는 더 이른 시간에 이곳에서 물을 마신 것이 틀림없었다. 파이어포는 자신이 숲에 처음 발을 들였을 때도 같은 냄새를 맡았다는 것을 기억해 냈다. 그 냄새가 여우의 것이라고 라이언하트가 가르쳐 주었다. 하지만 여우 꼬리를 얼핏 본 것을 빼면 아직까지도 여우를 제대로 본 적이 없었다.

파이어포는 여우 냄새를 걸러 내고 먹이 냄새에 집중하려고 애를 썼다. 다음 순간, 파이어포는 수염을 곤두세웠다. 그리고 따뜻한 피가 흐르는 먹잇감을 향해 곧장 나아갔다. 물쥐 한 마리가 둥지 주변에서 바쁘게 움직이고 있었던 것이다.

투실투실한 갈색 물쥐는 풀줄기를 모으느라 기슭을 따라 왔다 갔다 하고 있었다. 기대감에 파이어포의 입에 침이 고였다. 마지막 식사는 벌써 몇 시간 전이었다. 하지만 종족에게 먼저 먹이를 가져가기 전에 감히 자신을 위해 사냥할 수는 없었다. 그는 라이언하트와 타이거클로가 몇 번이나 되풀이했던 말을 떠올렸다.

"종족에게 먼저 먹이를 먹여야 한다."

파이어포는 웅크린 자세로 그 작은 생명체에게 몰래 접근하기 시작했다. 배에 난 털이 축축한 풀잎에 스쳤다. 그는 먹잇감에게서 눈을 떼지 않은 채 더 가까이 다가갔다. 펄쩍 뛰어 달려들 수 있을 만큼 가까이 다가갔을 때였다. 별안간 뒤쪽에 있는 고사리 덤불 안에서 요란하게 바스락거리는 소리가 들렸다. 물쥐는 귀를 쫑긋 세우고는 기슭에 난 구멍 속으로 사라져 버렸다.

분노가 파이어포의 등줄기를 타고 올랐다. 먹이를 잡을 수 있는 절호의 기회를 망쳐 버리다니, 누가 됐든 대가를 치러야 할 것이다.

그는 공기 냄새를 맡았다. 고양이 냄새인 것은 분명했지만, 어느 종족인지는 분간할 수 없었다. 오래된 여우 체취가 아직도 후각을 혼란스럽게 했다.

파이어포는 넓게 원을 그리며 오던 길로 되돌아가기 시작했다. 목구멍에서 그르렁 소리가 흘러나왔다. 그는 귀를 쫑긋 세운 채 눈을 크게 뜨고, 어떤 움직임이라도 있는지 찾아보았다. 또다시 덤불이 바스락거리는 소리가 들렸다. 이번에는 조금 떨어진 곳에서 들리는 더 큰 소리였다. 파이어포는 조금씩 가까이 다가갔다. 고사리가 움직이는 것이 보였지만, 잎줄기에 가려 아직 정체는 보이지 않았다. 잔가지가 뚝 부러지는 소리가 또렷이 들렸다.

'이렇게 큰 소리를 내는 걸로 봐서 덩치가 큰 녀석이 분명해.'

파이어포는 격렬한 전투를 벌일 마음의 준비를 했다.

물푸레나무 몸통으로 펄쩍 뛰어오른 파이어포는 날쌔게 기어 앞으로 뻗은 나뭇가지까지 올라갔다. 아래쪽에서는 보이지 않는 적이 소리 없이 점점 가까이 다가오고 있었다. 파이어포는 숨을 참은 채 때를 기다렸다. 마침내 고사리가 한쪽으로 밀쳐지더니 커다란 회색 형체가 나타났다.

"크으르렁!"

파이어포의 목에서 전투를 알리는 소리가 터져 나왔다. 그는 발톱을 세우고 적에게 달려들어, 북슬북슬한 털이 덮인 건장한 어깨에 정확하게 내려앉았다. 가시처럼 날카로운 발톱으로 적을 단단히 움켜쥔 그는 세게 물어뜯을 태세로 상대에게 깊이 파고들었다.

"뭐, 뭐야?"

아래에 깔려 있던 적이 파이어포를 매단 채 공중으로 곧장 치솟았다.

"어, 그레이포?"

파이어포는 친구의 놀란 목소리를 알아차리고, 익숙한 냄새도 감지했다. 하지만 너무 흥분한 나머지 움켜쥔 발톱을 거둘 수가 없었다.

"으악, 매복이다!"

그레이포가 소리를 질렀다. 등에 매달린 게 파이어포라는 사실을 알아차리지 못한 그레이포는 공격자를 떼어 놓으려고 데굴데굴 굴렀다.

"컥!"

파이어포는 그레이포의 몸에 짓눌려 납작해진 채로 함께 뒹굴었다.

"나야, 나! 파이어포!"

파이어포는 발톱을 빼내려고 안간힘을 쓰며 외쳤다. 나동그라졌던 그는 벌떡 일어나 몸을 흔들었다. 머리끝에서 꼬리까지 온몸이 출렁거렸다.

"그레이포, 나라고!"

파이어포는 다시 외쳤다.

"난 네가 적의 전사인 줄 알았단 말이야!"

그레이포도 일어나서 잠시 주춤하더니 몸을 털었다.

"나도 마찬가지야! 진짜 적이 공격하는 줄 알았다고!"

그레이포가 고개를 돌려 아픈 어깨를 핥으며 그르렁거렸다.

"아주 갈가리 할퀴어 놓았잖아!"

"미안해."

파이어포가 웅얼거리며 사과했다.

"하지만 나도 어쩔 수가 없었단 말이야. 네가 그렇게 슬금슬금 기어 오니까……."

"슬금슬금 기었다고?"

그레이포가 눈을 동그랗게 뜨며 분통을 터뜨렸다.

"그건 내 최고의 잠복 기술이었다고!"

"잠복이라니! 넌 아직도 한쪽으로 기우뚱한 오소리처럼 걷는다니까!"

파이어포가 귀를 납작 눕히며 장난스럽게 친구를 놀려 댔다.

그레이포도 즐거워하며 응수했다.

"기우뚱한 오소리의 맛을 보여 주지!"

두 고양이는 서로 덤벼들어 장난을 치며 데굴데굴 굴러다니기 시작했다. 그레이포가 파이어포에게 억센 발을 휘둘렀다. 어린 훈련병은 머리가 핑그르르 돌면서 별이 보이는 것 같았다.

"어쭈!"

파이어포는 정신을 차리기 위해 머리를 흔들었다. 그리고 즉각 반격에 나섰다.

가까스로 두어 번을 공격하고 나자 그레이포가 그를 제압해서 꼼짝 못 하게 눌러 버렸다. 파이어포는 그대로 축 늘어졌다.

"너무 쉽게 포기하잖아!"

그레이포가 힘을 빼며 말했다. 그 틈을 타 파이어포는 벌떡 일어났다. 그리고 그레이포를 등에서 떨어뜨려 덤불로 내동댕이쳐 버렸다. 그런 다음 그레이포에게 달려들어 꼼짝 못 하게 바닥으로 눌렀다.

"기습이야말로 전사의 가장 훌륭한 무기지."

파이어포는 라이언하트가 즐겨 쓰는 말을 인용하며 우쭐거리고는 재빨리 그레이포의 몸에서 뛰어내렸다. 그리고 바닥에 흩어져 있는 낙엽과 나뭇가지 더미 위에서 뒹굴며, 등으로 전해지는 따스한 땅의 기운을 만끽했다.

그레이포는 오늘 아침에 두 번이나 패배했지만 개의치 않는 듯했다. 성질을 부리기엔 날이 너무 화창했다.

"그래서 네 임무는 어떻게 되어 가?"

그레이포가 물었다.

파이어포는 일어나 앉았다.

"네가 나타나기 전까지는 아주 잘하고 있었단 말이야! 막 물쥐를 잡으려던 참이었는데, 네가 요란하게 쿵쿵거리며 나타나는 바람에 달아나 버렸다고."

"저런, 미안해."

파이어포는 풀이 죽은 친구를 바라보았다.

"괜찮아, 넌 몰랐잖아. 그나저나 넌 바람족 경계로 가야 하는 거 아니야? 순찰대를 만나서 블루스타의 말을 전해야 하는 줄 알았는데."

"그건 맞는데 아직 시간이 많아. 먼저 간단하게 사냥을 해야겠어. 배고파 죽겠어!"

"나도. 하지만 내가 먹을 걸 사냥하려면 그 전에 먼저 종족에게 가져다줄 먹이를 잡아야 한단 말이야."

"더스트포랑 샌드포도 분명히 사냥 임무를 맡았을 때 뒤쥐 한 둘은 먹었을 거야."

"걔들이야 당연히 그랬겠지만, 이건 내가 처음으로 맡은 단독 임무니까……."

"그러니까 제대로 하고 싶다는 거지? 알았어."

그레이포가 한숨을 쉬었다.

"그런데 블루스타가 전하라는 말은 뭐야?"

파이어포는 화제를 바꾸었다.

"블루스타가 갈 때까지 '커다란 단풍나무'에서 대기하라는 거야. 어슬렁거리고 다니는 그림자족 고양이들이 있나 봐. 그래서 블루스타가 직접 확인하겠다는 거야."

"그럼 가 봐야겠네."

파이어포가 일깨워 주었다.

"바람족 경계는 여기서 별로 멀지도 않아. 시간은 많다니까."

그레이포가 자신만만하게 대답했다.

"그리고 나 때문에 물쥐를 놓쳤으니 내가 도와줘야지."

"괜찮아, 또 찾으면 되지. 날이 따뜻해서 밖으로 나와 돌아다니는 녀석들이 꽤 있을 거야."

"맞아, 하지만 잡지 못하면 소용이 없지."

그레이포가 앞발톱을 조금씩 물어뜯어 조심스럽게 딱지를 벗겨 냈다.

"있잖아, 어쩌면 해가 높이 뜬 시간이 한참 지나도, 아니 어쩌면 해가 넘어갈 때까지 못 잡을 수도 있어."

파이어포는 힘없이 고개를 끄덕였다. 배에서 꾸르륵거리는 소리가 났다. 먹이를 충분히 잡으려면 서너 번은 사냥에 나서야 할 것이다. 그렇게 되면 그가 먹어 보기도 전에 별 무리가 하늘에 나타날 것이다.

그레이포가 수염을 쓰다듬었다.

"이봐, 시작하는 것만 도와줄게. 적어도 그 정도는 해 줄 수 있잖아. 내가 출발하기 전에 들쥐 두어 마리는 같이 잡을 수 있을 거야."

파이어포는 그레이포를 따라 시내를 거슬러 올라갔다. 도움을 주는 동료가 있어서 고마운 마음이 들었다. 그때 공기 중에 여전히 남아 있던 여우 체취가 갑자기 더 강하게 풍겨 왔다.

파이어포는 걸음을 멈췄다.

"너도 냄새 나지?"

그레이포도 걸음을 멈추고 냄새를 맡아 보았다.

"여우. 그래, 아까도 이 냄새가 났었어."

"그런데 지금은 더 생생하게 나지 않아?"

그레이포가 입을 살짝 벌리고 다시 한 번 킁킁거렸다.

"네 말이 맞아."

그레이포는 고개를 돌려 시내 건너편 숲에 있는 덤불을 살펴보았다.

"저길 봐!"

그레이포가 속삭였다.

파이어포는 건너편을 바라보았다. 빨갛고 털이 많은 무언가가 덤불 사이를 움직이는 것이 보였다. 그러더니 덤불 사이에 있는 공터에 모습을 드러냈다. 파이어포는 아롱진 햇빛 속에 반짝이는 붉은색의 낮은 몸체를 볼 수 있었다. 꼬리에는 털이 북슬북슬했고 주둥이는 길고 좁다란 모양이었다.

"저게 여우야? 주둥이가 너무 못생겼잖아!"

파이어포가 소곤거렸다.

"그렇긴 하지!"

그레이포가 맞장구를 쳤다.

"우리가 처음 만났을 때, 난 저런 여우를 쫓고 있는 중이었어."

파이어포가 속닥거렸다.

"그 여우가 너를 쫓고 있었겠지, 바보야!"

그레이포가 경고하듯 말했다.

"여우는 절대로 믿으면 안 돼. 생김새는 개와 비슷하지만, 행동은 고양이처럼 하거든. 여우가 우리 영역에서 헤매고 다닌다고 어미 고양이들에게 경고해 줘야겠다. 여우들은 오소리만큼이나 악랄하게 새끼 고양이들을 죽이거든. 네가 지난번 그 여우를 잡지 못한 게 오히려 다행이야. 너처럼 조그만 녀석은 쥐처럼 갈기갈기 찢어 놓았을 거야."

파이어포가 조금 불쾌한 표정을 짓자 그레이포가 덧붙였다.

"그래도 요즘 같으면 네가 이길 가능성이 좀 더 있겠다. 어쨌든 블루스타가 전사를 보내서 여우를 쫓아 버릴 거야. 어미 고양이들을 안심시켜 줘야 하니까."

다행히 여우는 그들을 알아차리지 못했다. 두 훈련병은 계속해서 물줄기를 따라갔다.

"그럼 오소리는 어떻게 생겼어?"

파이어포가 물었다.

그들은 시내를 따라 살금살금 돌아다니며 이쪽저쪽 냄새를 맡고 있었다.

"검은색과 흰색 털이 섞여 있고 다리가 짧아. 직접 보면 알아볼 수 있을 거야. 오소리는 성질이 고약하고 느릿느릿 움직이는 동물이야. 여우보다는 보육실에 들이닥쳐 공격하는 일이 드물지만, 잔인하게 무는 습성이 있어. 하프테일이 왜 하프테일이란 이름을 얻었는지 알아? 어떤 오소리가 꼬리를 물어뜯어 잘라 버렸거든. 그 뒤로 나무를 오를 수가 없게 되었지."

"왜 못 올라가?"

"떨어질까 봐 무서워서 그렇지. 우린 착지할 때 꼬리가 필요하잖아. 꼬리가 공중에서 몸을 돌릴 수 있도록 도와주니까."

파이어포는 이해했다는 의미로 고개를 끄덕였다.

예상했던 대로 그날은 사냥하기에 좋았다. 오래 걸리지 않아서 그레이포가 작은 쥐를 덮쳤고, 파이어포는 개똥지빠귀 하나를 잡았다. 그는 민첩하게 개똥지빠귀를 해치웠다. 오늘은 먹이의 숨통을 끊는 기술을 연습해 볼 겨를이 없었다. 진영에서 수많은 배고픈 입들이 그를 기다리고 있었기 때문이다. 파이어포는 잡은 먹잇감을 다시 가지러 올 때까지 약탈자에게 빼앗기지 않도록 흙을 덮어 두었다.

그때 별안간 다람쥐 하나가 튀어나왔다.

"뒤쫓아!"

파이어포는 축축한 숲 바닥을 전속력으로 질주했다. 그레이포가 그 뒤를 바짝 따랐다.

그들은 미끄러지듯 멈춰 섰다. 다람쥐가 자작나무 위로 날쌔게 올라가 버렸던 것이다.

"놓쳤어!"

그레이포가 실망해서 그르렁거렸다.

두 고양이는 가쁜 숨을 골랐다. 그런데 어느 순간 입과 코에 매캐한 악취가 와 닿는 바람에 화들짝 놀랐다.

"천둥길 냄새잖아! 우리가 이렇게 멀리까지 왔는지 몰랐네."

파이어포가 말했다.

둘은 살금살금 앞으로 걸어가, 숲 밖으로 난 캄캄하고 거대한 길을 내다보았다. 이곳에 따로 와 본 것은 이번이 처음이었다.

시끄러운 괴물들은 단단한 길바닥을 따라 흔적을 남기며 우르릉거렸고, 그들에게 달린 생기 없는 눈은 앞쪽을 똑바로 쳐다보고 있었다.

"웩! 저 괴물들은 정말 지독한 냄새가 나잖아!"

그레이포가 씩씩대며 말했다.

파이어포도 동의한다는 뜻으로 귀를 까딱거렸다. 숨 막히는 냄새 때문에 목이 따끔거렸다.

"천둥길을 건너가 본 적 있어?"

그레이포가 고개를 저었다.

파이어포는 숲 밖으로 한 걸음 내디뎌 보았다. 나무숲과 천둥길 사이에는 번질거리는 풀밭이 경계를 이루고 있었다. 그는 풀밭 위로 천천히 기어 나갔다가, 고약한 냄새를 풍기는 괴물이 질주하며 지나가자 움찔하고 물러났다.

"이봐, 어디 가려고?"

그레이포가 물었다.

파이어포는 대답하지 않았다. 그는 시야에 괴물이 보이지 않을 때까지 기다렸다가, 다시 조금씩 앞으로 기어 나가 풀밭을 가로질러 천둥길 가장자리까지 갔다. 그리고 조심스럽게 한 발을 뻗어 길을 만져 보았다. 햇볕에 달구어진 길은 끈적끈적할 정도로 뜨끈했다. 파이어포는 고개를 들어 천둥길 건너편을 바라보았다. 반대쪽 숲에서 무언가 반짝거렸다. 눈동자인가? 냄새를 맡아 보았지만, 거대한 회색 길의 악취를 빼면 아무 냄새도 나지 않았다. 건너편에서는 아직도 어둠 속에서 눈이 빛나고 있었다.

119

그 눈은 천천히 깜빡거렸다.

파이어포는 이제 확신이 섰다. 그것은 그를 똑바로 응시하고 있는 그림자족 전사의 눈이었다.

"파이어포!"

그레이포의 목소리에 파이어포는 화들짝 놀랐다. 그 순간 나무보다도 더 크고 거대한 괴물이 코앞을 스쳐 지나갔다. 파이어포는 괴물이 지나가며 일으킨 바람에 쓰러질 뻔했다. 그는 돌아서서 할 수 있는 한 빠르게 달려 안전한 숲으로 돌아왔다.

"이 쥐 대가리 같은 멍텅구리야! 뭐 하는 짓이야?"

그레이포가 화를 냈다. 두려움과 분노로 수염이 파르르 떨리고 있었다.

"난 그냥 천둥길이 어떤지 궁금했을 뿐이야."

파이어포가 웅얼거렸다. 그의 수염도 떨리고 있었다.

"서둘러. 여기서 벗어나자!"

그레이포가 신경을 바짝 곤두세우고 말했다.

파이어포는 그레이포를 따라 숲 속으로 달려 들어왔다. 그레이포는 천둥길에서 한참 떨어진 안전한 곳에 와서야 달리기를 멈추고 숨을 몰아쉬었다.

파이어포는 주저앉아서 헝클어진 털을 핥으며 입을 열었다.

"내가 그림자족 전사를 본 것 같아. 천둥길 건너편에 있는 숲 속에서."

"그림자족 전사라고? 정말이야?"

그레이포가 휘둥그레진 눈으로 되물었다.

"확실해."

"그때 괴물이 지나간 게 천만다행이었네."

그레이포가 대꾸했다.

"그림자족 전사가 하나 보였다면, 실은 여럿이 있다는 뜻이거든. 그런데 우리는 아직 상대가 안 되잖아. 아무래도 여기서 빨리 빠져나가는 게 좋겠어."

그레이포가 해를 올려다보았다. 해는 거의 머리 꼭대기에 올라와 있었다.

"순찰대를 제때 만나려면 난 지금 출발하는 게 좋겠어. 나중에 보자."

그레이포는 덤불 속으로 뛰어 들어가며 덧붙였다.

"일단 전갈을 전하고 나면, 라이언하트가 나한테 널 도와 사냥을 하라고 할 수도 있을 거야."

파이어포는 친구가 가는 모습을 지켜보았다. 그레이포가 부러웠다. 순찰대에 합류하러 가는 게 자신이라면 얼마나 좋을까? 하지만 적어도 오늘은 진영에 돌아갔을 때 더스트포와 샌드포에게 해 줄 이야기가 있었다. 오늘 그는 처음으로 그림자족 전사를 본 것이다.

7
낯선 침입자

파이어포는 왔던 길을 되돌아 시내를 향해 갔다. 그림자족 영역의 어둠 속에서 이글거리던 눈동자가 떠올랐다. 그때 문득 바람결에 희미한 냄새가 느껴졌다.

낯선 고양이다! 어쩌면 그림자족 전사일지도 몰랐다.

즉각 파이어포의 목에서 그르렁 소리가 새어 나왔다. 그 냄새는 많은 것을 알려 주었다. 낯선 침입자는 암고양이였고, 나이는 어리지 않았다. 그녀는 다른 종족의 냄새를 뚜렷하게 풍기지는 않았지만, 확실히 천둥족은 아니었다. 파이어포는 그녀가 지치고, 허기지고, 아파하고 있으며 기분이 아주 나쁜 상태라는 것도 알 수 있었다.

파이어포는 자세를 낮추고 냄새가 나는 쪽을 향해 앞으로 움직였다. 그러다 어리둥절해져서 걸음을 멈췄다. 그 고양이의 냄새가 조금 전보다 희미해졌던 것이다. 파이어포는 다시 냄새를 맡아 보았다.

그때 갑자기 뒤쪽 덤불에서 으르렁거리는 털 뭉치가 번개 같은 동작으로 튀어나왔다.

파이어포는 놀라서 비명을 질렀다. 암고양이는 그를 들이받아 옆으로 쓰러뜨려 버렸다. 육중한 두 발이 어깨를 꼼짝 못 하게 짓눌렀고, 무쇠처럼 강인한 입은 그의 목덜미를 물고 있었다.

"악!"

파이어포는 끙끙거리며 재빨리 머리를 굴려 보았다. 만일 암고양이가 송곳니를 깊숙이 찔러 넣기라도 하면, 그것으로 그는 끝장나 버릴 것이다.

파이어포는 마치 항복하는 것처럼 근육에서 힘을 빼고 몸을 축 늘어뜨려 버렸다. 두려워서 울부짖는 척 소리도 냈다.

암고양이는 입을 벌려 승리의 환호성을 외쳤다.

"아, 보잘것없는 훈련병이로군. 이 옐로팽에게는 쉬운 먹잇감이지."

모욕적인 말을 들은 파이어포는 속에서 분노가 치밀었다.

'조금만 기다리자.'

그는 이 뻗어 놓은 털 뭉치 같은 암고양이에게 자신이 어떤 고양이인지 보여 줄 작정이었다.

'하지만 아직은 아니야. 다시 한 번 이빨을 델 때까지 기다리자.'

그는 스스로를 타일렀다.

옐로팽이 다시 한 번 이빨에 힘을 주려고 할 때, 파이어포는 젊고 기운 센 몸에서 나오는 힘을 모두 모아 위쪽으로 치받으며 일어섰다. 암고양이는 깜짝 놀라 으르렁거리며 완전히 나동그라졌다. 이제 그녀는 가시금작화 덤불에 자빠져 있었다.

파이어포는 몸을 털었다.

"그렇게 쉽지는 않을걸?"

옐로팽이 몸에 들러붙은 가지들 사이에서 빠져나오면서 반항적인 소리를 질러 댔다.

"나쁘지 않군, 애송이 훈련병. 하지만 훨씬 더 잘해야 될 거야!"

그녀가 되받아쳤다.

처음으로 적을 똑똑히 보게 된 파이어포는 눈을 끔벅였다. 암고양이는 넓적하면서 거의 평평한 얼굴에 동그란 주황색 눈을 가지고 있었다. 진회색 털은 텁수룩하게 엉겨 붙어 냄새를 풍겼다. 귀는 찢겨서 너덜너덜해져 있었고, 주둥이에는 예전에 치른 수많은 전투의 생채기들이 남아 있었다.

파이어포는 한 걸음도 물러서지 않았다. 그는 가슴을 부풀리고 침입자의 얼굴을 도전적으로 노려보았다.

"넌 천둥족의 사냥터에 들어왔다. 어서 나가!"

"누가 날 나가게 할 건데?"

옐로팽이 시비를 걸듯 입술을 뒤로 쭉 찢었다. 얼룩지고 깨진 이빨이 드러났다.

"난 사냥을 할 거야. 그다음엔 떠나겠지. 아니면 한동안 머물 수도 있고⋯⋯."

"닥쳐!"

파이어포가 쏘아붙였다. 가슴 깊은 곳에서 요동치는 선대 고양이들의 영혼이 느껴졌다. 이제 그에게 집고양이의 흔적은 남아 있지 않았다. 대신 전사의 피가 솟구쳤고, 싸우고 싶어 몸이 근질거렸다. 그는 자신의 영역과 종족을 지키고 싶었다.

옐로팽도 그의 변화를 알아챈 것 같았다. 사나운 주황색 눈에 아까와는 달리 존중하는 기색이 드리웠다. 그녀는 고개를 숙이고 시선을 피하며 물러나기 시작했다.

"서두를 필요 없잖아."

옐로팽이 부드러운 어조로 가르랑거렸다.

파이어포는 그녀의 속임수에 넘어가지 않았다. 그는 발톱을 빼고 털을 곤두세운 채 앞으로 달려들었다. 그리고 전투의 시작을 알리는 함성을 내질렀다.

암고양이도 분노에 차서 쉭쉭거리며 맞섰다. 어린 고양이와 나이 든 고양이는 소리를 지르고 으르렁거리며 맞붙었다. 이빨과 발톱이 번쩍거렸다. 그들은 계속해서 뒹굴었다. 파이어포는 머리에 귀를 납작 붙인 채 암고양이를 붙잡으려고 애를 썼다. 하지만 엉겨 붙어 있는 암고양이의 털에 발톱이 걸려서 살갗까지 파고 들어갈 수가 없었다.

그때 옐로팽이 뒷다리로 버티고 섰다. 더러운 꼬리를 빳빳하게 세우니 덩치가 더 커 보였다.

파이어포는 옐로팽의 커다란 입이 자신을 향해 달려드는 것을 눈치채고, 때맞춰 몸을 뒤로 젖혀 피했다. 입을 벌리고 드러낸 이빨이 귀 옆 허공에서 '딱' 소리를 내며 닫혔다.

파이어포는 본능적으로 발을 휘둘러 옐로팽의 머리 옆쪽을 후려쳤다. 그 충격의 여파가 그의 앞다리까지 전해졌다.

"아야!"

깜짝 놀란 옐로팽은 땅바닥에 네 발을 짚고 섰다. 그리고 정신을 차리려는 듯 머리를 흔들었다.

파이어포는 암고양이가 몸을 추스르기 직전에 기회를 포착했다. 그는 자세를 낮춘 채 몸을 앞으로 날려 옐로팽의 뒷다리를 꽉 물었다. 헝클어진 털에서는 끔찍한 맛이 났지만 그는 더 세게 물고 놓지 않았다.

"으…… 으악!"

옐로팽은 고통스럽게 비명을 지르다가 파이어포의 꼬리를 물려고 몸을 휙 돌렸다.

그녀가 이빨을 꽉 다물자, 찌르는 듯한 고통이 파이어포의 등줄기를 타고 올라왔다. 하지만 이것은 오히려 그를 더욱 성나게 만들 뿐이었다. 파이어포는 격분하여 상대에게 물린 꼬리를 빼내 앞뒤로 휘둘러 댔다.

옐로팽은 자세를 낮추고 새롭게 공격할 자세를 취했다. 그녀가 씩씩대자, 폐에서부터 올라온 듯한 고약한 냄새가 풍겼다. 그 냄새가 파이어포의 코에 훅 끼쳐 왔다. 너무 굶주려서 쇠약해진 절박한 암고양이의 걷잡을 수 없는 공허함이 가까이에서 전해지자, 파이어포는 고통스러울 지경이었다.

그는 마음속에서 무언가 요동치는 것을 느꼈다. 그가 원하지 않는, 전사답지 못한 감정이었다. 그는 본능적으로 느껴지는 연민에 연연하지 않으려고 애썼다. 자신이 종족에게 충성해야 한다는 것을 잘 알고 있었다. 하지만 그 감정을 도저히 떨쳐 버릴 수가 없었다.

"넌 가슴에서 우러나오는 말을 하는구나, 신출내기 파이어포."

라이언하트의 말이 머릿속에서 다시 울렸다.

"그 점이 언젠가는 널 더 강한 전사로 만들어 줄 것이다."

타이거클로의 경고도 귓가에 쟁쟁했다.

"아니면 결정적인 순간에 나약한 애완 고양이로 만들지도 모르지."

옐로팽이 앞으로 돌진했고, 파이어포는 즉각 몸을 움직여 공격 자세에 돌입했다. 덩치가 더 큰 옐로팽은 그의 어깨를 노리고 치명적인 공격을 시도했지만, 이번에는 부상당한 다리가 말썽인 모양이었다.

"떨어져!"

파이어포는 등을 구부렸다. 옐로팽은 가까스로 발톱을 찔러 넣어 그에게 단단히 매달렸다. 파이어포는 자신보다 무거운 암고양이가 올라타자 그대로 바닥에 짓눌리고 말았다.

혀끝에서 흙 맛이 느껴졌다. 파이어포는 입 안 가득한 모래를 뱉어 냈다.

"퉷!"

옐로팽이 휘두르는 뒷다리를 피하려고 그는 재빨리 몸을 비틀었다. 옐로팽은 가시처럼 날카로운 발톱으로 보드라운 배를 할퀴려 들었다. 그들은 서로 물고 뜯으면서 뒹굴기를 거듭했다.

잠시 후에 그들은 서로 떨어져 나갔다. 파이어포는 이제 숨이 찼다. 옐로팽 역시 힘이 빠져 있었다. 암고양이는 심하게 다쳐서,

뒷다리로 앙상한 몸을 버티기도 힘들어 보였다.

"이만하면 되지 않았나?"

파이어포는 으르렁대며 말했다. 침입자가 항복한다면 한 번 더 물어뜯는 것으로 자신을 잊지 말라는 경고를 하고, 보내 줄 작정이었다.

"아니!"

옐로팽이 대담하게 되받아쳤다. 하지만 다친 다리가 꺾이는 바람에 바닥에 힘없이 풀썩 쓰러지고 말았다. 일어서려고 했지만 뜻대로 되지 않았다. 그녀는 흐릿한 눈으로 파이어포에게 으르렁댔다.

"내가 이렇게 굶주리고 지치지만 않았어도 너를 쥐 나부랭이처럼 찢어 놨을 텐데."

암고양이는 고통스러워하면서도 입을 일그러뜨리며 완강하게 반항했다.

"그만 끝내 버려. 저항하지 않을 테니까."

파이어포는 망설였다. 그는 한 번도 다른 고양이를 죽여 본 적이 없었다. 한창 전투에 열을 올리고 있는 상황이라면 모를까, 이건 전혀 다른 상황이었다.

"뭘 망설이는 거야? 애완 고양이처럼 미적대기는!"

옐로팽이 조롱하듯 몰아붙였다.

파이어포는 그녀의 말에 속이 쓰렸다. 이렇게 시간이 흐른 지금까지도 애완 고양이의 냄새가 나는 걸까?

"나는 천둥족의 전사 훈련병이다!"

128

파이어포는 쏘아붙였다.

옐로팽이 눈을 가늘게 떴다. 파이어포가 움찔하는 모습을 보고 아픈 곳을 건드렸다는 사실을 알아챈 것 같았다.

"아하! 설마 천둥족이 애완 고양이까지 빼 와야 할 정도로 절박한 상황인 건 아니겠지?"

그녀가 코웃음을 쳤다.

"그렇지 않아!"

파이어포는 발끈했다.

"그럼 증명을 해 봐! 전사답게 날 끝장내 버리라고. 그게 날 도와주는 거야."

파이어포는 그녀를 빤히 쳐다보았다. 도발에 넘어가 이 비참한 생명체를 죽이지는 않을 작정이었다. 문득 그녀에 대한 호기심이 일면서, 긴장했던 근육도 느슨해졌다. 종족 고양이가 어쩌다가 이런 지경에 이르렀을까? 천둥족 원로들은 새끼 고양이들보다도 더 지극한 보살핌을 받는데……

"빨리 죽고 싶어서 안달하는 거야?"

"흥, 그건 네가 상관할 바 아니야, 이 쥐 먹잇감 같은 녀석아!"

옐로팽이 되받아쳤다.

"날 말로 구슬려서 죽이려는 거냐, 애송이 녀석?"

옐로팽은 거침없이 말했지만, 파이어포는 그녀에게서 묻어나는 굶주림과 아픔의 냄새를 맡을 수 있었다. 조만간 뭐라도 먹지 않으면 그녀는 결국 죽고 말 것이다. 스스로 사냥을 하기도 힘들 테니, 어쩌면 지금 죽여 주는 게 나을지도 몰랐다. 두 고양이는 복잡한 눈빛으로 서로를 쳐다보았다.

"여기서 기다려."

파이어포가 마침내 명령했다.

옐로팽은 기가 한풀 꺾인 듯했다. 목덜미 털이 매끈하게 가라앉았고, 꼬리도 더 이상 빳빳하게 서 있지 않았다.

"장난해? 난 아무 데도 갈 수 없어."

옐로팽이 앓는 소리를 내며 부드러운 풀밭으로 절뚝절뚝 걸어갔다. 그리고 털썩 쓰러져서 다리에 난 상처를 핥기 시작했다.

파이어포는 어깨 너머로 그녀를 흘깃 보고는 낮게 쉭쉭거리며 숲 속으로 들어갔다.

고사리 사이를 조용히 걷는 동안, 햇볕에 달아오른 냄새들이 코에 훅 끼쳤다. 죽은 지 오래된 시궁쥐의 시큼한 악취도 느껴졌다. 나무껍질 아래에서 벌레들이 긁어 대는 소리와, 털 달린 생명체들이 나뭇잎 위를 바삐 지나가느라 바스락거리는 소리도 들렸다. 처음에는 아까 잡아 두었던 개똥지빠귀를 파내려고 생각했지만, 그러기엔 시간이 너무 오래 걸릴 것 같았다.

어쩌면 가서 시궁쥐 시체를 주워야 할지도 몰랐다. 쉬운 방법이긴 했지만 굶주린 고양이에게는 싱싱한 먹이가 필요했다. 먹이가 궁핍한 시기가 아니고서야 전사가 까마귀 밥을 먹지는 않을 것이었다.

바로 그때 그는 걸음을 멈추었다. 앞쪽에서 어린 토끼 냄새가 났던 것이다. 몇 걸음 더 가니 바로 토끼가 보였다. 파이어포는 몸을 납작하게 낮추고 토끼에게 접근하기 시작했다. 거의 쥐 하나 떨어진 거리만을 남겨 뒀을 때 토끼가 그를 알아차렸다. 하지만 이미 늦었다. 토끼는 전속력으로 도망쳤고, 파이어포는 즉시 추격했다. 달아나는 희고 뭉툭한 꼬리를 보자, 핏줄을 타고 밀려드는 짜릿한 전율이 느껴졌다. 파이어포는 빠르게 다가가 토끼에게 발톱을 휘둘렀다. 그리고 꿈틀거리는 몸을 잽싸게 붙잡아 숨을 끊어 놓았다.

파이어포가 잡은 토끼를 옆에 놓아 주자 옐로팽이 지친 듯 고개를 들었다. 그녀의 잿빛 입이 딱 벌어졌다.

"애완 고양이! 다시 왔군. 난 또 꼬맹이 전사 친구들을 데리러 간 줄 알았지."

"글쎄, 지금이라도 데리러 갈 수 있어. 그리고 애완 고양이라고 부르지 좀 마."

파이어포는 으르렁거리면서도 토끼를 그녀에게 더 가까이 밀어 주었다. 친절을 베푸는 자신이 왠지 쑥스러웠다.

"이봐, 안 먹을 거면……."

"아니야, 먹을 거야."

옐로팽이 황급히 말했다.

파이어포는 암고양이가 먹이를 뜯어 물고 먹기 시작하는 모습을 지켜보았다. 그도 배가 고파서 입에 침이 고였다. 하지만 절대 생각조차 하지 말아야 한다는 걸 잘 알고 있었다. 그는 종족이 먹을 먹이를 넉넉히 가지고 돌아가야만 했다. 그러나 싱싱한 먹이에서는 맛있는 냄새가 솔솔 풍겼다.

"흠흠."

몇 분이 지나고 옐로팽이 크게 한숨을 쉬며 옆으로 벌렁 드러 누웠다.

"며칠 만에 처음 먹어 보는 싱싱한 먹이였어."

옐로팽은 주둥이를 깨끗이 핥더니 자리를 잡고 앉아 몸을 구석구석 닦기 시작했다.

'닦는다고 별로 달라질 것도 없을 것 같은데.'

파이어포는 이렇게 생각하며 코를 씰룩거렸다. 그녀는 악취로는 제일가는 고양이였다.

그는 먹다 남은 먹이 찌꺼기를 내려다보았다. 한창 자라는 고양이의 배를 채우기엔 턱없이 부족했지만, 옐로팽과 싸운 뒤라서 식욕은 더 강렬해진 상태였다. 파이어포는 결국 허기에 굴복하고, 남은 찌꺼기들을 허겁지겁 집어 삼켰다. 맛이 좋았다. 그는 입술을 핥으며 마지막으로 묻어 있는 맛까지 음미했다. 머리부터 발끝까지 온몸이 짜릿하게 흥분되었다.

옐로팽이 얼룩진 이빨을 드러내며 파이어포를 찬찬히 뜯어보았다.

"두발쟁이들이 우리 형제들에게 먹이는 오물보다는 훨씬 낫지, 안 그래?"

옐로팽이 음흉한 목소리로 말했다. 파이어포의 약점을 잡았다는 것을 알고, 일부러 기분을 상하게 하려는 것이었다.

파이어포는 그런 그녀를 무시하고 몸을 닦기 시작했다.

옐로팽이 말을 계속했다.

"그건 독이야. 시궁쥐 똥 같은 거라고! 줏대 없는 털 자루 같은 녀석들이나 그렇게 역겨운 개구리 알을 받아먹을 테지."

옐로팽이 갑자기 말을 멈추더니 털을 곤두세웠다.

"쉿…… 전사들이 온다."

파이어포 역시 고양이들이 접근하고 있다는 걸 알아챘다. 보드라운 발이 바닥에 깔린 잎사귀에 닿는 소리와, 나뭇가지 사이로 털이 휙휙 스치는 소리가 들렸다. 바람에 실려 털 냄새도 났다. 익숙한 냄새를 풍기는 천둥족 전사들이었다. 천둥족 영역 안이니 그들은 소리를 내지 않으려고 신경 쓸 필요도 없이 당당하게 움직이고 있었다.

파이어포는 죄책감을 느끼며 입술을 핥았다. 방금 삼킨 먹이 쪼가리의 흔적이 모두 사라지길 바라는 마음이었다. 그는 옐로팽과 그녀 옆에 수북한 토끼 뼈들을 바라보았다.

"종족에게 먼저 먹이를 먹여야 한다!"

라이언하트의 목소리가 머릿속에서 다시 한 번 울렸다. 하지만 이 불쌍한 생명체에게 먹이를 줄 수밖에 없었던 이유를 라이언하트도 분명 이해해 주리라. 파이어포는 문득 자신에게 어떤 일이 벌어질지 두려워서 마음이 불안해졌다. 훈련병으로서 처음 맡은 임무에서 그는 전사의 규약을 어기고 만 것이다!

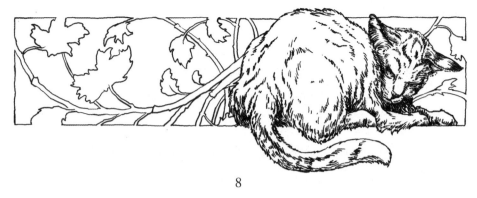

8

성질 사나운 떠돌이

다가오는 발소리에 옐로팽이 반항적인 태도를 드러내며 으르렁거렸다. 하지만 파이어포는 그녀가 어쩔 줄 모르고 허둥대고 있다는 것을 알아챘다. 암고양이는 안간힘을 써서 일어섰다.

"그럼 이만 실례하지. 먹이는 고마웠어."

그녀는 세 다리에 의지하여 걸어가려 했지만 통증으로 주춤거렸다.

"쉬는 사이에 다리가 뻣뻣해져 버렸군."

이제 도망가기에는 너무 늦었다. 숲에서 그림자들이 조용히 빠져나왔다. 순식간에 파이어포와 옐로팽은 천둥족 순찰대에게 둘러싸이고 말았다. 파이어포는 그들을 알아볼 수 있었다. 타이거클로와 다크스트라이프, 윌로펠트 그리고 블루스타였다. 모두 탄탄한 근육질에 늘씬한 몸이었다. 그들이 나타나자 옐로팽은 겁에 질린 냄새를 풍겼다.

그레이포가 그들을 바짝 뒤따라왔다. 그는 덤불에서 성큼성큼 달려 나오더니 전사들 옆에 섰다.

파이어포는 종족 전사들에게 황급히 인사를 했다. 하지만 그레이포만이 답을 했다.

"안녕, 파이어포?"

"조용히!"

타이거클로가 그르렁댔다.

파이어포는 옐로팽을 흘깃 보고 속으로 괴로워했다. 그녀는 여전히 겁에 질린 냄새를 풍기면서도, 온순하게 몸을 움츠리기는커녕 도전적으로 전사들을 노려보고 있었다.

"파이어포!"

블루스타가 차분하고 신중하게 질문했다.

"이게 다 뭐지? 적의 전사라니……. 게다가 냄새로 봐서는 둘 다 방금 먹이를 먹은 모양이군."

태워 버릴 듯이 뜨거운 그녀의 시선이 꽂히자, 파이어포는 고개를 푹 떨어뜨렸다.

"힘이 없고 굶주려 있어서……."

"그럼 너는? 너는 종족의 몫을 모으기도 전에 먹이를 먹어야 할 정도로 굶주렸던 것이냐?"

블루스타가 말을 이었다.

"전사의 규약을 어길 만큼 중요한 이유가 있었던 거겠지?"

블루스타의 목소리는 부드러웠다. 하지만 파이어포는 믿지 않았다. 블루스타는 화가 나 있었고, 충분히 그럴 만했다. 파이어포는 바닥으로 몸을 더 낮추었다.

뭐라고 대꾸하기도 전에 타이거클로가 큰 소리로 쉭쉭거렸다.

"한번 애완 고양이는 영원히 애완 고양이지!"

블루스타는 타이거클로의 말은 무시한 채 옐로팽에게로 시선을 돌렸다. 그러고는 갑자기 놀란 표정을 지었다.

"잠깐! 파이어포, 네가 그림자족 고양이를 잡은 것 같구나. 내가 잘 아는 고양이기도 하지. 당신은 그림자족의 치료사가 아닙니까?"

블루스타가 옐로팽에게 물었다.

"이렇게 멀리 천둥족 영역까지 무슨 일입니까?"

"한때 그림자족 치료사였지요. 지금은 혼자 떠도는 길을 택했습니다."

옐로팽이 대답했다.

파이어포는 자신이 제대로 들은 건지 의심스러울 정도로 깜짝 놀랐다. 옐로팽이 그림자족 치료사였다니! 너무 지저분한 나머지 그림자족의 냄새가 가려진 것이리라. 미리 알았더라면 싸움이 더 즐거웠을 것을.

"옐로팽, 고작 훈련병에게 당하다니, 그동안 꽤나 고생을 했나 보군요."

타이거클로가 조롱하듯 말했다.

이번에는 다크스트라이프가 입을 열었다.

"이 늙은 고양이는 우리에게 아무 쓸모가 없어요. 당장 해치우죠. 그리고 이 애완 고양이 녀석은 적의 전사에게 먹이를 주었으니 전사의 규약을 어긴 거예요. 벌을 받아 마땅해요."

"발톱은 넣어 둬라, 다크스트라이프."

블루스타가 차분하게 말했다.

"옐로팽의 용기와 지혜는 모든 종족 고양이들이 입을 모아 칭송하고 있다. 그녀의 이야기를 들어 보면 우리에게 도움이 될지도 모른다. 자, 옐로팽을 진영으로 데리고 돌아가겠다. 일단 가서 어떻게 할지 결정하기로 하자. 파이어포 문제도 마찬가지고."

블루스타가 옐로팽에게 물었다.

"걸을 수 있겠습니까? 아니면 도움이 필요합니까?"

"아직 다리 세 개는 멀쩡하거든요."

잿빛 암고양이가 절룩절룩 앞으로 걸어가며 대꾸했다.

파이어포는 옐로팽의 눈이 고통으로 흐려지는 것을 보았지만, 그녀는 어떠한 약점도 보이지 않기로 단단히 작정한 것 같았다. 파이어포는 블루스타의 얼굴에 언뜻 스치는 존경 어린 표정도 놓치지 않았다. 천둥족 지도자는 몸을 돌려 나무숲으로 천천히 앞장서 걸어갔다. 다른 전사들은 옐로팽의 양쪽에 각각 자리를 잡았다. 순찰대는 다리를 절뚝이는 포로와 조심스럽게 보조를 맞추어 이동했다.

파이어포는 그레이포와 함께 무리의 뒤쪽에서 발을 맞추어 걸으며 물었다.

"옐로팽에 대해서 들어 본 적 있어?"

"조금. 듣기로는 치료사가 되기 전에는 전사였대. 그런 일은 드물거든. 그런데 옐로팽이 떠돌이가 되다니, 상상이 안 가네. 평생을 그림자족에서 살아왔거든."

"떠돌이가 뭐야?"

"종족에 속하지도 않고, 두발쟁이가 돌봐 주지도 않는 고양이를 말해. 타이거클로 말로는 떠돌이들은 신뢰할 수가 없고 이기적이래. 대개 두발쟁이 거처 주변에서 살긴 하지만, 어디에도 속하지 않아. 먹이도 스스로 잡아서 먹지."

"블루스타가 나를 내쫓으면 나도 결국 떠돌이가 되겠네."

"블루스타는 아주 공정해."

그레이포가 그를 안심시켰다.

"널 내쫓지는 않을 거야. 그림자족에서 중요한 위치에 있던 고양이를 포로로 잡아 흡족해하는 것 같던데 뭘. 네가 늙고 병든 고양이에게 먹이를 주었다고 해서 크게 뭐라고 하진 않을 게 분명해."

"하지만 먹이가 모자라다고 계속 불만들이 많잖아! 아, 내가 왜 그 토끼를 먹었을까?"

파이어포는 부끄러워서 털이 화끈거리는 기분이었다.

"그건 그래."

그레이포가 친구를 쿡 찔렀다.

"정말 쥐 대가리 같은 짓이었어. 그 부분은 네가 전사의 규약을 어긴 게 확실해. 하지만 뭐, 완벽한 고양이는 없으니까!"

파이어포는 대꾸하지 않았지만, 걸어가는 내내 마음이 무거웠다. 첫 번째 단독 임무가 이런 식으로 끝나다니. 이건 그가 바라던 바가 아니었다.

순찰대가 진영 입구를 지키는 보초들을 지나자, 남아 있던 천둥족 고양이들이 집으로 돌아오는 전사들을 맞이하기 위해 달려 나왔다.

어미 고양이들, 새끼 고양이들 그리고 원로들이 양쪽으로 몰려들었다. 그들은 진영으로 들어오는 옐로팽을 호기심에 찬 얼굴로 자세히 살폈다. 몇몇 원로들은 나이 든 이 암고양이를 알아보았다. 그녀가 그림자족의 치료사라는 이야기가 빠르게 퍼져 나갔고, 여기저기서 조롱하듯 웅성거리는 소리가 들렸다.

옐로팽은 그런 소리에는 귀를 기울이지 않는 듯했다. 그녀는 자신을 쳐다보는 시선과 모욕적인 말소리들이 길게 이어지는 가운데도 품위를 지키면서 절뚝절뚝 걸어갔다. 파이어포는 그녀의 모습에 감탄하지 않을 수 없었다. 옐로팽이 엄청난 고통을 참고 있다는 것을 알고 있었다. 비록 그가 잡아 준 토끼를 먹긴 했지만 여전히 배도 고플 것이다.

순찰대가 높은 바위에 도착하자, 블루스타가 앞쪽에 있는 먼지투성이 땅을 향해 고갯짓을 했다. 옐로팽은 천둥족 지도자가 말없이 내린 명령에 저항하지 않고 그대로 바닥에 주저앉았다. 그리고 여전히 주변의 적대적인 시선은 무시한 채 부상당한 다리를 핥기 시작했다.

파이어포는 스파티드리프가 구석진 자신의 거처에서 나타나는 것을 보았다. 진영에 부상당한 고양이가 들어왔다는 것을 냄새로 알아차렸을 것이다. 모여 있던 고양이들이 양쪽으로 갈라져서 삼색얼룩 고양이가 지나가도록 길을 내주었다.

옐로팽이 스파티드리프를 노려보더니 쉭쉭거렸다.

"내 부상은 내가 알아서 해. 도움은 필요 없어."

스파티드리프는 아무 말도 하지 않고 깍듯하게 고개를 숙인 다음, 뒤로 물러났다.

몇몇 고양이들이 사냥을 다녀온 덕분에 순찰을 마치고 돌아온 전사들이 먹을 싱싱한 먹이가 있었다. 그들은 각자 먹이를 골라서 쐐기풀밭으로 가져가 먹었다. 전사들 다음으로 다른 고양이들이 앞으로 몰려나가 자기 몫을 가져갔다.

파이어포는 허기진 채 공터 주변을 걸어 다녔다. 그러면서 다른 고양이들이 평소와 마찬가지로 삼삼오오 모여 앉아 먹이를 삼키는 모습을 지켜보았다. 딱 한 입이라도 먹고 싶었지만, 감히 먹이 더미에서 먹이를 가져올 수가 없었다. 자신이 전사의 규약을 어겼기 때문에, 싱싱한 먹이를 나누어 먹는 것도 금지되었을 것 같았다.

파이어포는 높은 바위 옆에서 걸음을 멈췄다. 블루스타가 타이거클로와 이야기를 하고 있었다. 파이어포는 지도자가 자신에게 먹어도 좋다는 신호를 보내 주기를 바랐다. 하지만 블루스타는 선임 전사와 목소리를 낮추어 이야기를 나누느라 바빴다. 파이어포는 그들이 자신에 대해 이야기하는 것은 아닐지 궁금했다. 그는 자신의 운명이 궁금해서 그들이 무슨 말을 하는지 들어 보려고 애타게 귀를 기울였다.

타이거클로가 외치는 소리가 들렸다.

"천둥족의 한가운데에 적의 전사를 데려오는 것은 너무 위험한 일입니다. 이제 그녀가 우리 진영에 대해 알게 되었으니, 그림자족의 가장 어린 새끼 고양이까지도 다 알게 될 거란 말입니다. 우리는 이동을 해야 합니다."

"진정하게, 타이거클로."

블루스타가 말했다.

"왜 우리가 이동을 해야 하지? 옐로팽은 지금 혼자 떠도는 중이라고 말하지 않았는가. 그림자족이 알 리가 없네."

"그걸 정말 믿는 겁니까? 도대체 그 바보 같은 애완 고양이는 무슨 생각이었는지!"

타이거클로가 벌컥 화를 냈다.

"잠시만 생각을 해 보게, 타이거클로."

블루스타가 침착하게 말했다.

"그림자족 치료사가 도대체 왜 자기 종족을 떠날 생각을 하게 되었는지 말일세. 옐로팽이 우리 종족의 비밀을 그림자족과 공유할까 봐 걱정하는 것 같은데, 이렇게 생각해 보면 어떻겠나? 그녀가 우리에게 줄 수 있는 그림자족의 비밀을 얼마나 많이 알고 있을지 말일세."

타이거클로의 털이 가라앉기 시작하는 것으로 보아 블루스타의 말이 일리가 있다고 생각한 모양이었다. 전사는 짧게 고개를 끄덕이더니 싱싱한 먹이를 가지러 자리를 떴다.

블루스타는 그 자리에 머물러 있었다. 그리고 공터 너머에서 새끼 고양이들이 흙먼지를 일으키며 장난스럽게 몸싸움을 벌이는 모습을 지켜보았다. 잠시 후 그녀가 일어서더니 파이어포를 향해 걸어오기 시작했다. 파이어포의 심장이 요동쳤다. 무슨 말을 하려는 걸까?

하지만 블루스타는 그를 지나쳐 곧장 걸어갔다. 눈길조차 주지 않았다. 지도자의 눈은 알 수 없는 생각들로 흐려져 있었다.

"프로스트퍼!"

블루스타가 보육실로 다가가면서 큰 소리로 외쳤다.

순백색 털에 짙푸른 눈을 가진 고양이가 가시덤불에서 나왔다. 안쪽에서 가냘프게 우는 소리가 커져 갔다.

"쉿, 얘들아. 금방 갈 거야."

하얀 고양이가 가르랑거리며 새끼들을 안심시켰다. 그리고 지도자를 향해 몸을 돌렸다.

"무슨 일이죠, 블루스타?"

"훈련병 하나가 근처에서 여우를 보았다고 하니 다른 어미 고양이들에게도 보육실을 잘 지키라고 알려 주게. 그리고 태어난 지 여섯 달이 되지 않은 새끼 고양이들은 진영 안에만 머물 수 있도록 해 주고. 우리 전사들이 여우를 쫓아낼 때까지 말일세."

프로스트퍼가 고개를 끄덕였다.

"주의하라고 전할게요, 블루스타. 고맙습니다."

그녀는 울고 있는 새끼 고양이들을 달래러 다시 보육실로 들어갔다.

블루스타는 먹이를 가지러 싱싱한 먹이 더미 쪽으로 걸어갔다. 통통한 산비둘기가 그녀 몫으로 남아 있었다. 파이어포는 선임 전사들과 함께 먹이를 먹으러 가는 블루스타를 간절한 심정으로 바라보았다.

결국 배고픔을 참지 못한 파이어포는 앞으로 나섰다. 그레이포가 레이븐포와 함께 나무 그루터기 옆에서 작은 되새를 허겁지겁 먹고 있었다. 그는 파이어포가 먹이 더미로 향하는 모습을 보고 격려하듯 고개를 끄덕였다. 파이어포가 고개를 숙여 작은 숲쥐를 막 물려고 했을 때였다.

"네 몫이 아니다."

타이거클로가 으르렁댔다. 그는 파이어포의 뒤쪽에서 성큼성큼 걸어와 앞발로 쥐를 치워 버렸다.

"넌 먹이를 하나도 잡아 오지 않았다. 네 몫은 원로들이 먹을 테니, 가져다 드려."

파이어포는 블루스타를 보았다.

그녀가 고개를 까딱했다.

"그렇게 해라."

파이어포는 순순히 쥐를 집어 물고 스몰이어에게 갔다. 맛있는 냄새가 코에 감돌았다. 튼튼한 이빨로 와작 깨물어 보기만 해도 좋을 것 같았다. 이 먹이만 먹으면 혈기왕성한 몸에 활력이 넘칠 것 같았다.

하지만 파이어포는 대단한 자제력을 발휘해서 먹이를 회색 수고양이 앞에 내려놓고 공손하게 뒤로 물러났다. 고맙다는 인사는 기대하지도 않았지만, 역시나 아무런 대답도 돌아오지 않았다.

이제는 옐로팽에게 잡아 주었던 토끼의 찌꺼기라도 먹어 둔 것이 오히려 다행스럽게 생각되었다. 내일 다시 사냥을 나가기 전까지 더는 아무것도 먹지 못할 테니까.

파이어포는 그레이포에게 천천히 걸어갔다. 먹이를 배불리 먹은 그레이포는 레이븐포와 함께 훈련병의 거처 밖에 누워 있었다. 그는 옆으로 몸을 쭉 뻗은 채, 춤을 추듯 앞다리를 핥는 중이었다. 그레이포는 파이어포가 다가오는 것을 보고 잠시 핥기를 멈췄다.

"블루스타가 어떤 처벌을 내릴지 아직 아무 말도 안 해 줬어?"

"아직."

파이어포는 우울하게 대답했다.

그레이포는 안쓰러워하며 눈을 가늘게 뜨고 입을 다물었다.

블루스타의 외침이 공터 전체에 울렸다.

"제 힘으로 먹이를 잡을 수 있는 나이가 된 모든 고양이들은 종족 회의에 참석하십시오!"

전사들은 대부분 식사를 마치고 그레이포처럼 분주하게 몸을 단장하던 중이었다. 그들은 기품 있게 몸을 일으켜, 블루스타가 기다리는 높은 바위 쪽으로 걸어갔다.

"가자!"

그레이포가 벌떡 일어나며 말했다. 그는 재빨리 뛰어가 좋은 자리를 차지하려고 무리를 비집고 들어갔다. 레이븐포와 파이어포는 그 뒤를 따랐다.

"여러분 모두 우리가 오늘 데려온 포로에 대해 들어서 알고 있을 겁니다."

블루스타가 말을 시작했다.

"하지만 여러분이 알아야 할 것이 또 있습니다."

블루스타는 지칠 대로 지쳐서 미동도 없이 앉아 있는 암고양이를 내려다보았다.

"거기서 내 말이 들립니까?"

"내가 늙긴 했지만 아직 귀가 먹지는 않았습니다!"

옐로팽이 대꾸했다.

블루스타는 포로의 적대적인 말투를 무시하고 말을 이었다.

"유감스럽게도 심각한 소식이 몇 가지 있습니다. 오늘 순찰대와 함께 바람족 영역에 가 보았습니다. 공기에 그림자족 냄새가 가득했고, 대부분의 나무들에 그림자족 전사들이 남긴 영역 표시가 묻어 있었습니다. 게다가 바람족 영역 깊숙이 들어가 중심지까지 가 보았지만 바람족 고양이를 아무도 만나지 못했습니다."

지도자의 말에 침묵이 이어졌다. 천둥족 고양이들의 얼굴에 혼란스러워하는 표정이 드러났다.

"그림자족이 바람족을 쫓아냈다는 뜻입니까?"

스몰이어가 주저하며 물었다.

"확실하지는 않습니다."

블루스타가 대답했다.

"그림자족의 냄새가 사방에 있었던 것은 분명합니다. 피와 털도 발견했습니다. 전투가 있었던 것이 틀림없지만, 어느 종족의 시신도 찾지 못했습니다."

충격을 받은 고양이들이 한목소리로 울부짖었다. 파이어포는 주변에 있던 고양이들이 충격과 분노로 굳어지는 것을 느꼈다. 이제까지 한 종족이 다른 종족을 사냥터에서 쫓아낸 적은 한 번

145

도 없었다.

"어떻게 바람족이 쫓겨날 수가 있죠?"

원아이가 쉰 목소리로 꺽꺽거렸다.

"그림자족이 사납긴 하지만 바람족은 수가 많잖아요. 대대로 그 고지대에 살고 있었고요. 어떻게 쫓겨날 수가 있는 거죠?"

걱정스럽게 고개를 젓는 그녀의 수염이 파르르 떨렸다.

"나 역시 그 어떤 답도 알지 못합니다."

블루스타가 대답했다.

"그림자족의 지도자였던 래기드스타가 죽고, 최근에 새 지도자가 정해졌다는 것은 잘 알려진 사실입니다. 하지만 지난 모임에서 우리가 새 지도자인 브로큰스타를 만났을 때도 어떤 위해를 가하겠다는 조짐을 보이진 않았습니다."

"어쩌면 옐로팽이 답을 알지도 몰라요. 어쨌든 그림자족이잖아요!"

다크스트라이프가 외쳤다.

"난 배신자가 아니다! 무슨 짓을 하더라도 그림자족의 비밀을 너 같은 짐승에게 알려 주진 않을 거다!"

옐로팽이 다크스트라이프를 공격적으로 노려보며 그르렁거렸다. 천둥족 전사는 귀를 납작 붙인 채 눈을 길게 찢고 싸울 태세로 앞으로 걸어 나왔다.

"그만!"

블루스타가 호통을 쳤다.

다크스트라이프는 즉각 동작을 멈췄다. 하지만 옐로팽은 여전히 이글거리는 눈으로 그를 노려보며 격렬하게 쉭쉭댔다.

"그만하면 됐습니다!"

블루스타가 성난 목소리로 말했다.

"우리끼리 다투고 있기에는 지금 상황이 너무 심각합니다. 천둥족은 대비를 해야 합니다. 이제부터 전사들은 더 여럿이 모여서 이동을 할 겁니다. 나머지 고양이들은 진영 가까운 곳에 있어야 합니다. 순찰병들이 더 자주 경계 근처를 돌아볼 것입니다. 모든 새끼 고양이들은 보육실 안에 머물러야 합니다."

아래에 모인 고양이들이 동의하며 고개를 끄덕였다.

블루스타가 말을 계속했다.

"우리에게 가장 큰 난관은 전사가 부족하다는 것입니다. 훈련병들의 훈련에 속도를 내서 이 어려움을 극복해야 합니다. 훈련병들이 더 빠른 시일 내에 우리 종족을 위해 싸울 준비를 마쳐야 합니다."

파이어포는 더스트포와 샌드포가 흥분된 눈빛을 교환하는 모습을 보았다. 그레이포도 들뜬 눈으로 블루스타를 올려다보고 있었다. 레이븐포는 초조하게 발을 이리저리 움직일 뿐이었다. 검은 훈련병의 휘둥그레진 눈에는 흥분보다는 걱정스런 기색이 역력했다.

블루스타가 다시 말을 이었다.

"지금까지는 어린 훈련병 하나가 그레이포와 레이븐포와 함께 같은 스승에게서 가르침을 받아 왔습니다. 이제부터는 내가 그를 맡아서 세 훈련병의 훈련 속도를 높이도록 하겠습니다."

147

블루스타는 잠시 말을 멈추고 종족을 내려다보았다.

"이제부터 파이어포를 내 훈련병으로 받아들이겠습니다."

파이어포는 놀라서 눈이 휘둥그레졌다.

블루스타가 내 스승이 된다고?

옆에 있던 그레이포가 놀라움을 감추지 못하고 숨을 헉 들이켰다.

"정말 영광스러운 일이야! 블루스타가 훈련병을 지도하는 건 정말 오랜만에 있는 일이야. 보통은 부지도자가 될 만한 새끼 고양이들만 훈련시키거든!"

그때 무리 맨 앞에서 익숙한 목소리가 들려왔다. 타이거클로였다.

"그러니까 파이어포는 벌을 받는 게 아니라 상을 받는 겁니까? 종족을 먹이지 않고 적의 전사에게 먹이를 주었는데도요?"

"파이어포는 이제 내 훈련병이네. 내가 알아서 하겠네."

블루스타는 타이거클로의 사나운 눈을 잠시 동안 뚫어져라 응시하다가, 고개를 들어 종족 전체에게 알렸다.

"옐로팽은 기운을 회복할 때까지 여기 머물도록 허락할 것입니다. 우리는 전사들이지 야만적인 짐승이 아닙니다. 옐로팽에게 정중하고 예의 바르게 대해야 할 것입니다."

"하지만 천둥족은 옐로팽까지 보살필 순 없어요. 이미 먹여 살려야 할 입이 너무 많다고요."

다크스트라이프가 반대했다.

"맞아! 그리고 누구누구는 남들보다 더 많이 먹지!"

그레이포가 파이어포의 귀에 소곤거렸다.

"아무도 날 돌봐 줄 필요 없어! 누구든 날 도우려고 하면 갈기갈기 찢어 놓을 거야!"

옐로팽이 사납게 쏘아붙였다.

"아주 상냥하네."

그레이포가 중얼거렸다.

파이어포는 꼬리 끝을 흔들어 말없이 동의했다. 고양이들은 전의에 불타는 적의 전사를 마지못해 인정하면서도 소리를 죽여 웅성거렸다.

블루스타는 그 소리를 못 들은 척 무시했다.

"사실 한 방에 먹이 둘을 해치울 방법이 있습니다. 파이어포, 너는 전사의 규약을 어긴 벌로 옐로팽을 돌보는 책임을 맡는다. 네가 옐로팽을 위해 사냥을 하고 상처를 살펴야 한다. 새 잠자리를 준비하고 배설물도 치워야 하고."

"네, 블루스타."

파이어포는 순종적으로 고개를 숙이며 대답했다. 그리고 속으로 생각했다.

'배설물을 치우라고? 웩!'

더스트포와 샌드포가 놀리듯 소리쳤다.

"그거 좋은 생각이야!"

"파이어포가 벼룩을 잘 잡아야 할 텐데!"

더스트포가 야유를 보냈다.

"그리고 사냥도! 저 비쩍 마른 암고양이를 먹여 살려야 할 테니까!"

샌드포가 거들었다.

"그만!"

블루스타가 그들을 제지했다.

"파이어포, 옐로팽을 보살피는 일을 부끄럽게 생각하지 않기를 바란다. 옐로팽은 치료사이고, 경험 많은 원로다. 그런 이유만으로도 존경을 받아 마땅하다! 그리고 스스로 몸을 가누기 힘든 고양이를 보살펴 주는 것은 창피한 일이 아니다."

블루스타가 샌드포와 더스트포를 매서운 눈길로 쏘아보며 말했다.

"회의는 끝났습니다. 이제 선임 전사들과 따로 이야기를 해야겠습니다."

그 말과 함께 그녀는 높은 바위에서 뛰어내려 위풍당당하게 거처로 걸어갔다.

라이언하트가 그녀를 따라갔다. 다른 고양이들도 높은 바위에서 떠나기 시작했다. 한둘은 파이어포에게 다가와 블루스타의 훈련병으로 뽑힌 것을 축하해 주었다. 다른 고양이들은 옐로팽을 잘 돌보라고 조롱하듯 말했다. 파이어포는 블루스타의 발표에 어안이 벙벙해진 채 멍하니 고개만 주억거렸다.

롱테일이 그에게 다가왔다. 파이어포가 그의 귀 끝에 남긴 쐐기 모양의 자국이 아직도 눈에 띄었다. 젊은 전사는 수염을 팽팽하게 당긴 채 험악하게 으르렁거렸다.

"다음번에 길 잃은 떠돌이들을 진영으로 데려올 때는 한 번 더 신중하게 생각하겠지."

롱테일이 비웃으며 말했다.

"내가 말했잖아, 밖에서 온 녀석들은 언제나 문제를 일으킨다니까."

9
비밀을 간직한 포로

"내가 너라면 가서 옐로팽을 살펴보겠어. 기분이 별로 좋아 보이지 않더라고."

롱테일이 떠나자 그레이포가 속삭였다.

파이어포는 나이 많은 암고양이를 흘낏 쳐다보았다. 그녀는 여전히 높은 바위 아래에 누워 있었다. 그레이포의 말이 맞았다. 그녀는 파이어포를 노려보고 있었다.

파이어포는 마지못해 고개를 끄덕였다.

"그래, 가야지. 행운을 빌어 줘!"

"이번에는 별족 전체가 네게 힘을 줘야 할 것 같은데. 도움이 필요하면 불러. 혹시 너를 공격할 낌새가 보이면 내가 몰래 뒤로 가서 뻣뻣하게 굳은 토끼로 머리를 후려쳐 줄 테니까."

그레이포가 대답했다.

파이어포는 재미있어서 가르랑거리며 옐로팽을 향해 걸어갔다. 하지만 그녀에게 가까워지자 즐거운 마음은 순식간에 사라져 버렸다.

나이 든 고양이는 기분이 형편없는 것이 분명했다. 그녀는 경고하듯 쉭쉭거리며 이빨을 드러내 보였다.

"거기 딱 멈춰, 애완 고양이야!"

파이어포는 한숨을 내쉬었다. 아무래도 싸움에 말려들 것 같았다. 그는 여전히 배가 고팠고, 슬슬 지치기 시작했다. 잠자리에서 몸을 말고 낮잠을 자고 싶은 마음이 간절했다. 털과 이빨만 남은 이 불쌍한 고양이와 말다툼을 벌이는 것은 정말이지 원치 않았다.

"부르고 싶은 대로 부르세요. 난 그냥 블루스타의 명령을 따르는 것뿐이니까요."

"어쨌든 넌 애완 고양이가 맞잖아, 안 그래?"

옐로팽이 씨근덕거리며 말했다.

'옐로팽도 지쳤어.'

파이어포는 생각했다. 심술은 여전했지만, 열기가 많이 가신 목소리였다.

"맞아요, 새끼였을 때 두발쟁이들과 같이 살았어요."

파이어포는 차분하게 대답했다.

"어미가 애완 고양이였나? 아니면 아비가?"

"둘 다요."

파이어포는 속에서 분한 마음이 타오르는 것을 느끼며 땅을 내려다보았다. 종족 동료들이 아직도 자신을 외부 고양이로 보는 것만으로도 충분히 불쾌했다. 그런데 이 성질 고약한 포로에게까지 이런 취급을 받아야 하다니.

옐로팽은 그의 침묵을 계속 말해도 좋다는 뜻으로 받아들인 듯했다.

"애완 고양이의 피는 전사의 피와 같지 않아. 여기서 날 돌봐 주지 말고 네 두발쟁이 주인들이 있는 곳으로 쪼르르 달려가는 게 어때? 너처럼 미천한 혈통의 고양이가 나를 두고 야단을 떠는 꼴을 봐야 한다니, 수치스럽다!"

파이어포는 결국 인내심이 바닥 나고 말았다.

"내가 전사의 혈통이었어도 당신은 수치스러웠을 거예요. 내가 당신네 종족의 고귀한 암고양이였든, 길에서 당신을 주운 두발쟁이였든 상관없이 당신은 부끄러웠을 거라고요."

파이어포는 꼬리를 이리저리 획획 휘둘렀다.

"당신은 지금 어떤 고양이한테든 의지해야 하는 처지니 부끄러운 게 당연하지요!"

옐로팽이 주황색 눈을 크게 뜨고 빤히 쳐다보았다.

파이어포는 맹렬한 기세로 계속 퍼부었다.

"스스로 앞가림을 할 수 있기 전까지는 그냥 보살핌을 받는 데 익숙해지라고요, 이 심술궂은 말라깽이 늙은이야!"

파이어포는 말을 멈췄다. 옐로팽이 낮고 거칠게 쌕쌕거리는 소리를 내기 시작했던 것이다.

파이어포는 깜짝 놀라 한 걸음 앞으로 다가갔다. 암고양이는 온몸을 덜덜 떨었고, 눈꺼풀은 반쯤 감긴 채 겨우 실눈만 뜨고 있었다. 발작이 일어난 걸까?

"이봐요, 내 말은 그게 아니라……."

머뭇거리며 말을 꺼내던 파이어포는 문득 깨달았다. 그녀는 웃고 있었던 것이다!

옐로팽의 가슴 깊숙한 곳에서 가르랑거리는 소리가 쉴 새 없이 울려 나왔다.

파이어포는 어찌할 바를 몰랐다.

"넌 기개가 있구나, 애완 고양이."

옐로팽이 마침내 웃음을 멈추고 쉰 목소리로 말했다.

"난 이제 피곤하고 다리도 아파. 잠도 자야겠고 이 상처에 뭔가 바를 것도 필요해. 너희 종족의 그 젊고 예쁜 치료사에게 가서 약초를 좀 달라고 해라. 미역취로 젖은찜질을 하면 도움이 될 것 같구나. 그리고 양귀비 씨앗을 좀 갖다줘. 통증이 너무 심해서 좀 씹어야겠으니."

옐로팽의 태도가 돌변한 것에 깜짝 놀란 파이어포는 재빨리 돌아서서 스파티드리프의 거처로 달려갔다.

이 부근으로는 와 본 적이 없었다. 그는 귀를 쫑긋 세운 채 서늘한 초록빛 고사리 굴길을 지나 풀이 우거진 좁은 공터로 들어섰다. 공터 한쪽에는 키 큰 바위가 서 있었다. 그 바위 가운데에 넓게 갈라진 틈 안쪽으로 거처로 삼을 만한 공간이 있었다. 스파티드리프가 그 구멍 안에서 걸어 나왔다. 평소처럼 초롱초롱한 눈망울에 상냥한 모습이었다. 그녀의 얼룩얼룩한 털은 수없이 다양한 빛의 호박색과 갈색으로 아롱져 있었다.

파이어포는 수줍게 인사를 하고, 옐로팽이 말한 약초와 씨앗 이름들을 줄줄 읊었다.

"내 거처에 대부분 있는 거네. 메리골드 잎도 가져올게. 상처에 붙이면 감염을 막아 줄 거야. 여기서 기다려."

스파티드리프가 대답했다.

"고맙습니다."

치료사는 거처 안으로 사라졌다. 파이어포는 안쪽으로 들어간 그녀를 어렴풋하게라도 보려고 눈을 크게 떴다. 하지만 거처는 너무 어두워서 아무것도 보이지 않았다. 오직 바스락거리는 소리와 낯선 약초들의 어지러운 냄새만 날 뿐이었다.

이윽고 어둠 속에서 나타난 스파티드리프가 잎사귀로 싼 꾸러미를 파이어포의 발치에 떨어뜨려 주었다.

"양귀비 씨앗은 너무 많이 먹지 말라고 전해 줘. 통증을 완전히 없애면 안 돼. 통증이 조금은 남아 있어야 잘 낫고 있는지 판단하는 데 도움이 되거든."

파이어포는 고개를 끄덕이고 이빨로 약초를 집어 들었다.

"고맙습니다, 스파티드리프!"

파이어포는 꾸러미를 문 입으로 인사를 하고, 다시 고사리 굴길을 지나 중앙 공터로 나왔다.

타이거클로가 전사들의 거처 밖에 앉아서 그를 뚫어져라 쳐다보고 있었다. 약초를 들고 옐로팽에게 바쁘게 걸어가던 파이어포는 목덜미에 뜨겁게 꽂히는 호박색 눈의 시선을 느낄 수 있었다. 그는 고개를 돌려 호기심 어린 눈으로 타이거클로를 쳐다보았다. 그러자 전사는 눈을 찌푸리고 시선을 돌려 버렸다.

파이어포는 옐로팽 옆에 꾸러미를 떨어뜨려 놓았다.

"잘했다. 이제 날 조용히 내버려 두기 전에 먹을 걸 좀 찾아다 줘. 굶어 죽겠어!"

옐로팽이 진영에 온 뒤로 해가 세 번 떠올랐다. 일찍 잠에서 깬 파이어포는 옆에 누워 있는 그레이포를 쿡 찔렀다. 그레이포 는 두툼한 꼬리 밑에 코를 밀어 넣은 채 아직 잠에 빠져 있었다.

"일어나. 지금 안 일어나면 훈련에 늦을 거야."

그레이포가 졸린 듯이 고개를 들고 마지못해 가르랑거렸다.

파이어포는 이어서 레이븐포를 툭 건드렸다.

검은 고양이는 재깍 눈을 뜨고 벌떡 일어났다.

"뭐야?"

레이븐포는 불안한 듯 주변을 휙휙 둘러보았다.

"진정해, 레이븐포. 곧 훈련 시간이야."

파이어포는 그를 안심시켰다.

거처 반대편 이끼 잠자리에 있던 더스트포와 샌드포도 움직 이기 시작했다. 파이어포는 일어나서 고사리들을 밀치며 밖으로 나왔다.

아침은 따뜻했다. 진영 위로 드리운 잎가지들 사이로 짙푸른 하늘이 보였다. 하지만 오늘은 굵은 이슬방울들이 고사리 이파 리와 풀밭에 맺혀 반짝이고 있었다. 파이어포는 공기 냄새를 맡 아 보았다. 초록잎 우거진 계절이 끝나 가고 있었다. 곧 날이 선 선해지기 시작할 것이다.

파이어포는 나무 그루터기 옆 땅에 누워 몸을 굴렸다. 다리를 쭉 뻗고 고개를 뒤로 젖혀 차가운 바닥에 문질러 보기도 했다. 그런 다음 옐로팽이 일어났는지 확인하기 위해 몸을 옆으로 획 뒤집어 공터 건너편으로 눈을 돌렸다.

옐로팽이 쉬는 곳은 원로들이 먹이를 먹는 쓰러진 나무의 반대편으로 정해져 있었다. 그녀의 잠자리는 이끼 낀 나무 몸통 가까이에 들어가 있어 원로들의 소리는 들리지 않았지만, 공터 맞은편에 있는 전사들의 거처는 다 보이는 곳이었다. 쌕쌕 잠자는 숨소리에 맞추어 불룩한 회색 털이 오르락내리락하는 모습이 보였다.

그레이포가 거처에서 빠르게 걸어 나와 파이어포 뒤에 섰다. 샌드포와 더스트포가 그 뒤를 따랐다. 마지막으로 나온 레이븐포는 불안한 눈초리로 공터 주변을 힐긋거린 뒤에야 완전히 몸을 드러냈다.

"또 저 지저분한 늙은이를 돌봐야 하는 하루가 시작되었군. 그렇지, 파이어포?"

더스트포가 말했다.

"넌 우리랑 훈련하러 가고 싶겠지만 말이야."

파이어포는 똑바로 앉아서 털에 묻은 먼지를 털어 냈다. 더스트포의 조롱에는 신경 쓰지 않기로 했다.

"걱정 마, 파이어포. 얼마 안 있으면 블루스타가 다시 훈련을 시작할 거야."

그레이포가 말했다.

"아마 블루스타도 애완 고양이는 진영에서 환자나 돌보면서 지내는 게 낫다고 생각할지도 모르지."

샌드포가 윤기 나는 황갈색 머리를 홱 쳐들고 경멸 어린 표정을 지어 보이며 말했다.

파이어포는 그녀의 가시 돋친 말을 무시하기로 마음먹고 아무렇지 않게 물었다.

"샌드포, 화이트스톰이 오늘은 뭘 가르쳐 준대?"

"오늘은 전투 연습을 할 거야. 진짜 전사들은 어떻게 싸우는지 배우는 거지."

샌드포가 우쭐대며 말했다.

"라이언하트와 난 커다란 단풍나무 지역으로 갈 거야."

그레이포가 말했다.

"기어오르는 훈련을 한댔거든. 이제 가야겠어. 라이언하트가 기다리고 있을 거야."

"나도 골짜기 꼭대기까지 같이 가자."

파이어포가 말했다.

"옐로팽에게 아침으로 줄 먹이를 잡아야 하거든. 같이 가자, 레이븐포. 타이거클로가 분명히 널 위한 훈련 계획을 세워 놨을 거야."

레이븐포는 한숨을 내쉬며 고개를 끄덕였다. 그리고 그레이포와 파이어포를 따라서 진영을 나섰다. 부상은 다 나았지만, 그는 여전히 전사가 되는 훈련에는 별로 열성적이지 않는 듯했다.

"드세요."

파이어포는 큰 쥐와 되새를 옐로팽 옆에 떨어뜨려 주었다.

"진작 가져왔어야지."

옐로팽이 으르렁거렸다.

파이어포가 사냥에서 돌아와 진영에 들어섰을 때 암고양이는 아직 자고 있었다. 하지만 지금은 일어나 앉아 있는 것으로 보아 싱싱한 먹이 냄새에 잠이 깬 모양이었다.

옐로팽은 고개를 푹 숙이고, 파이어포가 가져온 먹이를 허겁 지겁 먹기 시작했다. 기운을 차린 뒤로 옐로팽은 식욕이 무척 왕성해졌다. 상처도 잘 낫는 중이었지만, 성질은 여전히 사납고 종 잡을 수가 없었다.

식사를 마친 그녀는 불평을 시작했다.

"꼬리 아래쪽이 너무 근질거리는데 발이 닿질 않아. 네가 좀 긁어 주렴. 벼룩도 좀 잡고."

파이어포는 속으로 진저리를 치면서 몸을 낮추고 자리를 잡 았다. 그는 통통한 벼룩들을 이빨로 깨물면서, 새끼 고양이 무리 가 근처 흙바닥에서 뒹구는 모습을 지켜보았다. 그들은 서로 다 투면서 장난스럽게 몸싸움을 벌이고 있었다. 때때로 꽤 거칠어 지기도 했다. 파이어포가 몸을 단장해 주는 사이 눈을 감고 있던 옐로팽이 한쪽 눈을 반쯤 뜨더니 새끼 고양이들이 노는 모습을 지켜보았다. 파이어포는 이빨 밑으로 그녀의 등뼈가 딱딱하게 굳는 것을 알아채고 깜짝 놀랐다.

파이어포는 잠시 새끼 고양이들이 끽끽대고 꺅꺅거리는 소리 에 귀를 기울였다.

"내 이빨을 받아라, 브로큰스타!"

작은 얼룩 고양이 하나가 말했다. 그는 그림자족 지도자 역할을 맡은 회백색 새끼 고양이의 등에 뛰어올랐다. 둘은 높은 바위 쪽으로 함께 가고 있었다. 브로큰스타 노릇을 하던 새끼 고양이가 갑자기 높이 뛰어올라 얼룩무늬 새끼 고양이를 자신의 등에서 떨어지게 만들었다. 얼룩무늬 새끼 고양이는 깜짝 놀라 꺅꺅거리며 옐로팽에게 와서 세게 부딪쳤다.

나이 든 암고양이는 벌떡 일어나서 털을 곤두세운 채 무섭게 화를 냈다.

"떨어져, 이 털 쪼가리야!"

얼룩무늬 새끼 고양이는 분노한 고양이를 보고는 꼬리를 돌려 달아났다. 그리고 공터 건너편에서 옐로팽을 사납게 노려보고 있던 어미 고양이 뒤로 숨었다.

회백색의 새끼 고양이는 선 자리에서 얼어붙었다가, 한 발씩 조심스럽게 뒤로 물러나 안전한 보육실 쪽으로 도망쳤다.

옐로팽의 반응에 파이어포는 충격을 받았다. 그는 옐로팽과 처음 만나서 싸웠을 때 그녀의 가장 포악한 모습을 보았다고 생각해 왔다. 하지만 그녀의 눈은 지금 새로운 분노로 이글거리고 있었다.

"새끼 고양이들은 진영에 갇혀 있어야 하는 게 힘들 거예요. 점점 장난이 심해지네요."

파이어포가 조심스럽게 말했다.

"장난이 심해지든 말든 상관없어. 나한테만 오지 못하게 하란 말이야!"

옐로팽이 으르렁댔다.

"새끼 고양이들을 안 좋아해요? 새끼를 낳아 본 적 없어요?"

파이어포는 호기심이 생겨서 자기도 모르게 물어보았다.

"치료사들은 새끼를 갖지 못하는 걸 모른단 말이냐?"

옐로팽이 무섭게 쉭쉭거렸다.

"하지만 당신은 치료사가 되기 전에 전사였다고 들었거든요."

"난 새끼가 없어!"

옐로팽이 쏘아붙였다. 그러고는 파이어포에게서 자신의 꼬리를 휙 낚아채서 일어나 앉았다.

"어쨌든……."

생각에 잠긴 듯 그녀의 목소리가 갑자기 낮아졌다.

"내가 가까이 있으면 새끼들한테 무슨 사고가 일어날 것 같으니까."

암고양이의 주황색 눈이 감정에 북받쳐 흐릿해졌다. 그녀는 앞발에 턱을 올려놓고 앞을 빤히 바라보았다. 소리 없이 길게 한숨을 내쉬는 그녀의 어깨가 푹 가라앉았다.

파이어포는 궁금증이 나서 그녀를 바라보았다. 무슨 뜻일까? 진지하게 한 말이었을까? 알기가 어려웠다. 옐로팽은 기분이 아주 급격하게 변하는 것 같았다. 파이어포는 어깨를 으쓱하고 털손질을 계속했다.

"뗄 수 없는 진드기가 두 마리 있어요."

파이어포는 손질을 마치고 말했다.

"시도도 해 보지 않은 거지? 이 바보 녀석아!"

옐로팽이 딱딱거렸다.

"내 엉덩이에 진드기 대가리가 박히는 건 싫단 말이다! 당장 스파티드리프에게 가서 쥐 쓸개즙을 좀 달라고 해. 숨구멍에 그걸 떨어뜨리면 진드기가 느슨하게 떨어질 거야."

"지금 가져올게요!"

파이어포는 이 심술궂은 고양이에게서 한동안 떨어질 수 있는 기회가 생겨서 기뻤다. 게다가 스파티드리프에게 다시 가는 것은 그리 어렵지 않은 일이었다.

파이어포는 고사리 굴길 쪽으로 걸어갔다. 이빨에 막대기와 잔가지들을 문 고양이들이 공터를 가로질러 다녔다. 그가 옐로팽의 털을 손질해 주는 사이에 진영은 활기차게 돌아가고 있었다. 블루스타가 바람족이 사라졌다는 소식을 전해 준 뒤로는 날마다 이런 분위기였다. 어미 고양이들은 잔가지와 잎사귀를 엮어 만든 촘촘한 초록 담장을 보육실 가장자리에 둘렀고, 가시덤불로 드나드는 좁은 입구 말고는 다른 구멍이 없도록 확실히 손봐 두었다. 다른 고양이들은 진영 주변을 둘러싼 무성한 덤불에 난 빈 공간을 메우고 있었다.

심지어 원로들까지 바닥에 구덩이를 파느라 분주했다. 그 옆으로 전사들이 줄지어 지나가면서 싱싱한 먹이를 쌓아 놓았다. 새로 판 구덩이 안에 먹이를 저장해 두려는 것이었다. 다들 종족을 최대한 안전하게 지키고, 먹이를 충분히 비축해 두겠다는 각오로 조용히 집중해서 일하는 분위기였다.

그림자족이 침입한다면 천둥족은 진영 안으로 몸을 피할 것이다. 바람족처럼 쉽사리 자신들의 사냥터를 내주고 쫓겨나는 일은 없을 것이다.

다크스트라이프와 롱테일, 윌로펠트, 더스트포는 가시금작화 굴길에서 눈을 떼지 않고 진영 입구에서 말없이 기다리고 있었다. 먼지투성이가 된 순찰대가 아픈 발을 이끌고 돌아오고 있었다. 전사들이 진영에 들어서자마자 다크스트라이프가 이끄는 새로운 순찰대가 다가가 이야기를 주고받고는 재빨리 진영을 빠져나갔다. 잠시라도 천둥족 경계를 비워 둘 수 없기 때문이었다.

파이어포는 스파티드리프의 거처로 이어지는 고사리 굴길을 걸어 내려갔다. 공터에 들어서자 스파티드리프가 달큰한 냄새가 나는 약초를 준비하고 있었다.

"쥐 쓸개즙을 좀 가져갈 수 있을까요? 옐로팽이 진드기가 있어서요."

"잠깐만."

스파티드리프는 약초 두 덩어리를 긁어내서 만든 향긋한 풀무더기에 발톱을 조심스럽게 뻗어 섞고 있었다.

"바쁘세요?"

파이어포는 따뜻한 바닥에 앉으며 물었다.

"언제 어떤 부상자가 발생할지 모르니 대비를 해 놔야지."

스파티드리프가 중얼거리면서 또렷한 호박색 눈동자로 그를 올려다보았다. 파이어포는 잠깐 그녀와 시선을 맞추었지만, 이내 불편한 기분이 들면서 털이 곤두서는 바람에 눈을 돌렸다. 스파티드리프는 다시 약초를 섞는 일에 집중했다.

파이어포는 조용히 앉아 그녀가 일하는 모습을 지켜보며 행복하게 기다렸다.

"됐다."

그녀가 마침내 말했다.

"뭘 달라고 했지? 쥐 쓸개즙?"

"네."

파이어포는 일어나서 뒷다리를 차례로 쭉 뻗었다. 햇살이 털을 따뜻하게 데워 주니 잠이 솔솔 왔다.

스파티드리프는 거처로 성큼성큼 들어가 무언가를 조심스럽게 입에 물고 나왔다. 그것은 얇은 나무껍질 끝에 매달린 이끼 덩어리였다. 그녀는 그것을 파이어포에게 건네주었다. 나무껍질을 이빨로 받아들면서, 파이어포는 그녀의 따스하고 달콤한 숨결을 느꼈다.

"쓸개즙에 적신 이끼야."

스파티드리프가 설명해 주었다.

"입에 들어가지 않도록 조심해. 안 그러면 며칠 동안 지독한 맛이 날 거야. 이끼를 진드기 위에 붙여 준 뒤에, 넌 발을 닦도록 해. 시냇물에 씻어야지, 혀로 핥으면 안 돼!"

파이어포는 고개를 끄덕이고 옐로팽에게로 돌아갔다. 갑자기 기운이 넘치고 유쾌한 기분이었다.

"가만히 있어요!"

파이어포는 조심조심 앞발을 이용해서 이끼를 진드기 위에 대고 눌렀다.

"이왕 더러워진 발이니 내 똥도 좀 치워라!"

일을 마치자 옐로팽이 말했다.

"난 낮잠을 좀 자야겠어."

옐로팽은 거뭇하게 얼룩지고 깨진 이빨을 드러내며 하품을 했다. 한낮의 온기에 잠이 오는 모양이었다.

"그다음에는 가서 뭐든 훈련병이 할 일을 하면 되겠네."

파이어포는 옐로팽의 오물을 치운 뒤에 낮잠을 자는 그녀를 남겨 두고 가시금작화 굴길로 향했다. 어서 시내로 달려가서 발을 헹궈 내고 싶었다.

"파이어포!"

공터 가장자리에서 그를 부르는 목소리가 들렸다.

하프테일이었다.

"어딜 가는 거니? 다른 고양이들을 도와야지."

원로 고양이가 호기심 어린 목소리로 물었다.

"방금 옐로팽에게 붙은 진드기에 쥐 쓸개즙을 붙여 주고 오는 길이에요."

파이어포가 대답했다.

하프테일이 재미있다는 듯 수염을 씰룩거렸다.

"그래서 가까운 시내로 가는 거구나! 그럼 싱싱한 먹이를 꼭 잡아서 돌아오렴. 먹이는 많을수록 좋으니까."

"네, 하프테일."

파이어포는 진영을 나서서 골짜기 옆으로 올라갔다. 그리고 옐로팽을 처음 발견한 날에 그레이포와 함께 사냥을 했던 시냇가로 내려갔다. 그는 망설이지 않고 차갑고 맑은 물에 뛰어들었다. 물은 허리까지 올라와서 배의 털을 적셨다. 깜짝 놀란 파이어포는 헐떡이며 몸을 부르르 떨었다.

그때 머리 위에서 덤불이 바스락거리는 소리가 났다. 파이어포는 코끝에 닿는 냄새가 익숙해서 걱정할 일은 아니란 걸 알았지만, 그래도 위를 올려다보았다.

"거기서 뭐 해?"

그레이포와 레이븐포가 서서 미친 고양이를 보는 듯한 시선으로 그를 내려다보고 있었다.

"쥐 쓸개즙."

파이어포는 얼굴을 찡그리며 대답했다.

"묻지도 마! 라이언하트랑 타이거클로는 어디 있어?"

"다음 순찰대에 합류하러 갔어. 남은 오후 시간엔 사냥을 하라고 명령을 내리고 갔어."

그레이포가 대답했다.

"하프테일도 나한테 똑같이 시켰어."

파이어포가 말했다. 발 주변에 차가운 물살이 밀려드는 바람에 그는 몸을 움찔했다.

"진영에선 모두들 바빠. 꼭 금방이라도 공격을 받을 것처럼 말이야."

파이어포는 물을 뚝뚝 흘리며 기슭으로 올라왔다.

"우리가 공격당하지 않을 거란 보장이 없으니까."

레이븐포가 말했다. 그는 적의 순찰병이 금방이라도 덤불에서 튀어나올 것처럼 두리번거리고 있었다.

파이어포는 두 훈련병 옆에 쌓인 싱싱한 먹잇감들을 발견했다.

"오늘 사냥은 꽤 성공적이었던 것 같네."

"응."

그레이포가 뿌듯해하며 말했다.

"게다가 아직 사냥할 시간도 더 남았고. 너도 우리랑 같이 사냥할래?"

"좋지!"

파이어포는 마지막으로 몸을 한 번 더 털고, 친구들을 따라 덤불 속으로 힘차게 뛰어갔다.

진영에 있던 고양이들은 세 훈련병이 오후에 잡아 온 먹이를 보고 무척 만족스러워했다. 그들은 꼬리를 높이 치켜들고 다정하게 코를 비벼 대며 훈련병들을 맞아 주었다. 잡아 놓은 먹이가 너무 많아서, 원로들이 파 놓은 구덩이까지 가져오기 위해 네 번을 오가야 했다.

파이어포와 그레이포, 레이븐포가 마지막 남은 먹이들을 진영으로 나르고 있을 때 라이언하트와 타이거클로가 순찰대와 함께 돌아왔다.

"너희 셋 다 수고했다."

라이언하트가 말했다.

168

"아주 바빴다면서? 먹이 저장소가 거의 꽉 찼다. 마지막으로 가져온 것들은 오늘 밤 먹을 싱싱한 먹이 더미에 두면 되겠다. 거처로 돌아갈 때도 좀 가져가고. 너희는 마음껏 먹을 자격이 있어!"

세 훈련병은 기뻐하며 꼬리를 흔들었다.

"사냥을 한답시고 옐로팽을 방치해 둔 건 아니겠지, 파이어포?"

타이거클로가 경고하듯 으르렁거렸다.

파이어포는 빨리 자리를 뜨고 싶어서 안달을 하며 고개를 끄덕였다. 그는 몹시 배가 고팠다. 이번에는 전사의 규약을 잘 지켰고, 종족을 위해 사냥을 하는 동안 단 한 점의 먹이도 입에 대지 않았다. 그레이포나 레이븐포도 마찬가지였다.

그들은 공터 가운데에 벌써 쌓여 있는 싱싱한 먹이 더미에 마지막 먹잇감들을 떨어뜨려 놓았다. 그리고 각자의 몫을 챙겨 나무 그루터기로 갔다. 훈련병의 거처는 비어 있었다.

"더스트포랑 샌드포는 어디 있는 거지?"

레이븐포가 물었다.

"아직도 순찰 중인가 봐."

파이어포가 대답했다.

"좋네, 평화롭고 조용하잖아."

그레이포가 말했다.

그들은 먹이를 잔뜩 먹고 편안히 앉아서 몸을 닦았다. 한낮의 열기 뒤에 찾아온 선선한 저녁 공기가 반가웠다.

"맞다, 그거 알아?"

그레이포가 갑자기 말을 꺼냈다.

"레이븐포가 오늘 아침에 드디어 타이거클로에게서 칭찬을 받아 냈어!"

"정말이야? 도대체 뭘 해서 타이거클로를 만족시킨 거야? 날기라도 했어?"

파이어포는 놀라서 물었다.

"그게, 음……."

레이븐포가 수줍게 발을 내려다보며 말했다.

"까마귀를 잡았어."

"까마귀를 잡았다고? 어떻게?"

파이어포는 깜짝 놀라서 물었다.

"늙은 까마귀였어."

레이븐포가 겸손하게 말했다.

"하지만 덩치가 아주 컸잖아."

그레이포가 거들었다.

"타이거클로조차 흠잡을 수가 없었다니까! 타이거클로는 블루스타가 너를 훈련병으로 받아들인 뒤로 계속 기분이 안 좋았었거든."

그레이포가 잠시 생각에 잠긴 듯 발을 핥았다.

"아니다, 그게 아니라 라이언하트가 부지도자가 된 뒤부터라고 해야겠다."

"그림자족 때문에 걱정스러워서 그런 거겠지. 순찰도 더 해야하고."

레이븐포가 머뭇거리며 말했다.

170

"타이거클로를 화나게 해선 안 돼."

공터 건너편에서 크게 울부짖는 소리가 나는 바람에 그들의 대화는 중단되었다.

"앗, 이런!"

파이어포는 신음하며 일어섰다.

"옐로팽에게 먹이를 가져다주는 걸 잊어버렸어!"

"넌 여기서 기다려."

그레이포가 벌떡 일어나며 말했다.

"내가 가져다줄게."

"아니야, 내가 가는 게 좋겠어. 이건 내가 받은 벌이잖아."

파이어포가 말했다.

"아무도 모를 거야. 다들 먹느라 바빠. 나 알지? 쥐처럼 조용하고 물고기처럼 빠르신 몸이잖아. 여기서 기다려."

그레이포가 말했다.

파이어포는 안심하며 다시 자리에 앉았다. 그리고 그루터기에서 멀어져 싱싱한 먹이 더미로 가는 친구를 지켜보았다.

그레이포는 마치 명령이라도 수행하듯 당당한 모습으로, 맛있어 보이는 쥐 두 마리를 골라 물었다. 그리고 재빨리 공터를 가로질러 옐로팽을 향해 달려가기 시작했다.

"멈춰라, 그레이포!"

전사들의 거처 입구에서 커다란 외침이 들렸다. 타이거클로가 그레이포에게 성큼성큼 걸어갔다.

"그 쥐들을 어디로 가져가는 거지?"

타이거클로가 다그쳤다.

파이어포는 가슴이 철렁해서 그 모습을 지켜보았다. 나무 그루터기에 있는 그가 할 수 있는 일은 아무것도 없었다. 옆에 있던 레이븐포도 먹이를 씹다 말고 눈이 휘둥그레진 채 몸을 웅크렸다.

"그게……."

그레이포는 쥐를 내려놓고 우물쭈물했다.

"파이어포 대신 저기 저 욕심쟁이 포로에게 먹이를 가져다주려는 건 아니겠지?"

발만 내려다보고 있던 그레이포가 마침내 대답했다.

"저, 어, 그러니까…… 제가 너무 배가 고파서요. 제가 가져가서 혼자 먹으려고 그랬어요. 저 둘에게 보여 주면……."

그레이포가 파이어포와 레이븐포를 흘깃 보았다.

"뼈랑 털만 남겨 놓고 다 먹어 버릴 테니까요."

"아, 그래? 그렇게 배가 고프면 지금 여기서 먹도록 해라."

"하지만……."

그레이포가 놀라서 선임 전사를 쳐다보았다.

"당장!"

타이거클로가 으르렁댔다.

그레이포는 황급히 고개를 숙이고 쥐를 먹기 시작했다. 그는 두 번 만에 첫 번째 쥐를 물어뜯어서 재빨리 삼켰다. 두 번째 쥐를 먹는 데는 좀 더 오랜 시간이 걸렸다. 파이어포는 안타까운 마음에 배에 힘이 들어갔다. 절대로 삼킬 수 없을 것 같았다. 하

172

지만 그레이포는 끝내 마지막 한 입까지 억지로 삼켰고, 쥐는 사라졌다.

"이제 허기가 좀 가셨나?"

타이거클로가 짐짓 안쓰러운 척 부드럽게 물었다.

"훨씬 나아요."

그레이포가 트림을 참으며 대답했다.

"잘됐군."

타이거클로는 거처로 다시 들어갔고, 그레이포는 불편한 자세로 몸을 움직여 슬그머니 파이어포와 레이븐포에게로 돌아왔다.

"고마워, 그레이포. 머리 잘 썼어."

파이어포는 어쩔 줄 몰라 하며 친구의 부드러운 털에 몸을 비볐다.

옐로팽의 날카로운 외침이 다시 한 번 진영에 울려 퍼졌다. 파이어포는 한숨을 내쉬면서 일어났다. 옐로팽이 밤새 버틸 수 있도록 먹이를 충분히 가져다줄 작정이었다. 배도 부르고 발도 아파서 일찍 잠자리에 들고 싶었기 때문이다.

"괜찮은 거야, 그레이포?"

파이어포는 자리를 뜨며 물었다.

"으으……."

그레이포가 신음 소리를 냈다. 그는 몸을 웅크린 채 눈을 잔뜩 찌푸리고 괴로워하고 있었다.

"너무 많이 먹었어!"

"스파티드리프에게 가 봐. 도움이 될 만한 걸 찾아 줄 거야."

파이어포가 제안했다.

"그랬으면 좋겠네."

그레이포가 비틀비틀 천천히 걸어가며 말했다.

파이어포는 친구가 가는 모습을 지켜봐 주고 싶었지만, 성난 옐로팽이 또 한 번 소리를 지르는 바람에 전력으로 공터를 가로질러 달려갔다.

10

옛 친구와의 만남

다음 날 아침까지 가느다란 이슬비가 내려 나무를 적시고 진영에도 방울방울 떨어졌다.

파이어포는 축축한 기분으로 잠에서 깼다. 불편한 밤이었다. 그는 일어나서 세차게 몸을 털어 털을 부풀렸다. 그리고 훈련병의 거처에서 나와 공터를 가로질러 옐로팽의 보금자리로 갔다.

옐로팽은 이제 막 잠에서 깨어난 참이었다. 그녀는 고개를 들더니 다가오는 파이어포를 흘끗 보았다.

"오늘 아침에는 뼈가 쑤시는군. 밤새도록 비가 왔던 거냐?"

"달이 가장 높이 뜬 시간부터요."

파이어포가 대답했다. 그리고 조심스럽게 발을 뻗어 이끼로 만든 옐로팽의 잠자리를 쿡 찔러 보았다.

"잠자리가 푹 젖었어요. 보육실 근처로 옮기는 건 어때요? 거기는 비를 더 잘 가려 주거든요."

"뭐? 어디로 옮기라고? 야옹거리는 새끼 고양이들 소리를 들으며 밤새 깨어 있으라는 거냐? 차라리 흠뻑 젖고 말지!"

파이어포는 그녀가 이끼 잠자리에서 뻣뻣하게 빙빙 도는 모습을 지켜보았다.

"그럼 마른 이끼라도 가져다 드릴게요."

그는 나이 든 암고양이의 심기를 불편하게 할까 봐 얼른 화제를 돌렸다.

"고맙다, 파이어포."

옐로팽이 다시 자리를 잡으며 조용히 대답했다.

파이어포는 깜짝 놀랐다. 옐로팽의 상태가 괜찮은 건지 궁금해졌다. 그녀가 어떤 일로든 고마워한 것은 이번이 처음이었다. 게다가 처음으로 그를 '애완 고양이'라고 부르지 않았던 것이다.

"놀란 다람쥐마냥 거기 서 있지 말고 가서 이끼나 좀 가져오지 그래?"

옐로팽이 딱딱거렸다.

파이어포는 재미있어서 수염을 씰룩거렸다. 이제야 평소의 옐로팽으로 돌아온 것 같았다. 고개를 까딱하고 달려 나가던 그는 공터 한가운데서 스페클테일과 부딪힐 뻔했다. 그녀는 전날 옐로팽이 얼룩무늬 새끼 고양이에게 벌컥 화를 내는 모습을 지켜봤던 어미 고양이였다.

"죄송해요, 스페클테일. 혹시 옐로팽을 만나러 가는 거예요?"

파이어포가 물었다.

"그 괴팍한 고양이한테 내가 무슨 용건이 있겠어?"

스페클테일이 짜증스럽다는 듯 대답했다.

"실은 너를 만나러 가는 길이었어. 블루스타가 널 보자고 해서

176

말이야."

파이어포는 서둘러 높은 바위에 있는 블루스타의 거처로 갔다. 블루스타는 바깥에 앉아 박자에 맞춘 듯 고개를 까딱거리며 가슴 털을 핥고 있었다. 그녀는 파이어포가 온 것을 보고 동작을 멈추었다.

"옐로팽은 오늘 좀 어떻지?"

"잠자리가 젖어서 이끼를 새로 가져다주려던 참이었어요."

파이어포가 대답했다.

"어미 고양이들 중에서 그 일을 맡을 고양이를 찾아보마."

블루스타는 가슴을 한 번 더 핥더니 파이어포를 찬찬히 살펴보았다.

"아직도 혼자 사냥할 정도는 아니고?"

"네, 아직은 아닌 것 같아요. 하지만 이제 잘 걸어 다닐 수는 있어요."

"알겠다."

블루스타는 잠시 생각에 잠긴 듯했다.

"이제 너도 훈련을 다시 시작할 때가 되었다. 훈련을 쉰 시간을 만회하려면 열심히 해야 할 거야."

"좋아요! 아, 그러니까…… 고맙습니다, 블루스타!"

파이어포는 당황해서 더듬거리며 말했다.

"오늘 아침에는 타이거클로와 그레이포, 레이븐포와 함께 나가렴. 타이거클로에게 훈련병들이 전사로서의 기량이 어느 정도인지 평가해 달라고 부탁해 놓았단다. 옐로팽은 걱정하지 않아도 된다. 네가 없는 동안 누군가 돌보도록 할 테니까."

파이어포는 고개를 끄덕였다.

"이제 가 보렴. 다들 기다릴 테니."

"고맙습니다, 블루스타!"

파이어포는 꼬리를 휙 휘두르며 돌아서서 훈련병의 거처를 향해 달려갔다.

블루스타의 말대로 그레이포와 레이븐포가 그들이 즐겨 찾는 나무 그루터기에서 기다리고 있었다. 그레이포는 어딘가 경직되고 불편해 보였다. 축축한 공기 때문에 긴 털이 엉겨 붙어 있었다. 레이븐포는 뭔가를 골똘히 생각하며 그루터기 주변을 걸어 다니고 있었다. 그의 흰 꼬리 끝이 씰룩거렸다.

"너도 오늘 우리랑 같이 가는 거야?"

파이어포가 다가가자 그레이포가 물었다.

"거봐, 내가 얼마 안 있으면 훈련을 다시 시작할 거라고 했지?"

그레이포는 자꾸만 들러붙는 물기를 털어 내려고 몸을 세차게 흔들었다.

"응, 블루스타가 그러는데 오늘 타이거클로가 우리를 평가할 거래. 샌드포랑 더스트포도 가는 건가?"

"그 녀석들은 화이트스톰이랑 다크스트라이프가 순찰대로 데려갔어. 타이거클로가 나중에 따로 보겠지, 뭐."

그레이포가 대답했다.

"자, 이제 가야 돼!"

레이븐포가 재촉했다. 그는 이제 왔다 갔다 하는 걸 멈추고 친구들 옆에서 초조하게 서성거리고 있었다.

"좋아, 가는 길에 몸이 좀 풀리면 좋겠네!"

그레이포가 대답했다.

세 고양이는 가시금작화 굴길을 따라 빠른 걸음으로 진영을 빠져나갔다. 그들은 서둘러 모래 분지로 달려갔다. 타이거클로가 아직 오지 않아서 그들은 소나무 그늘에서 기다렸다. 선선한 기운에 털이 부풀었다.

"평가받는 게 걱정돼?"

파이어포는 레이븐포에게 물었다. 레이븐포는 초조한 발걸음으로 빠르게 왔다 갔다 하고 있었다.

"걱정할 필요 없어. 넌 타이거클로의 훈련병이잖아. 블루스타한테 보고할 때 네가 얼마나 잘하는지 얘기하고 싶어 할 거야."

"타이거클로에 대해서는 절대로 장담할 수 없어."

레이븐포가 여전히 왔다 갔다 하며 말했다.

"맙소사! 좀 앉아! 이러다간 시작도 하기 전에 지쳐 버리겠어!"

그레이포가 투덜거렸다.

타이거클로가 도착했을 때는 하늘이 바뀌어 있었다. 두툼한 회색 털 같던 구름은 어미 고양이가 갓 낳은 고양이에게 잠자리를 만들어 줄 때 쓰는 하얀 솜털 뭉치 같은 모양으로 변했다. 푸른 하늘은 그리 멀리 있지 않았지만, 보드라운 구름을 실어 온 바람이 선뜻한 한기를 몰고 왔다.

타이거클로는 짧게 인사를 하고 나서 곧바로 세부적인 훈련

사항을 지시했다.

"라이언하트와 나는 지난 몇 주 동안 너희에게 사냥하는 법을 가르쳤다. 오늘은 너희가 얼마나 잘 배웠는지 보여 줄 기회를 갖게 될 것이다. 각자 다른 길로 가서 먹잇감을 최대한 많이 사냥해 와라. 무엇을 잡든 모두 진영에 비축해 둘 것이다."

세 훈련병은 걱정스러우면서도 흥분된 표정으로 서로를 바라보았다. 파이어포는 도전을 앞두고 심장이 빠르게 뛰는 것을 느꼈다.

"레이븐포, 넌 커다란 단풍나무 지역을 넘어 뱀바위까지 이어지는 길을 따라가라. 네 보잘것없는 실력에 걸맞게 쉬운 곳이다. 그리고 그레이포, 넌 시내를 따라서 천둥길까지 가라."

"좋았어, 강가 사냥은 내가 전문이지!"

그레이포가 말했다.

타이거클로가 눈빛으로 그를 조용히 시켰다.

"마지막으로 파이어포, 네 위대한 스승께서 오늘 널 직접 보지 못하는 게 무척 유감이구나. 너는 '큰 소나무 숲'을 통과해서 나무 쪼개는 곳을 지나, 그 너머 숲까지 가라."

파이어포는 머릿속으로 정신없이 행로를 더듬어 가며 고개를 끄덕였다.

"명심해라."

타이거클로가 온기 없는 눈초리로 셋을 응시했다.

"내가 너희 모두를 지켜볼 것이다."

레이븐포가 가장 먼저 뱀바위를 향해 출발했다. 타이거클로는 숲 속 다른 길로 사라졌다. 분지에 남은 그레이포와 파이어포는 타이거클로가 누구를 먼저 따라갈 것인지 짐작해 보았다.

"뱀바위가 왜 쉽다고 생각하는지 모르겠네!"

그레이포가 말했다.

"거기에는 살무사가 기어 다니잖아. 뱀이 너무 많아서 새랑 쥐도 피해 다니는 곳이라고!"

"레이븐포는 뱀한테 물리지 않으려고 피해 다니다가 시간을 다 보내고 말 거야."

파이어포도 맞장구를 쳤다.

"아, 그래도 괜찮을 거야. 제아무리 살무사라도 지금의 레이븐포를 잡을 만큼 빠르지는 않을 테니까. 어찌나 안절부절못하는지, 가만히 있지를 않잖아. 나도 이제 가야겠다. 나중에 여기서 보자. 잘해!"

그레이포는 시내를 향해 달려갔다.

파이어포는 공기 냄새를 맡아 본 다음, 분지 경사면을 따라 올라가 큰 소나무 숲 쪽으로 걸어가기 시작했다.

자신이 자랐던 두발쟁이 영역을 향해 가려니 기분이 이상했다. 파이어포는 조심스럽게 소나무 숲으로 가는 좁은 길을 건넜다. 그러면서 줄지어 늘어선 나무들 사이로 눈에 띄거나 냄새가 나는 먹잇감이 있는지 살폈다.

무언가 움직이는 것이 그의 눈길을 끌었다. 솔잎들 사이를 헤집고 있는 쥐였다. 파이어포는 첫 번째 훈련을 떠올리면서 몸을 낮추어 몰래 다가가는 자세를 취했다. 체중을 뒷몸에 싣고 발은 살살 내디뎠다. 기술은 완벽하게 먹혀들었다. 쥐는 파이어포가 펄쩍 뛰어들 때까지도 알아차리지 못했다. 그는 한 발로 쥐를 잡아서 잽싸게 해치우고, 돌아오는 길에 가져갈 수 있도록 땅에 묻어 놓았다.

파이어포는 소나무 숲으로 조금 더 들어갔다. 이곳 땅은 움푹 파여 있었다. 두발쟁이들이 나무들을 쓰러뜨릴 때 쓰는 거대한 괴물이 남긴 자국이었다. 파이어포는 입을 벌리고 숨을 깊게 들이마셔 보았다. 이곳에는 한동안 괴물의 시큼한 입김이 닿지 않은 것 같았다.

파이어포는 깊게 팬 자국을 건너뛰며 괴물의 흔적을 따라갔다. 비로 반쯤 채워진 고랑을 보니 목이 말랐다. 걸음을 멈추고 몇 모금 마시고 싶은 마음이 들었지만 망설여졌다. 진창이 된 물을 한 번이라도 핥았다가는 괴물의 악취를 며칠 동안이나 맛보게 될 것 같았다.

파이어포는 참기로 했다. 아마도 큰 소나무 숲을 벗어나면 빗물이 고인 웅덩이가 나올 것이다. 그는 서둘러 나무를 헤치고 나아가, 멀리 경계에 있는 두발쟁이 길을 건넜다.

다시 떡갈나무 숲의 무성한 덤불이 그를 둘러쌌다. 계속 전진하던 파이어포는 마침내 웅덩이를 찾아서 신선한 물을 몇 모금 핥아 먹었다. 그때 갑자기 본능적으로 경계심이 들며 털이 비죽비죽 서기 시작했다. 울타리 기둥에 앉아 밖을 구경하던 시절에 경험했던 익숙한 소리와 냄새가 난 것이다. 그는 자신이 어디에 있는지 바로 알 수 있었다. 이곳은 두발쟁이 영역에 접해 있는 숲이었다. 예전 집에 아주 가까이 와 있었던 것이다.

앞쪽에서 두발쟁이 냄새가 나고, 까마귀처럼 시끌벅적하게 떠드는 목소리도 들렸다. 어린 두발쟁이 한 무리가 숲에서 놀고 있었다. 파이어포는 몸을 웅크리고 고사리 덤불 사이로 내다보았다. 소리는 위험하지 않을 만큼 멀리 떨어진 곳에서 들렸다. 그는 눈에 띄지 않도록 방향을 바꾸어 소음이 나는 곳을 빙 둘러서 지나갔다.

파이어포는 정신을 바짝 차리고 주위를 잘 살폈다. 단지 두발쟁이들 때문이 아니라, 타이거클로가 근처 어딘가에 있을지도 모르기 때문이었다. 뒤쪽 덤불에서 나뭇가지가 부러지는 소리가 들린 것도 같았다. 코를 킁킁거려 보았지만 새로운 냄새는 나지 않았다. 타이거클로가 숨어서 지켜보고 있는 것일까?

그때 곁눈으로 어떤 움직임이 포착되었다. 처음에는 타이거클로의 갈색 털인 줄 알았지만, 얼핏 흰색이 보였다. 파이어포는 가던 길을 멈추고 자세를 낮춘 다음, 숨을 깊게 들이쉬었다. 익숙하지 않은 냄새가 났다. 고양이 냄새이긴 했지만 천둥족은 아니었다. 파이어포는 종족 전사의 직감으로 털을 세웠다. 천둥족 영역에서 침입자를 쫓아내야 한다!

그 생명체가 덤불 사이로 움직이는 모습을 파이어포는 가만히 지켜보았다. 고사리 사이를 돌아 나가는 생명체의 윤곽이 뚜렷하게 보였다. 파이어포는 침입자가 더 가까이 오기를 기다리며, 자세를 더욱 낮추고 꼬리를 천천히 흔들었다. 마침내 흑백 얼룩 고양이가 가까이 다가오자, 파이어포는 엉덩이를 좌우로 흔들며 띌 준비를 했다. 심장이 한 번 더 고동친 뒤에, 그는 펄쩍 뛰어올랐다.

흑백 얼룩 고양이는 깜짝 놀라 펄쩍 뛰더니, 기겁을 하고 나무 사이로 달아났다. 파이어포는 그를 추격했다.

'애완 고양이야!'

파이어포는 덤불 속으로 달려가며 생각했다. 겁에 질린 냄새를 맡을 수 있었다.

'감히 내 영역에!'

그는 달아나는 고양이에 급속도로 가까워지고 있었다. 허둥지둥 달려가던 고양이가 속도를 늦추었다. 고양이는 이끼가 넓게 덮여 있는 쓰러진 나무 몸통으로 올라갈 준비를 했다. 파이어포는 때맞춰 펄쩍 뛰어 단번에 고양이의 등에 올라탔다. 귓가에서 자신의 심장이 고동치는 소리를 들을 수 있었다.

파이어포가 발톱으로 꽉 움켜쥐자 겁에 질린 고양이는 발버둥을 치며 절박하게 비명을 질렀다.

파이어포는 발톱을 거두고 물러났다. 흑백 얼룩 고양이는 쓰러진 나무둥치에서 몸을 움츠리고 벌벌 떨며 그를 쳐다보았다. 파이어포는 너무 쉽게 항복해 버린 침입자에게 실망감을 느끼며 코를 쳐들었다. 집고양이는 좁다란 얼굴에 동그란 눈을 가졌고, 물렁한 몸에는 살이 통통하게 올라 있었다. 지금 그와 함께 살고 있는 날렵한 몸에 얼굴이 넓적한 고양이들과는 전혀 다른 모습이었다. 하지만 이 고양이는 어쩐지 낯이 익었다.

파이어포는 더 열심히 고양이를 뜯어보았다. 킁킁거리며 냄새도 맡아 보았다.

'냄새로는 알 수 없어.'

그는 기억을 더듬어 보았다. 그리고 마침내 떠올랐다.

"스머지!"

파이어포는 큰 소리로 외쳤다.

"어, 어, 어떻게 내 이, 이름을 아, 아는 거지?"

스머지가 여전히 움츠린 자세로 더듬거리며 말했다.

"나야!"

집고양이는 어리둥절한 표정이었다.

"우리 어렸을 때 같이 지냈잖아. 내가 너희 옆집 정원에 살았다고!"

"러스티?"

스머지가 믿을 수 없다는 듯 중얼거렸다.

"너 러스티 맞아? 야생 고양이들을 다시 만났어? 아니면 새 주인들이랑 사는 거야? 아직 살아 있는 걸 보니 그런 거겠지?"

"난 이제 파이어포라고 불려."

파이어포는 어깨에서 힘을 빼고 주황색 털도 매끈하게 가라앉혔다.

스머지도 긴장을 풀었다. 그의 두 귀가 쫑긋 섰다.

"파이어포?"

스머지는 재미있다는 듯 이름을 따라 해 보았다.

"파이어포, 네 새 주인들은 먹이를 제대로 안 주니? 우리가 헤어지기 전까지만 해도 이렇게 깡마르지는 않았었잖아!"

"먹이를 주는 두발쟁이는 이제 필요 없어. 먹이가 널린 숲이 있으니까."

"두발쟁이?"

"집주인들 말이야. 종족 고양이들은 그렇게 불러."

스머지는 잠깐 어리둥절해하더니 화들짝 놀란 표정을 지었다.

"그러니까, 정말로 야생 고양이들이랑 같이 산다는 말이야?"

"그래!"

파이어포는 잠시 뜸을 들인 후 말했다.

"있잖아, 너 냄새가…… 달라졌어. 낯선 냄새가 나."

"낯설다고?"

스머지가 되물었다. 그리고 코를 킁킁거리더니 말했다.

"네가 이제 야생 고양이들 냄새에 익숙해져서 그런 거겠지."

파이어포는 머릿속을 정리하려는 듯 고개를 흔들었다.

"하지만 우리는 새끼 고양이 시절에 함께 자랐잖아. 내가 엄마 냄새를 기억하듯이 네 냄새도 기억해야 맞지."

그때 문득 스머지가 태어난 지 여섯 달이 넘었다는 사실이 떠올랐다. 그가 이렇게 물렁하고 뚱뚱한 데다 냄새까지 낯선 것이 당연했다.

파이어포는 깜짝 놀라 말했다.

"너 절단사에게 갔었구나! 그러니까, 수의사 말이야!"

"그래서?"

스머지가 투실투실한 어깨를 으쓱하며 대꾸했다.

파이어포는 할 말을 잃었다. 결국 블루스타가 옳았던 것이다.

"이봐, 그건 그렇고 야생에서 사는 건 어때? 생각했던 것만큼 좋아?"

스머지가 재촉하듯 물었다.

파이어포는 잠시 지난 일들을 돌이켜 보았다. 어젯밤에는 축축하게 젖은 거처에서 잤다. 쥐 쓸개즙을 만지고, 옐로팽의 배설물을 치웠던 일도 생각났다. 훈련 중에는 라이언하트와 타이거클로를 동시에 만족시키느라 애써야 했다. 애완 고양이 출신이라고 비웃음을 사기도 했다. 그러다 처음 먹이를 잡았을 때의 흥분, 다람쥐를 쫓아 숲을 질주하던 일, 별빛 아래에서 친구들과 혀를 나누는 따스한 저녁 시간의 기억이 떠올랐다.

"난 이제 내가 누구인지를 알게 됐어."

파이어포는 간결하게 대답했다.

스머지가 고개를 갸우뚱하며 어리둥절한 표정으로 파이어포를 바라보았다.

"난 집에 가야겠다. 곧 식사 시간이거든."

"조심해서 가, 스머지."

파이어포는 몸을 숙여 옛 친구의 귀 사이를 다정하게 핥아 주었다. 스머지도 그에게 몸을 비볐다.

"항상 주위를 잘 살펴야 해, 스머지. 집고양이를 좋아하지 않는 고양이가 근처에 있을지도 모르니까."

그 말에 스머지가 불안한 듯 귀를 휙 움직였다. 그리고 주변을 조심스럽게 살피더니 쓰러진 나무의 몸통으로 뛰어올랐다.

"안녕, 러스티! 집에 돌아가면 모두에게 네가 잘 있다고 전해 줄게!"

"잘 가, 스머지! 식사 맛있게 하고!"

파이어포는 스머지의 흰색 꼬리 끝이 나무 너머로 사라지는 것을 지켜보았다. 멀리서 마른 먹이 알갱이가 달그락거리는 소리와 두발쟁이가 부르는 소리가 들렸다.

파이어포는 꼬리를 높이 치켜들고 돌아섰다. 그리고 주변의 냄새를 맡으며 진영을 향해 걷기 시작했다.

'여기선 되새 한두 마리를 잡아 가야겠다. 그리고 소나무 숲을 지나 돌아가는 길에 다른 것도 좀 잡아야지.'

스머지를 만나고 나자 기운이 넘쳐흘렀다. 자신이 종족과 살게 된 것이 얼마나 행운이었는지 깨달은 것이다.

파이어포는 머리 위 나뭇가지를 올려다보고는 소리를 죽여 조용히 숲을 걷기 시작했다. 모든 감각이 깨어 있었다. 이제 블루스타와 타이거클로를 감탄시키기만 하면 된다. 그러면 오늘은 완벽한 하루가 되리라.

11

지켜보는 눈

파이어포는 푸른머리되새를 이빨로 단단히 물고 분지로 돌아왔다. 그리고 기다리고 있던 타이거클로 앞에 새를 내려놓았다.

"네가 가장 먼저 돌아왔다."

타이거클로가 말했다.

파이어포는 재빨리 대답했다.

"네, 하지만 아직 가져올 먹잇감이 아주 많이 있어요. 저기 묻어 놓은……."

"네가 뭘 했는지 다 알고 있다. 널 지켜보고 있었으니까."

타이거클로가 으르렁거렸다.

덤불이 휙 움직이더니 그레이포가 나타났다. 그는 입에 물고 있던 작은 다람쥐를 파이어포가 가져온 새 옆에 내려놓았다.

"웩! 다람쥐는 털이 너무 많아. 저녁 내내 이빨에 낀 털을 뽑게 생겼네."

그레이포가 퉤퉤거리며 말했다.

타이거클로는 그레이포가 투덜거리는 소리에는 전혀 신경을

189

쓰지 않았다.

"레이븐포가 늦는군. 조금 더 기다려 보고 진영으로 돌아가도록 한다."

"하지만 살무사에 물리기라도 했으면 어떻게 해요?"

파이어포가 반발했다.

"그랬으면 그건 그 녀석 잘못이다. 천둥족에는 그런 어리석은 고양이는 필요 없다."

타이거클로가 냉정하게 대답했다.

그들은 말없이 기다렸다. 그레이포와 파이어포는 레이븐포를 생각하며 걱정스러운 눈빛을 주고받았다. 타이거클로는 자기만의 생각에 빠진 듯 미동도 없이 앉아 있었다.

레이븐포가 다가오는 냄새를 가장 처음 맡은 건 파이어포였다. 그는 반가움에 벌떡 일어났다. 검은 고양이가 유난히 만족스러운 표정을 지으며 공터로 뛰어들었다. 입에는 마름모꼴 무늬가 있는 기다란 살무사가 매달려 있었다.

"레이븐포! 괜찮아?"

파이어포가 외쳤다.

"이것 좀 봐!"

레이븐포가 잡아 온 먹잇감을 구경하기 위해 그레이포가 달려나갔다.

"물린 거야?"

"그러기엔 내가 너무 빠르지!"

레이븐포가 큰 소리로 가르랑거렸다. 그러다 타이거클로와 눈이 마주치자 입을 다물었다.

타이거클로는 흥분한 세 훈련병을 냉랭한 눈초리로 쳐다보았다.

"가자, 나머지 먹이들을 모아서 진영으로 간다."

파이어포와 그레이포, 레이븐포는 타이거클로를 따라 진영으로 돌아갔다. 굉장한 하루를 보낸 그들의 입에는 그날의 포획물들이 매달려 있었다. 레이븐포는 죽은 뱀에 자꾸만 발이 걸려 넘어졌다. 가시금작화 굴길에서 진영으로 들어서자, 어린 새끼 고양이 무리가 그들이 지나가는 모습을 보기 위해 보육실에서 몰려 나왔다.

"저기 봐!"

파이어포의 귀에 새끼 고양이의 말소리가 들렸다.

"훈련병들이 사냥에서 돌아왔어!"

그는 전날 옐로팽이 쉭쉭거리며 화를 냈던 작은 얼룩무늬 새끼 고양이를 알아보았다. 그 옆에는 태어난 지 두 달이 채 되지 않아 솜털이 보송보송한 회색 새끼 고양이가 앉아 있었다. 덩치가 아주 작은 검정 새끼 고양이와 작은 삼색얼룩 고양이도 서 있었다.

"저건 애완 고양이 파이어포 아니야?"

회색 새끼 고양이가 말했다.

"맞아, 저 주황색 털 좀 봐!"

검정 새끼 고양이가 맞장구쳤다.

"사냥을 잘한다고 그러던데."

191

삼색얼룩 새끼 고양이가 거들었다.

"라이언하트랑 좀 닮은 것도 같아. 라이언하트만큼 사냥을 잘하는 걸까?"

"나도 빨리 훈련받고 싶다. 난 천둥족 최고의 전사가 될 거야!"

얼룩무늬 새끼 고양이가 말했다.

파이어포는 새끼 고양이들의 부러움 섞인 말소리에 자부심을 느끼며 턱을 치켜들었다. 그리고 두 친구를 따라서 공터 가운데로 걸어갔다.

"살무사라니!"

그레이포가 다시 한 번 말했다. 훈련병들은 다른 고양이들이 나누어 먹을 수 있도록 잡아 온 먹잇감을 내려놓았다.

"이걸 어떻게 해야 하지?"

레이븐포가 먹이 더미 옆에 놓인 기다란 뱀의 몸에 코를 대고 킁킁거리며 말했다.

"살무사를 먹을 수 있나?"

그레이포가 물었다.

"네 위장에게 물어보는 게 어때?"

파이어포는 그레이포에게 머리를 들이대며 농담을 던졌다.

"글쎄, 나라면 먹지 않겠어. 이걸 물고 오기만 했는데도 역겨운 맛이 입에서 가시질 않거든."

레이븐포가 중얼거렸다.

"그럼 나무 그루터기 위에 올려놓자. 더스트포랑 샌드포가 돌아왔을 때 볼 수 있도록 말이야."

그레이포가 제안했다.

그들은 각자 먹을 싱싱한 먹잇감과 살무사를 가지고 거처를 향해 걸어갔다. 그레이포는 조심스럽게 살무사를 그루터기 위에 올려놓고, 어디에서나 잘 보일 수 있도록 자리를 잡아 두었다. 먹이를 다 먹고 난 다음 그들은 가까이 모여 앉아 서로 털을 손질해 주며 이야기를 나누었다.

"블루스타가 이번 모임에 누구를 데려갈지 궁금하다. 내일이면 보름달이 뜰 텐데."

파이어포가 말했다.

"샌드포랑 더스트포는 벌써 두 번이나 다녀왔어."

그레이포가 대답했다.

"아마도 이번에는 우리 중 하나를 뽑아 주지 않을까? 어쨌든 이제 훈련을 받은 지도 석 달이나 되어 가니까 말이야."

파이어포가 말했다.

"하지만 샌드포랑 더스트포는 훈련병 중에서도 선임이잖아."

레이븐포가 지적했다.

파이어포는 고개를 끄덕였다.

"그리고 이번 모임은 아주 중요할 거야. 바람족이 사라지고 난 뒤로 처음 모이는 거잖아. 그림자족이 그 문제에 대해 뭐라고 할지 아무도 모르지."

그때 타이거클로의 낮은 말소리가 대화를 중단시켰다.

"네 말이 맞다, 애송이."

전사는 그들이 모르는 사이에 다가와 있었다.

"파이어포, 블루스타가 널 찾는다."

파이어포는 놀라서 고개를 들었다. 블루스타가 왜 자신을 만나고 싶어 하는 걸까?

"지금! 네가 시간을 낼 수 있다면 말이다."

타이거클로가 말했다.

파이어포는 재까닥 일어나 공터를 가로질러 블루스타의 거처로 향했다. 블루스타는 쉴 새 없이 꼬리를 움직이며 거처 밖에 앉아 있었다. 파이어포가 나타나자 그녀는 일어서서 그를 지그시 내려다보았다.

"타이거클로가 그러는데, 네가 오늘 두발쟁이 영역의 고양이와 이야기하는 걸 봤다는구나."

블루스타가 조용히 말했다.

"하지만……."

"처음에는 그 고양이와 싸우다가 마지막에는 서로 핥아 주었다던데."

"맞습니다."

파이어포는 솔직히 인정했다. 털이 쭈뼛 섰다.

"하지만 그 고양이는 옛 친구였어요. 어릴 때 함께 자랐습니다."

파이어포는 잠시 말을 멈추고 침을 꿀꺽 삼켰다.

"제가 애완 고양이였을 때요."

블루스타가 그를 한참 동안 바라보았다.

"옛 생활을 그리워하는 거냐, 파이어포? 신중하게 생각하고 대답해라."

"아닙니다."

파이어포는 블루스타가 어떻게 그런 생각을 할 수 있는지 의아했다. 머릿속이 빙빙 도는 것 같았다. 블루스타는 어떤 답을 원하는 걸까?

"종족을 떠나고 싶나?"

"절대 아니에요!"

파이어포는 그녀의 질문에 충격을 받았다.

블루스타는 그의 대답에 담긴 열정을 알아차리지 못한 듯, 고개를 절레절레 흔들었다. 그녀는 갑자기 늙고 지쳐 보였다.

"네가 우리를 떠난다고 해도 비난하지 않을 것이다. 어쩌면 내가 너에게 지나치게 기대를 했던 걸지도 모르겠다. 종족에 새로운 전사를 만드는 일에 급급해서 내 판단력이 흐려졌던 걸지도 모르지."

파이어포는 종족을 영원히 떠난다는 생각을 하니 너무나 당혹스러웠다.

"하지만 제 자리는 여기예요! 여기가 제 집이라고요."

파이어포는 반발했다.

"그 정도로는 안 된다, 파이어포. 천둥족에 대한 네 충성심을 내가 믿을 수 있어야 한다. 특히 지금처럼 그림자족이 공격해 올지도 모르는 시기에는 더 그렇지. 마음이 과거에 가 있는지 현재에 있는지 확신할 수 없는 고양이는 우리 천둥족에 받아 줄 수 없어."

파이어포는 심호흡을 하고 신중하게 말을 골랐다.

"타이거클로가 봤다는 그 집고양이는 스머지예요. 오늘 스머지를 만나고 나니 똑똑히 알게 되었어요. 제가 두발쟁이들과 함께 지냈다면 어떤 삶을 살게 되었을지를요. 거기 머무르지 않아서 정말 다행이에요. 떠나기로 결심했던 제가 자랑스러웠어요."

파이어포는 움츠러들지 않고 블루스타와 눈을 맞추었다.

"스머지를 만나 보니 제가 올바른 결정을 내렸다는 확신이 들었어요. 저는 애완 고양이의 편안한 삶에 결코 만족하지 못했을 거예요."

블루스타가 눈을 가늘게 뜨고 그를 자세히 뜯어보았다.

"좋다, 너를 믿으마."

파이어포는 공손하게 머리를 숙이고, 소리 없이 안도의 한숨을 내쉬었다.

"아까 옐로팽과 이야기를 나누었다."

블루스타가 한결 가벼워진 목소리로 말했다.

"옐로팽이 너를 무척 마음에 들어 하더구나. 너도 알다시피 그녀는 지혜로운 어른 고양이다. 항상 성질이 고약하기만 한 것도 아닌 것 같고. 나는 사실 옐로팽이 좋아질 것 같기도 하구나."

파이어포는 이 말을 듣고 뜻밖에 기쁜 마음이 들었다. 비록 옐로팽의 성질이 유별나긴 했지만, 그녀의 수발을 들다 보니 존경심이 점차 애정으로 변한 건지도 모른다. 이유가 어찌 됐든 블루스타도 그녀를 좋아한다니 반가운 일이었다.

"하지만 그녀에게는 어딘지 믿지 못할 구석이 있다."

블루스타는 소리를 낮추고 말을 이었다.

196

"당분간 옐로팽은 천둥족에 머물겠지만, 포로임에는 변함이 없다. 어미 고양이들이 그녀를 돌보아 줄 것이다. 너는 훈련에만 집중해라."

파이어포는 고개를 끄덕였다. 블루스타가 그만 보내 줬으면 좋겠다는 마음이었다. 하지만 아직 끝난 것이 아니었다.

"파이어포, 네가 오늘 집고양이와 이야기를 나눈 것은 잘못된 판단이었다. 하지만 타이거클로는 네 사냥 실력에 흡족했다고 하더구나. 사실 너희 셋 모두 잘했다고 들었다. 너희가 그렇게 발전하다니, 나도 기쁘구나. 너희 셋 모두 이번 모임에 참석하도록 해라."

파이어포는 가만히 있기가 힘들었다. 너무 신이 나서 온몸이 들썩거렸다. 모임이라니!

"샌드포와 더스트포는요?"

"그 둘은 남아서 진영을 지켜야지."

블루스타가 대답했다.

"이제 가도 좋다."

그녀는 긴 꼬리를 휙 움직여 말이 끝났다는 표시를 하고, 다시 털을 손질하기 시작했다.

그레이포와 레이븐포는 나무 그루터기 옆에서 초조하게 기다리고 있었다. 그들은 파이어포가 무척 기뻐하며 기운차게 뛰어오는 모습을 보고 깜짝 놀랐다. 파이어포는 자리에 앉아서 친구들을 바라보았다.

"그래서, 블루스타가 뭐라고 했어?"

그레이포가 다그쳐 물었다.

"타이거클로 말로는 네가 오늘 아침에 애완 고양이랑 혀를 나누었다던데. 그래서 곤란해진 거야?"

레이븐포가 참지 못하고 물었다.

"아니야. 물론 블루스타가 기분이 좋진 않았지. 내가 천둥족을 떠나고 싶어 한다고 생각했나 봐."

"그런 거 아니잖아, 그렇지?"

레이븐포가 물었다.

"당연히 아니지!"

그레이포가 대신 대답했다.

파이어포는 회색 친구에게 애정 어린 표정으로 발을 휙 휘둘렀다.

"물론이지! 그럼 네가 싫어할 거잖아. 내가 쥐를 잡아 줘야 하니까 말이야! 네가 요즘 잡는 거라고는 늙은 털북숭이 다람쥐밖에 없잖아!"

그레이포는 파이어포의 발을 슬쩍 피하면서 장난을 되돌려 주기 위해 뒷다리로 버티고 섰다.

"블루스타가 또 무슨 말을 했는지 너희는 꿈에도 모를 거야!"

파이어포가 말을 이었다. 너무 흥분해서 장난을 받아 줄 여유가 없었다.

그레이포가 재깍 자세를 고쳐 네 다리로 내려섰다.

"뭔데?"

"우리가 모임에 간대!"

그레이포가 기뻐서 소리를 지르며 나무 그루터기로 펄쩍 뛰어올랐다. 그러다가 뒷발로 살무사를 걷어차 버렸다. 살무사는 휙 날아가 레이븐포의 머리를 치고 목에 칭칭 감겼다.

레이븐포는 깜짝 놀라 소리를 지르며 그레이포를 향해 몸을 돌렸다.

"조심해야지!"

레이븐포가 짜증을 내며 살무사를 흔들어 바닥에 떨어뜨렸다.

"왜, 물까 봐 겁나?"

파이어포는 놀리듯 물었다. 그리고 쉭쉭 소리를 내며 몸을 웅크리고 레이븐포에게 슬금슬금 다가갔다. 레이븐포는 수염을 씰룩거리며 쏘아붙였다.

"그걸 뱀 흉내라고 내는 거야?"

그가 달려들어 파이어포를 뒤로 자빠뜨렸다.

그레이포가 나무 그루터기에서 발을 뻗어 레이븐포의 꼬리를 잡아당기자, 레이븐포가 돌아서서 그레이포를 앞발로 살짝 쳤다. 그 틈에 파이어포는 벌떡 일어나 둘에게 달려들었고, 그레이포가 그루터기에서 뚝 떨어져 버렸다. 세 고양이는 먼지 속에서 뒤엉켜 굴러다니며 몸싸움을 벌였다. 마침내 그들은 서로 떨어져 나와 헐떡거리며 그루터기 옆에 앉았다.

"샌드포랑 더스트포도 가는 거야?"

그레이포가 헉헉대며 물었다.

"아니!"

파이어포의 목소리에는 숨길 수 없는 승리감이 묻어났다.

"남아서 진영을 지켜야 한대."

"우아! 그 소식은 내가 전해 줄게! 그 녀석들 표정이 어떨지 빨리 보고 싶어!"

그레이포가 안달하듯 말했다.

"나도!"

파이어포가 맞장구를 쳤다.

"그 둘이 아니라 우리가 가다니! 오늘 내가 스머지랑 이야기하는 걸 타이거클로가 봤는데도 말이야."

"그건 그냥 운이 나빴던 거야. 우리 셋 다 평가에서 먹이를 많이 잡았잖아. 그래서 그렇게 결정된 거야."

그레이포가 대답했다.

"모임은 어떨지 궁금하다."

레이븐포가 말했다.

"굉장하겠지."

그레이포가 자신 있게 대답했다.

"대단한 전사들이 다 모일 거야. 클로페이스, 스톤퍼……."

하지만 파이어포는 더 이상 대화를 듣고 있지 않았다. 대신 그는 타이거클로와 스머지에 대해 생각하고 있었다. 그레이포의 말이 맞았다. 하필이면 옛 친구를 만나고 있을 때 타이거클로가 그를 지켜보다니, 그저 운이 나빴던 것이다. 그가 아닌 그레이포나 레이븐포를 지켜볼 수는 없었을까? 사실 타이거클로가 그를 두발쟁이 영역에 그렇게 가깝게 보낸 것 자체가 운이 좋지 않았던 것이다.

불현듯 이상하다는 생각이 들었다.

'타이거클로는 왜 하필 나를 옛집에서 그렇게 가까운 곳으로
보냈을까? 시험해 보려는 것이었을까? 그 위대한 전사가 천둥족
에 대한 나의 충성심을 신뢰하지 않는다는 뜻일까?'

12

별빛 아래의 네 종족

파이어포는 덤불이 덮인 언덕 꼭대기 너머를 내려다보았다.
그레이포와 레이븐포가 그의 옆에 웅크리고 있었다. 그들 옆에
는 천둥족 원로와 어미 고양이, 그리고 전사들의 무리가 블루스
타의 신호를 기다리고 있었다.

파이어포는 라이언하트와 타이거클로를 따라서 이곳에 처음
와 본 뒤로는 다시 온 적이 없었다. 가파른 비탈로 에워싸인 빈
터도 지금은 사뭇 달라 보였다. 나무의 선명한 초록색은 보름달
의 서늘한 빛을 받아 옅어졌고, 나뭇잎들은 은빛으로 반짝였다.
아래쪽에는 모든 종족의 영역이 서로 만나는 지점을 표시해 주
는 커다란 떡갈나무들이 서 있었다.

다른 종족에서 온 고양이들의 온기 어린 냄새가 공기에 짙게
배여 있었다. 파이어포는 달빛 속에서 그들을 꽤 또렷하게 볼 수
있었다. 고양이들은 떡갈나무 네 그루 사이로 펼쳐진 풀밭 공터
에서 돌아다니고 있었다. 공터 가운데에는 깨진 이빨처럼 크고
삐죽삐죽한 바위가 솟아 있었다.

"저 아래 고양이들 좀 봐!"

레이븐포가 숨죽여 말했다.

"저기 크룩트스타다! 강족 지도자야."

그레이포가 대꾸했다.

"어디?"

파이어포는 그레이포를 밀치면서 조급하게 물었다.

"저 옅은 색 얼룩 고양이 말이야. '거대한 바위' 옆에."

그레이포가 고갯짓하는 쪽을 따라 시선을 옮기던 파이어포는 곧 몸집이 큰 수고양이를 발견했다. 라이언하트보다도 더 큰 그 고양이는 공터 한가운데에 앉아 있었다. 줄무늬 털이 달빛을 받아 희미하게 반짝였다. 나이 든 얼굴에 드러난 거친 삶의 흔적은 멀리서도 보일 정도로 뚜렷했다. 그의 입은 상처를 입고 제대로 치료되지 않은 것처럼 일그러져 있었다.

"참! 진영에서 편안히 저녁 시간 보내라고 했더니 샌드포가 화내는 거 봤어?"

그레이포가 말했다.

"물론이지!"

파이어포는 즐거운 듯 가르랑거렸다.

그때 레이븐포가 소리를 낮추고 말했다.

"봐! 저기 브로큰스타가 있어. 그림자족 지도자야."

파이어포는 진갈색 얼룩 고양이를 내려다보았다. 털이 유난히 길고, 얼굴은 넓적하고 판판한 고양이였다. 꼼짝 않고 앉아서 주변을 둘러보는 모습을 보니, 파이어포는 털이 쭈뼛 섰다.

"꽤나 비열하게 보이는걸."

파이어포가 중얼거렸다.

"맞아."

그레이포도 동의했다.

"어리석은 행동은 그냥 넘어가는 법이 없는 걸로 유명하지. 그리고 지도자가 된 지 그렇게 오래되지 않았어. 아버지 래기드스타가 죽고 나서니까, 한 넉 달 정도 되었을 거야."

"바람족 지도자는 어떻게 생겼어?"

파이어포가 물었다.

"톨스타? 나도 한 번도 못 봤어. 하지만 검정색과 흰색이 섞인 털에 꼬리가 아주 길다는 건 알아."

그레이포가 대답해 주었다.

"지금 보여?"

레이븐포가 물었다.

그레이포는 고개를 내밀고 아래쪽에 있는 고양이 무리를 살펴보았다.

"아니."

"바람족 고양이 냄새가 나긴 해?"

파이어포는 다시 물었다.

그레이포가 고개를 저었다.

"안 나."

옆에서 라이언하트의 부드러운 말소리가 들렸다.

"바람족 고양이들이 늦나 보구나."

"하지만 아예 안 나타나면 어떻게 해요?"

그레이포가 물었다.

"쉿! 우리 모두 인내심을 가져야 된다. 지금은 힘든 시기니까. 이제 조용히 하렴. 곧 블루스타가 이동하라는 신호를 보낼 거야."

라이언하트가 소리를 낮추어 말했다.

그때 블루스타가 일어나 꼬리를 높이 치켜들고 좌우로 흔들었다. 천둥족 고양이들은 모두 하나가 되어 일어났다. 그리고 덤불을 헤치고 모임 장소를 향해 내려가기 시작했다. 파이어포는 그 순간 심장이 쿵쾅거렸다. 그는 귓가를 스치는 바람을 느끼며 무리를 따라갔다. 기대감으로 발이 근질거렸다.

천둥족 고양이들은 공터 가장자리에서 떡갈나무 지역으로 들어서기 전에 본능적으로 걸음을 멈췄다. 블루스타가 공기 냄새를 맡아 보고 고개를 끄덕이자 무리는 공터 안으로 들어섰다.

파이어포는 온몸이 긴장되었다. 거대한 바위 주변을 맴돌고 있는 다른 종족 고양이들을 가까이서 보니 더욱 인상적이었다. 덩치 큰 흰색 전사가 그들 앞을 빠른 걸음으로 지나갔다. 파이어포와 레이븐포는 놀란 얼굴로 전사를 바라보았다.

"저 발 좀 봐!"

레이븐포가 중얼거렸다.

파이어포는 아래를 내려다보았다. 그 커다란 수고양이의 육중한 발은 새까만 색이었다.

"블랙풋이야. 그림자족의 새 부지도자지."

그레이포가 말했다.

블랙풋은 브로큰스타 쪽으로 걸어가 그 옆에 앉았다. 그림자 족 지도자는 한쪽 귀를 씰룩하면서 부지도자에게 알은 체를 했지만, 별다른 말은 하지 않았다.

"모임은 언제 시작하는 거예요?"

레이븐포가 화이트스톰에게 물었다.

"차분히 기다려라, 레이븐포. 오늘 밤은 하늘이 맑으니 여유가 있단다."

라이언하트가 몸을 내밀고 덧붙였다.

"우리 전사들은 각자의 승리를 자랑하며 시간을 보내곤 한단다. 원로들은 두발쟁이들이 여기 오기 전, 옛 시절에 대해 이야기를 나누곤 하지."

세 훈련병은 그를 쳐다보았다. 그의 수염이 장난스럽게 씰룩거렸다.

대플테일과 원아이, 스몰이어는 떡갈나무 아래에 편안하게 자리를 잡고 앉은 원로 고양이들 무리 쪽으로 곧장 다가갔다. 화이트스톰과 라이언하트는 파이어포가 모르는 두 전사를 향해 총총 걸어갔다. 파이어포는 공기 냄새로 그들이 강족이라는 것을 알 수 있었다.

세 훈련병 뒤에서 블루스타의 목소리가 들렸다.

"오늘 밤에 주어진 시간을 허투루 보내지 않도록 해라."

그녀가 주의를 주었다.

"오늘은 적들을 만날 수 있는 좋은 기회다. 그들이 하는 말을 듣고 생김새와 행동거지를 기억해 둬라. 배울 점이 아주 많을 것이다."

"그리고 말은 적게 하고. 이 자리를 떠났을 때 우리에게 불리하게 쓰일 만한 꼬투리를 주면 안 된다."

타이거클로가 경고했다.

"걱정 마세요. 안 그럴게요!"

파이어포는 타이거클로의 눈을 바라보며 얼른 대답했다. 타이거클로가 자신의 충성심을 의심하는 것 같다는 느낌이 아직 가시지 않았다.

두 전사는 고개를 끄덕하고는 다른 곳으로 가 버렸다. 남겨진 훈련병 셋은 서로를 바라보았다.

"이제 뭘 하지?"

파이어포가 물었다.

"시키는 대로 해야지. 잘 듣기."

레이븐포가 대답했다.

"그리고 많이 말하지 않기."

그레이포가 거들었다.

파이어포는 진지하게 고개를 끄덕였다.

"타이거클로가 어디로 갔는지 알아볼게."

"그럼 난 라이언하트를 찾아볼게. 레이븐포, 너도 갈래?"

그레이포가 말했다.

"아니, 괜찮아. 난 다른 훈련병들을 찾아볼게."

레이븐포가 대답했다.

"그래, 그럼 나중에 보자."

파이어포는 타이거클로가 사라진 방향으로 걸어갔다.

타이거클로의 냄새는 쉽게 발견할 수 있었다. 그는 거대한 바위 뒤쪽으로 덩치 큰 전사들이 모인 가운데에 앉아 이야기를 하고 있었다.

최근에 벌어진 강족과의 전투에 관한 이야기로, 파이어포도 진영에서 여러 번 들은 이야기였다.

"난 사자족 고양이처럼 몸싸움을 했어. 전사 셋이 나를 붙잡으려고 했지만, 내가 그들을 날려 버렸지. 둘이 나가떨어지고 다른 하나는 어미를 찾는 새끼 고양이처럼 징징거리며 숲 속으로 달아나 버리더군."

타이거클로는 레드테일의 죽음에 대한 복수로 오크하트를 죽였다는 이야기는 하지 않았다.

'강족 전사들의 심기를 건드리지 않기 위해서겠지.'

파이어포는 정중한 자세로 이야기를 끝까지 듣고 있었다. 그런데 익숙한 냄새가 그의 주의를 빼앗았다. 타이거클로의 이야기가 끝나자마자 파이어포는 돌아서서 그 달콤한 냄새를 향해 살금살금 다가갔다. 냄새는 근처에 있는 고양이 무리에서 풍겨 왔다.

고양이들 틈에는 그레이포가 있었다. 하지만 그레이포의 냄새를 맡고 따라온 것은 아니었다. 그레이포의 맞은편에서 두 강족 수고양이 사이에 앉아 있는 고양이는 바로 스파티드리프였다. 파이어포는 수줍게 그녀를 흘깃 보고는 친구 옆으로 가서 자리를 잡았다.

"바람족 냄새는 아직도 나지 않아."

파이어포가 그레이포에게 말했다.

"모임이 아직 시작되지 않았으니까, 나중에 올 수도 있어."

친구가 대답했다.

"저기 봐, 러닝노즈가 있어. 그림자족의 새 치료사인가 봐."

그레이포가 무리 가운데에 있는 몸집이 작은 회백색 고양이를 고갯짓으로 가리켰다.

"이름이 왜 러닝노즈(흐르는코)인지 알겠네."

파이어포가 말했다. 치료사의 코끝은 축축하게 젖은 채 둘레에 딱지가 앉아 있었다.

"맞아! 자기 감기 하나 치료하지 못하는 고양이를 왜 치료사로 정했는지 모르겠네!"

그레이포가 비웃으며 그르렁거렸다.

러닝노즈는 예전에 새끼 고양이의 기침을 치료할 때 쓰던 약초에 대해 이야기하고 있었다.

"두발쟁이들이 오고 나서 딱딱한 흙이랑 이상한 꽃으로 그 지역을 채워 버린 뒤로는 그 약초가 사라져 버렸어요. 그래서 새끼 고양이들이 추운 날씨에 약도 못 써 보고 죽어 가고 있어요."

러닝노즈의 말에 주변에 있던 고양이들이 불만에 찬 아우성을 내질렀다.

"위대한 종족 고양이들의 시대였다면 절대로 일어나지 않았을 일이에요."

검은색 강족 암고양이가 말했다.

"맞아요."

은색 얼룩 고양이가 동조했다.

"위대한 고양이들은 어떤 두발쟁이든 감히 그들의 영역에 침입하면 즉시 죽였을 거예요. 호랑이족이 이 숲에 아직 돌아다녔다면, 두발쟁이들은 우리 땅에 이렇게 깊숙이 들어오진 못했을 거라고요."

그때 스파티드리프가 조용히 말하는 소리가 들렸다.

"호랑이족이 아직 돌아다녔다면, 우리도 여기에 자리를 잡지 못했겠죠."

"호랑이족이 뭐지?"

그들 옆에서 작은 목소리가 들렸다. 파이어포는 다른 종족의 작은 얼룩무늬 훈련병이 한 말이라는 것을 알아차렸다.

"호랑이족은 이 숲에 살던 위대한 고양이 종족들 중 하나야."

그레이포가 나지막하게 설명해 주었다.

"호랑이족은 밤의 고양이들인데, 말처럼 몸집이 크고, 짙은 검은색 줄무늬가 있어. 그리고 사자족도 있어. 사자족은……."

그레이포가 멈칫하더니, 얼굴을 찌푸리며 기억을 되살리려고 애썼다.

"아, 나도 들어 봤어!"

얼룩무늬 훈련병이 말했다.

"호랑이족 고양이들처럼 크고, 털은 노란색에 햇살처럼 빛나는 갈기가 있다고."

그레이포가 고개를 끄덕였다.

"그리고 다른 종족도 있었어. 점무늬족이었나, 뭐 그런 비슷한 이름이었는데……."

"표범족을 말하는가 보구나, 그레이포."

뒤쪽에서 누군가의 목소리가 들렸다.

"라이언하트!"

그레이포가 다정하게 코를 비비며 스승을 반겼다.

라이언하트는 짐짓 실망한 척하며 고개를 절레절레 저었다.

"너희 젊은이들은 역사도 모르는 거냐? 표범족은 가장 날쌘 종족이었다. 커다란 황금빛 몸통에 발자국 같은 검정색 반점이 있었지. 너희가 지금 이렇게 날쌔고 사냥을 잘하는 것은 다 표범족 덕분이다."

"표범족 덕분이라고요? 왜요?"

얼룩무늬 훈련병이 물었다.

라이언하트는 작은 훈련병을 내려다보며 대답했다.

"오늘날 살아 있는 모든 고양이에게는 위대한 고양이들의 유산이 남아 있다. 호랑이족 조상들이 없었다면 우리는 밤에 사냥을 할 수 없었을 것이다. 그리고 우리가 따스한 햇볕을 좋아하는 것은 사자족에게서 물려받은 습성이지."

라이언하트는 잠시 말을 멈췄다.

"너는 그림자족 훈련병이지? 태어난 지 몇 달이나 되었지?"

얼룩무늬 훈련병은 불편한 기색으로 바닥을 내려다보았다.

"여, 여섯 달이 됐어요."

그는 라이언하트와 눈을 맞추지 못하고 더듬거렸다.

"여섯 달치고는 작은 편이구나."

라이언하트가 중얼거렸다. 부드러운 목소리였지만, 진지하게 탐색하는 눈초리였다.

"어머니도 작았거든요."

얼룩무늬 훈련병이 신경질적인 목소리로 대답했다. 그리고 고개를 숙여 인사를 하고는 연갈색 꼬리를 흔들며 무리 속으로 사라져 버렸다.

라이언하트는 파이어포와 그레이포 쪽으로 돌아섰다.

"저 고양이는 덩치는 작아도 호기심은 크구나. 너희 둘이 원로들이 하는 이야기에 그 정도로 관심을 보였더라면 얼마나 좋았을까!"

"죄송해요, 라이언하트."

파이어포와 그레이포는 풀 죽은 눈빛을 주고받으며 말했다.

라이언하트가 온화한 목소리로 말했다.

"이제 가 봐라! 블루스타가 다음에는 이야기를 제대로 들을 줄 아는 훈련병들을 데리고 오기를 바라야지."

"레이븐포가 어디로 갔는지 찾아보자."

그레이포가 달려가며 말했다.

레이븐포는 훈련병 무리 한가운데에 있었다. 그들은 레이븐포에게 강족과의 전투에 대해 이야기해 달라고 아우성치는 중이었다.

"계속해 봐, 레이븐포. 무슨 일이 있었는지 얘기해 줘!"

예쁘장한 흑백 얼룩 암고양이가 외쳤다.

레이븐포는 부끄러워하며 발을 이리저리 움직이다가 고개를 저었다.

"제발, 레이븐포!"

다른 고양이도 졸랐다.

주변을 둘러보던 레이븐포가 무리 언저리에서 파이어포와 그레이포를 발견했다. 파이어포는 격려의 의미로 고개를 끄덕여 주었다. 레이븐포는 알았다는 듯 꼬리를 흔들더니 이야기를 시작했다.

처음에는 조금 더듬거렸지만, 이야기를 할수록 떨리던 목소리도 안정을 찾았다. 듣고 있는 고양이들도 몸이 앞으로 쏠리면서 눈이 점점 더 커졌다.

"사방에 털이 흩날렸어. 가시덤불 잎사귀에는 피가 흩뿌려졌지. 녹색 잎에 빨간색 피가 선명하게 도드라져 보였어. 난 몸집이 큰 전사 하나랑 싸우고 있었어. 그 전사가 꽥꽥거리면서 덤불 속으로 처박혔는데, 그때 갑자기 땅이 흔들리더니 누군가 비명을 지르는 거야. 오크하트 목소리였어! 그리고 레드테일이 입에서 피를 줄줄 흘리면서 털이 찢긴 채로 나를 지나쳐서 달려갔어. '오크하트가 죽었다!'라고 소리를 지르면서. 그런 다음에는 다른 전사랑 싸우고 있는 타이거클로를 도와주러 갔어."

"레이븐포가 저렇게 이야기를 잘할 줄은 몰랐네."

그레이포가 감탄하며 파이어포에게 중얼거렸다.

하지만 파이어포는 다른 생각을 하고 있었다. 레이븐포가 무슨 이야기를 하는 거지? 레드테일이 오크하트를 죽였다고? 하지만 타이거클로는 오크하트가 레드테일을 죽였고, 자신은 그 복수를 하려고 오크하트를 죽였다고 말했었다.

파이어포는 그레이포에게 물었다.

"레드테일이 오크하트를 죽인 거라면, 레드테일을 죽인 건 누구지?"

"누가 뭘 어쨌다고?"

그레이포가 건성으로 되물었다. 그는 파이어포의 말을 거의 흘려듣고 있었다.

파이어포는 그 생각을 떨치려고 머리를 흔들었다.

'틀림없이 레이븐포가 실수했을 거야. 타이거클로라고 말하려던 거였겠지.'

레이븐포의 이야기는 이제 막바지에 접어들었다.

"레드테일이 타이거클로한테 붙어 있던 고양이 꼬리를 잡아서 끌어냈어. 그리고 호랑이족의 기운을 다 합친 것 같은 힘으로 덤불에 내팽개쳤지."

그때 파이어포는 움직이는 그림자 하나를 발견했다. 주변을 휙 둘러보자, 가까운 거리에 타이거클로가 서 있는 게 보였다. 전사는 냉혹한 눈초리로 레이븐포를 쏘아보고 있었다. 레이븐포는 스승이 와 있는지도 모른 채, 이야기에 심취한 고양이들의 계속되는 질문에 답해 주고 있었다.

"오크하트가 죽어 가면서 뭐라고 했어?"

"오크하트가 그 전까지 전투에서 한 번도 진 적이 없다는 게 사실이야?"

레이븐포는 눈을 반짝이며 높은 목소리로 분명하게 대답해 주었다. 파이어포는 타이거클로를 돌아보았다. 전사의 얼굴에 잠시 두려운 표정이 나타났다가 이내 분노가 번졌다. 타이거클로는 레이븐포의 이야기를 즐기고 있지 않은 것이 분명했다.

파이어포는 그레이포에게 그 사실을 알리려고 했다. 그때 모든 고양이에게 정숙할 것을 지시하는 외침이 들렸다. 파이어포는 마침내 레이븐포가 입을 다물게 되어 마음이 놓였다. 타이거클로는 돌아서서 가 버렸다.

파이어포는 누구의 외침인지 알아보려고 고개를 들었다. 달빛이 환하게 빛나는 하늘을 배경으로 거대한 바위 꼭대기에 앉은 세 고양이의 윤곽이 보였다. 그들은 블루스타와 브로큰스타, 크룩트스타였다.

종족 지도자들이 모임을 시작하려는 참이었다. 하지만 바람족 지도자는 어디 있을까?

"설마 톨스타 없이 모임을 시작하려는 걸까?"

파이어포는 숨죽여 말했다.

"모르겠어."

그레이포도 조용히 대꾸했다.

"눈치 못 챘어? 여기 바람족 고양이는 하나도 없어."

파이어포의 옆에 있던 강족 훈련병이 소곤거렸다.

파이어포는 여기저기에서 비슷한 대화가 오가고 있으리라 예상했다. 거대한 바위로 모여드는 다른 고양이들도 불안해하며 웅성거렸다.

"아직 시작할 수 없어요."

소음을 뚫고 누군가 큰 목소리로 외쳤다.

"바람족 대표들은 어디 있죠? 모든 종족이 올 때까지 기다려야
해요."

바위 꼭대기에서 블루스타가 앞으로 나섰다. 달빛을 받아 반
짝이는 그녀의 청회색 털은 흰색에 가까워 보였다.

"모든 종족의 고양이들이여, 환영합니다. 바람족이 오지 않은
것은 사실이지만, 브로큰스타는 그래도 할 말이 있다고 합니다."

그녀가 또렷한 목소리로 말했다.

브로큰스타가 소리 없이 걸어와 블루스타 옆에 섰다. 그는 주
황색 눈을 이글거리며, 모여든 고양이들을 살펴보았다. 그러고는
숨을 한 번 크게 들이켜고 연설을 시작했다.

"친구들이여, 나는 오늘 밤 여러분에게 그림자족의 요구 사항
을 말하려고 왔습니다."

하지만 아래쪽 여기저기에서 참을성 없이 목소리를 높여 말하
는 바람에 그의 말은 중단되었다.

"톨스타는 어디 있죠?"

하나가 소리쳤다.

"바람족 전사들은 어디 있습니까?"

또 다른 목소리도 외쳤다.

브로큰스타는 몸을 꼿꼿이 세우고 꼬리를 좌우로 휘둘러 댔다.

"그림자족의 지도자로서 나는 여기서 연설을 할 권리가 있습
니다!"

그가 위협적인 목소리로 으르렁댔다.

고양이들은 불편한 침묵에 빠져들었다. 파이어포는 공포에 질린 냄새가 사방에서 풍기는 것을 느낄 수 있었다.

브로큰스타가 다시 외쳤다.

"우리 모두 잎 없는 계절의 어려움을 잘 압니다. 게다가 새잎 돋는 계절도 늦어져서 사냥터에는 먹이가 거의 없습니다. 또 바람족과 강족과 천둥족은 뒤늦게 찾아온 혹독한 추위에 새끼 고양이들을 여럿 잃었습니다. 하지만 우리 그림자족은 새끼 고양이를 잃지 않았습니다. 우리는 차가운 북풍에 단련이 되어 있습니다. 우리 새끼 고양이들은 태어날 때부터 여러분의 새끼 고양이들보다 더 강인합니다. 그래서 우리는 먹여야 할 입이 많아졌고, 그들을 먹이기에는 먹잇감이 너무 부족합니다."

무리는 여전히 침묵에 휩싸인 채 불안한 마음으로 그림자족 지도자의 말을 듣고 있었다.

"그림자족의 요구는 간단합니다. 우리는 살아남기 위해서 우리 사냥 영역을 넓혀야만 합니다. 그래서 난 여러분이 그림자족 전사들에게 여러분의 영역에서 사냥하는 것을 허락해 줄 것을 요구하는 바입니다."

고양이들은 충격을 받았다. 숨죽이고 웅성거리는 소리가 물결처럼 퍼져 나갔다.

"우리 사냥터를 같이 쓰겠다고?"

타이거클로가 분노한 목소리로 외쳤다.

"그건 전례가 없는 일입니다! 종족들은 한 번도 사냥터를 함께

쓴 적이 없습니다!"

강족의 삼색얼룩 암고양이가 소리쳤다.

"새끼 고양이들이 살아남았다는 이유로 그림자족 전체가 굶어 죽는 벌을 받아야 한단 말입니까?"

브로큰스타가 외쳤다.

"우리 새끼들이 굶어 죽는 걸 두고 보란 말입니까? 여러분이 가진 것을 반드시 나누어야만 합니다."

"반드시라니!"

무리 뒤편에서 스몰이어가 분개한 목소리로 소리쳤다.

"반드시 말입니다."

브로큰스타가 되풀이해 말했다.

"바람족은 이 점을 이해하지 못했습니다. 그래서 결국 그들을 영역에서 쫓아낼 수밖에 없었습니다."

무리에서 분노로 으르렁대는 소리가 터져 나왔다. 하지만 브로큰스타의 울부짖음이 더 크게 울렸다.

"필요하다면 우리는 여러분 모두를 사냥터에서 몰아낼 것입니다. 굶주린 우리 새끼들을 먹여 살리기 위해서 말입니다."

순간 침묵이 흘렀다. 공터 반대편에서 강족 훈련병이 불만스럽게 중얼거리는 소리가 들렸지만, 원로 고양이가 황급히 조용히 시켰다.

모든 고양이의 관심을 집중시킨 것에 만족한 듯 브로큰스타는 다시 말을 이었다.

"두발쟁이들이 해마다 우리 영역을 더 많이 망가뜨리고 있습

218

니다. 모든 종족이 살아남으려면, 최소한 한 종족이라도 강성하
게 유지되어야 합니다. 그림자족은 여러분 모두가 간신히 목숨
을 부지하는 동안에도 잘 번창하고 있습니다. 우리가 여러분을
지켜 주어야 할 때가 올지도 모릅니다."

"우리 힘을 의심하는 겁니까?"

타이거클로가 날카롭게 외쳤다. 그는 그림자족 지도자를 위협
적으로 쏘아보고 있었다. 강인한 어깨에는 긴장감이 역력했다.

"당장 대답을 달라는 건 아닙니다."

브로큰스타는 천둥족 전사의 도전적인 질문을 무시한 채 말을
이었다.

"각자 돌아가서 내 말을 잘 생각해 보십시오. 하지만 이 점을
명심하십시오. 먹이를 함께 나누는 것이 나을지, 아니면 영역에
서 쫓겨나서 집도 없이 굶주리는 편이 좋을지 말입니다."

전사들과 원로들, 훈련병들은 믿을 수 없다는 표정으로 서로
를 쳐다보았다. 불안한 침묵이 흐르는 가운데 크룩트스타가 앞
으로 나섰다. 그리고 자신의 종족을 내려다보며 조용히 말했다.

"나는 이미 그림자족에게 우리 영역의 강에서 사냥할 권리를
주었습니다."

지도자의 말을 들은 강족 고양이들이 두려움과 수치심으로 웅
성대기 시작했다.

"우리와 상의하지 않았잖아요!"

은회색 얼룩 고양이가 외쳤다.

"이것이 우리 종족에게 최선이라고 생각합니다. 모든 종족에

게 말입니다."

크룩트스타가 가라앉은 목소리로 말했다. 그의 목소리에는 체념이 짙게 깔려 있었다.

"강에는 물고기가 아주 많습니다. 싸움을 벌이며 피를 흘리느니 먹이를 나누는 것이 낫습니다."

"그럼 천둥족은요? 블루스타, 당신도 이 터무니없는 요구에 응했습니까?"

스몰이어가 쉰 목소리로 말했다.

블루스타는 나이 많은 고양이의 시선을 담담하게 마주 보았다.

"나는 브로큰스타와 아무런 합의도 하지 않았습니다. 다만 모임이 끝난 뒤에 나의 종족과 함께 그의 제안에 대해 상의해 보겠다고 했습니다."

"그래, 적어도 그 정도는 돼야지. 저 겁쟁이 강족처럼 물렁하지 않다는 걸 보여 줘야 해."

그레이포가 파이어포의 귀에 대고 소곤거렸다.

브로큰스타가 다시 목소리를 높였다. 강족이 항복한 뒤로 그의 목소리에는 더욱 힘이 들어가고 거만해졌다.

"그리고 여러분의 새끼 고양이들의 안전과 관련해서 중요한 소식이 하나 있습니다. 그림자족 고양이 하나가 전사의 규약을 우습게 여기는 바람에 진영에서 쫓겨났습니다. 지금은 어디에 있는지 모릅니다. 그 암고양이는 늙고 병들어 보이지만, 호랑이족처럼 사나울 수 있으니 조심해야 합니다."

파이어포는 털이 곤두섰다. 브로큰스타가 말하는 암고양이가 옐로팽일까? 그는 귀를 쫑긋 세우고 더 들어 보았다.

"그 암고양이는 대단히 위험합니다. 분명히 경고하겠습니다. 그녀에게 피난처를 제공하지 마십시오."

브로큰스타는 극적인 효과를 내려고 잠시 멈추었다가 말을 계속했다.

"우리가 그 고양이를 잡아서 죽일 때까지 여러분의 새끼 고양이들에게서 눈을 떼지 않는 게 좋을 겁니다."

파이어포는 천둥족 고양이들 역시 옐로팽을 떠올리고 있다는 것을 알 수 있었다. 그들이 목구멍에서 불안하게 그르렁거리는 소리를 내고 있었던 것이다. 천둥족 고양이들은 그 과격한 암고양이를 마지못해 받아 주었지만, 옐로팽은 호감을 살 만한 행동은 전혀 하지 않았다. 그녀에 대한 적개심을 불러일으키기는 쉬울 것이다. 심지어 브로큰스타처럼 모두가 경멸하는 적의 입에서 나온 몇 마디 말만으로도 충분했다.

그림자족 전사들이 무리를 헤치고 움직이기 시작했다. 브로큰스타가 바위에서 뛰어내리자, 그림자족 전사들은 즉시 그를 둘러싼 채 호위하며, 나무 네 그루를 등지고 그림자족 영역으로 돌아갔다. 남은 그림자족 고양이들도 재빨리 뒤를 따랐다. 그 사이에는 라이언하트와 이야기를 나누었던 체구가 작은 얼룩무늬 훈련병도 있었다. 하지만 다른 그림자족 훈련병들과 함께 있으니 그 고양이만 유난히 작아 보이는 것도 아니었다. 그들은 모두 아주 작고 굶주려 보였다. 다 자란 훈련병이라기보다는 서너 달 정도 된 새끼 고양이에 가까워 보였다.

"이게 다 무슨 일이지? 어떻게 생각해?"

그레이포가 낮은 목소리로 말했다.

파이어포가 미처 대답하기 전에 레이븐포가 달려왔다.

"이제 어떻게 되는 걸까?"

레이븐포는 겁을 집어먹고 털을 잔뜩 부풀린 상태였다. 눈은 어느 때보다 더 휘둥그레져 있었다.

파이어포는 대답하지 않았다. 대신 근처에 모여들고 있는 천둥족 원로들의 말에 귀를 기울였다.

"브로큰스타가 말한 건 옐로팽이 틀림없어."

스몰이어가 그르렁거렸다.

"음, 옐로팽이 지난번에 골든플라워의 새끼한테 화를 내긴 했어요."

스페클테일이 우울하게 중얼거렸다. 그녀는 보육실에서 가장 나이가 많은 어미 고양이였고, 모든 새끼 고양이들을 보호하는 데 열심이었다.

"그런데 우리는 진영에 옐로팽을 두고 왔어! 게다가 지금은 진영을 지키는 전사가 아무도 없는 거나 마찬가지잖아!"

원아이가 울부짖듯 소리쳤다. 이번만은 그녀도 아무 문제없이 말소리가 다 잘 들리는 모양이었다.

"우리한테 위협이 될 거라고 내가 그랬잖아요."

다크스트라이프가 말했다.

"블루스타가 이성적으로 판단을 내려 옐로팽을 내쫓아야 할 거예요! 우리 새끼들한테 무슨 짓을 하기 전에."

"즉시 진영으로 돌아가서 그 부랑자를 처리해야만 합니다!"

타이거클로가 무리를 향해 걸어가며 소리쳤다.

파이어포는 더 이상 그들의 대화를 듣고 있지 않았다. 마음이 어지러웠다. 그는 여전히 종족에게 충성했지만, 옐로팽이 새끼 고양이들에게 위험한 존재라는 사실은 믿기가 어려웠다. 그는 나이 많은 암고양이가 걱정되었다. 또 그녀만이 대답해 줄 수 있는 질문들을 빨리 물어보고 싶은 마음도 들었다. 그는 그레이포와 레이븐포에게 간다는 말도 하지 않고 진영을 향해 달리기 시작했다.

파이어포는 비탈을 올라 빠른 속도로 숲을 지나며 생각했다.

'내가 옐로팽에 대해 잘못 생각한 걸까? 만약 그녀에게 위험에 처했다고 미리 경고해 주면, 천둥족에서 내 처지가 위태로워지는 건 아닐까?'

어떤 곤경에 처하더라도 파이어포는 옐로팽에게서 진실을 알아내야만 했다. 다른 고양이들이 진영으로 돌아오기 전에.

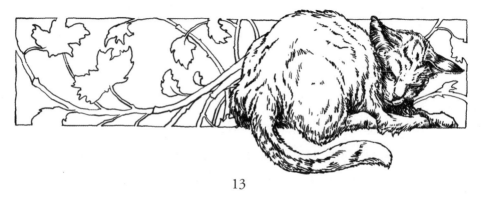

13
사악한 경고

골짜기 끝에 도착한 파이어포는 진영을 내려다보았다. 숨이 차고 발은 이슬에 젖어 미끄러웠다. 공기 냄새를 맡아 보니 아직 다른 고양이들은 도착하지 않은 게 분명했다. 다른 고양이들이 모임에서 돌아오기 전에 옐로팽과 이야기할 시간이 남아 있었다. 파이어포는 조용히 돌투성이 비탈을 내려가, 눈에 띄지 않게 가시금작화 굴길로 들어섰다.

잠자는 고양이들이 쿵쿵거리는 소리만 빼면 진영은 아무런 기척도 없이 잠잠했다. 파이어포는 재빨리 공터 가장자리를 돌아 옐로팽의 보금자리로 갔다. 나이 많은 치료사는 이끼 잠자리 위에 몸을 말고 누워 있었다.

"옐로팽! 옐로팽! 어서 일어나요. 중요한 일이에요!"

파이어포는 다급하게 외쳤다.

주황색 눈 한 쌍이 번쩍 떠지더니 달빛에 번득였다.

"아직 안 자고 있었다."

옐로팽이 조용히 말했다. 차분하고 또렷한 목소리였다.

"모임에서 곧장 나한테 온 거냐? 그럼 너도 이야기를 들었다는 뜻이군."

옐로팽은 천천히 눈을 끔벅이다가 시선을 돌렸다.

"그러니까 브로큰스타가 맹세를 지켰네."

"어떤 맹세요?"

파이어포는 어리둥절했다. 무슨 일이 벌어지고 있는지, 오히려 옐로팽이 더 많이 알고 있는 것 같았다.

"그림자족의 고귀한 지도자께서 나를 모든 종족의 영역에서 내쫓겠다고 맹세하셨지."

옐로팽이 담담하게 말했다.

"나에 대해서 뭐라고 했지?"

"그림자족에서 쫓겨난 부랑자를 보호해 주면, 우리 새끼 고양이들이 위험해질 거라고 경고했어요. 당신 이름을 말하진 않았지만, 천둥족은 누구를 가리키는 건지 단번에 짐작할 수 있었죠. 그러니까 다른 고양이들이 돌아오기 전에 떠나야 해요. 위험하다고요!"

"다른 고양이들이 브로큰스타의 말을 믿는단 말이냐?"

옐로팽이 귀를 납작하게 눕히고 화가 나서 꼬리를 획획 휘둘렀다.

"맞아요!"

파이어포는 다급하게 말했다.

"다크스트라이프가 당신이 위험하다고 말했어요. 다른 고양이들도 당신이 무슨 짓을 할지 모른다고 두려워하고 있어요. 타이거클로가 돌아와서 어떻게 할지……. 아, 모르겠어요. 아무튼 다른 고양이들이 오기 전에 빨리 떠나야 해요!"

멀리서 화난 고양이들이 외치는 소리가 들렸다. 옐로팽은 뻣뻣한 몸으로 일어서려고 했다. 파이어포는 그녀를 떠밀며 일어나는 것을 도와주었다. 하지만 여전히 남아 있는 의문들로 머릿속이 어지러웠다.

"브로큰스타가 새끼 고양이들에게서 눈을 떼지 말라고 하던데……. 그게 무슨 뜻이죠?"

파이어포는 끝내 그 질문을 할 수밖에 없었다.

"정말 그런 짓을 할 거예요?"

"그런 짓이라니?"

"우리 새끼 고양이들을 해칠 거예요?"

옐로팽이 코를 벌름거리며 그를 지긋이 바라보았다.

"그럴 거라 생각하니?"

파이어포는 움츠리지 않고 그녀와 눈을 맞추었다.

"아뇨! 전 당신이 새끼 고양이를 해칠 거라는 말은 믿지 않아요. 하지만 브로큰스타가 왜 그런 말을 했을까요?"

고양이들 소리가 점점 가까워지고 있었다. 분노한 고양이들의 공격적인 냄새도 함께 다가왔다. 옐로팽은 거칠게 좌우를 살폈다.

"어서 가요!"

파이어포는 옐로팽을 재촉했다. 자신의 호기심보다 그녀의 안전이 더 중요했다.

하지만 옐로팽은 그 자리에서 움직이지 않고 그를 바라보았다. 부릅뜨고 있던 그녀의 눈이 갑자기 차분해졌다.

"파이어포, 내가 결백하다고 믿어 줘서 고맙구나. 네가 날 믿는다면 다른 고양이들도 어쩌면 날 믿어 줄지 모르지. 블루스타는 공정하니 내가 해명할 기회를 줄 거라고 믿는다. 영원히 도망다닐 수는 없어. 난 너무 늙었거든. 여기 남아서 너희 종족의 결정을 받아들일 거야."

옐로팽은 한숨을 내쉬며 깡마른 몸을 웅크리고 앉았다.

"하지만 타이거클로는 어쩌고요? 그가 만일⋯⋯."

"타이거클로는 고집불통이지. 자기가 다른 고양이들한테 영향을 끼칠 수 있다는 사실도 잘 알고 있고. 다들 그를 존경하고 두려워하니까. 하지만 제아무리 타이거클로라 해도 블루스타의 말은 따르겠지."

진영 경계 너머 덤불에서 바스락거리는 소리가 들렸다. 파이어포는 고양이들이 진영 입구에 거의 다다랐다는 것을 알 수 있었다.

"가라, 파이어포!"

옐로팽이 거뭇한 이빨을 드러내며 말했다.

"지금 나랑 같이 있는 걸 들키면 곤란해질 거야. 네가 나를 위해 해 줄 건 아무것도 없어. 네 지도자를 믿어라. 나를 어떻게 할지는 블루스타가 결정해 줄 테니까."

파이어포는 옐로팽이 결심을 굳혔다는 것을 깨달았다. 그는 그녀의 얼룩덜룩한 털에 코를 비비고 나서, 상황을 지켜보기 위해 조용히 어둠 속으로 들어갔다.

가시금작화 굴길에서 고양이들이 쏟아져 나왔다. 블루스타가 앞장을 서고, 라이언하트가 함께 있었다. 바로 뒤에는 프로스트퍼와 윌로펠트가 따라왔다. 프로스트퍼는 무리에서 떨어져 나와 보육실로 곧장 달려갔다. 겁에 질려 털이 곤두서 있었다. 타이거클로와 다크스트라이프는 단호한 표정으로 어깨를 맞대고 빠르게 공터로 들어섰다. 다른 고양이들이 그 뒤를 따르고 있었다. 레이븐포와 그레이포는 맨 뒤에 있었다. 파이어포는 친구들을 보자마자 종종걸음으로 다가갔다.

"옐로팽에게 미리 알려 주러 온 거지?"

그레이포가 옆으로 다가온 파이어포에게 소곤소곤 물었다.

"맞아, 하지만 떠나지 않을 거래. 블루스타가 공정하게 처리할 거라고 믿고 있어. 혹시 누가 날 찾았어?"

"아니, 우리만."

레이븐포가 대답했다.

진영 여기저기에서 남아 있던 고양이들이 깨어나기 시작했다. 그들 모두 모임에서 돌아온 고양이들이 풍기는 공격적인 냄새와 긴장된 목소리를 알아챈 듯했다. 다들 꼬리를 높이 치켜든 채 공터로 달려 들어왔다.

"무슨 일이 일어난 거야?"

얼룩무늬 전사 러닝윈드가 소리쳐 물었다.

"브로큰스타가 우리 영역에서 그림자족이 사냥할 권리를 요구했어!"

롱테일이 모든 고양이들에게 들릴 만큼 큰 소리로 대답했다.

"그리고 떠돌이 고양이 하나가 우리 새끼 고양이들을 해칠 거라고 경고했어! 옐로팽을 말하는 게 틀림없어!"

윌로펠트가 덧붙였다.

고양이들 사이에서 분노하고 걱정하는 소리가 높아졌다.

"조용!"

블루스타가 높은 바위로 뛰어오르며 명령했다. 지도자가 앞에 나서자 고양이들은 본능적으로 진정을 하고 모여들었다.

그때 요란한 비명 소리가 울려 퍼졌다. 고양이들은 모두 원로들의 잠자리가 있는 쓰러진 나무 쪽으로 고개를 돌렸다. 타이거클로와 다크스트라이프가 옐로팽을 거처에서 거칠게 끌어내고 있었다. 두 전사는 악을 지르며 분통을 터뜨리는 그녀를 공터로 끌어내 높은 바위 앞에 내팽개쳤다. 파이어포는 온몸의 근육이 팽팽히 긴장되었다. 그는 앞뒤 가리지 않고 옐로팽을 괴롭히는 고양이들에게 당장이라도 달려들 기세로 몸을 웅크렸다.

"기다려, 파이어포. 블루스타가 처리하게 두자고."

그레이포가 귀에 대고 속삭였다.

"무슨 일이지?"

블루스타가 높은 바위에서 뛰어내려 전사들을 노려보며 다그쳤다.

"나는 포로를 공격하라는 명령을 내리지 않았다."

타이거클로와 다크스트라이프는 즉시 옐로팽을 놓아주었다. 그녀는 흙먼지 속에 웅크린 채 쉭쉭거리며 화를 내고 있었다.

프로스트퍼가 보육실에서 나와 무리를 헤치고 앞으로 나왔다.

"제때 돌아왔어요. 새끼 고양이들은 무사해요!"

그녀가 안도의 한숨을 내쉬며 말했다.

"당연히 무사하겠지!"

블루스타가 버럭 화를 냈다.

프로스트퍼는 움찔하는 듯 보였다.

"하지만…… 옐로팽을 쫓아낼 거잖아요, 아닌가요?"

프로스트퍼가 푸른 눈을 휘둥그레 뜨고 물었다.

"쫓아낸다고?"

다크스트라이프가 발톱을 드러내며 말했다.

"지금 당장 죽여야죠!"

블루스타의 서슬 퍼런 눈초리가 다크스트라이프의 성난 얼굴에 매섭게 꽂혔다.

"옐로팽이 무슨 짓이라도 했나?"

블루스타가 냉혹하리만치 침착하게 물었다.

파이어포는 숨을 참았다.

"모임에 같이 계셨잖아요! 브로큰스타가 말하길…….."

"브로큰스타는 숲 어딘가에 떠돌이 고양이가 있다는 말을 했을 뿐이다."

블루스타가 무섭도록 낮은 목소리로 말했다.

"그는 옐로팽의 이름을 말하지 않았다. 새끼 고양이들도 안전하다. 옐로팽이 나의 영역에서 나의 종족과 있는 한, 아무런 해도 끼치지 않을 것이다."

블루스타가 말을 마치자 침묵이 흘렀다. 파이어포는 그제야 마음이 놓여 숨을 내쉬었다.

옐로팽이 블루스타를 올려다보고 공손하게 눈을 내리깔았다.

"원한다면 지금 떠나겠습니다, 블루스타."

"그럴 필요 없습니다."

블루스타가 대답했다.

"그대는 아무런 잘못도 하지 않았습니다. 여기서는 안전할 겁니다."

천둥족 지도자는 옐로팽을 에워싼 고양이들을 바라보았다.

"지금은 우리 종족에게 닥친 진짜 위협에 대해 논의할 때입니다. 브로큰스타 말입니다. 우리는 이미 그림자족의 공격에 대비하기 시작했습니다. 우린 이대로 계속 대비하면서 영역 경계를 더욱 자주 순찰할 것입니다. 바람족은 사라졌습니다. 강족은 그림자족 전사들에게 사냥할 권리를 주었습니다. 천둥족만이 브로큰스타에 맞서는 상황입니다."

모여 있는 고양이들이 적개심을 드러내며 술렁거렸다. 파이어포는 전투를 예감하며 털이 곤두서는 걸 느꼈다.

"그러면 우리는 브로큰스타의 요구에 따르지 않는 겁니까?"

타이거클로가 물었다.

"종족은 사냥터를 공유해 본 적이 없습니다."

블루스타가 대답했다.

"언제나 각자의 영역에서 먹이를 해결했습니다. 이 원칙이 바뀌어야 할 이유는 없습니다."

타이거클로가 알아들었다는 듯이 고개를 끄덕했다.

"하지만 우리가 그림자족에 맞서서 종족을 지킬 수 있을까요? 바람족도 해내지 못했고, 강족은 시도조차 하지 않잖아요!"

스몰이어가 떨리는 목소리로 물었다.

블루스타는 자신을 지긋이 바라보는 스몰이어와 시선을 맞추었다.

"반드시 해내야 합니다. 싸워 보지도 않고 우리 영역을 포기할 수는 없습니다!"

공터 여기저기에서 고양이들이 고개를 끄덕거렸다.

"나는 내일 '달바위'로 갈 것입니다."

블루스타가 계획을 알렸다.

"별족의 전사들이 나에게 이 엄혹한 시기를 헤치고 천둥족을 이끌 수 있는 힘을 줄 것입니다. 여러분은 모두 푹 쉬어 두십시오. 낮이 되면 할 일이 많습니다. 라이언하트, 나와 따로 이야기 좀 하겠나?"

블루스타는 다른 말 없이 돌아서서 거처를 향해 걸어갔다.

파이어포는 달바위라는 말에 몇몇 고양이들의 얼굴에 의아한 기색이 드러나는 것을 눈치챘다. 종족 고양이들은 다급하게 삼삼오오 모여들었다. 그리고 잔뜩 흥분한 목소리로 속삭이며 이야기를 나누었다.

"달바위가 뭐야?"

파이어포는 그레이포에게 물었다.

"땅속 깊숙한 어둠 속에서도 빛이 나는 바위야."

그레이포가 소곤거렸다. 목소리에 경외심이 담겨 있었다.

232

"종족 지도자라면 누구나 처음 지도자로 선택되었을 때 달바위에서 하룻밤을 보내야 해. 거기서 별족의 영혼이 지도자와 함께하는 거야."

"뭘 함께해?"

"나도 잘 몰라."

그레이포가 인상을 찌푸리며 말했다.

"아무튼 새 지도자는 그 바위 근처에서 자야 하는데, 자는 동안 특별한 꿈을 꾼다나 봐. 그런 다음에 아홉 개의 목숨을 선물로 받고, '스타'라는 이름을 갖게 돼. 내가 아는 건 그게 다야."

파이어포는 옐로팽이 자리에서 일어나 절룩거리며 자신의 그늘진 보금자리로 돌아가는 모습을 지켜보았다. 타이거클로가 거칠게 다루는 바람에 예전에 입은 부상이 다시 심해진 것 같았다. 파이어포는 훈련병의 거처로 돌아가면서, 아침이 되면 스파티드리프에게서 양귀비 씨앗을 더 받아 와야겠다고 생각했다.

"무슨 일이 있었던 거야?"

더스트포가 거처에서 머리를 밀며 간절하게 물었다. 모임에 대해 듣고 싶은 마음에, 자신이 새 훈련병을 얼마나 싫어했는지 잊은 듯했다.

"롱테일이 말한 대로야. 브로큰스타가 사냥할 권리를 요구했고……."

그레이포가 이야기를 시작했다.

샌드포와 더스트포는 자리에 앉아 귀를 기울였다. 하지만 파이어포는 진영을 바라보고 있었다. 지도자의 동굴 밖에서 바짝 붙어 앉아 긴박하게 이야기를 나누고 있는 블루스타와 라이언하트의 윤곽이 보였다.

그때 전사들의 거처 입구에서 레이븐포의 작은 형체가 눈에 띄었다. 그 옆에는 타이거클로도 있었다. 타이거클로가 사나운 목소리로 무언가 말하자, 레이븐포가 귀를 납작 눕히고 주춤하는 모습이 보였다. 몸집이 두 배는 되는 전사가 달빛에 눈과 이빨을 번득이며 레이븐포에게 다가갔다. 레이븐포에게 무슨 말을 하고 있는 걸까? 파이어포는 더 가까이 다가가서 들어 보려 했지만, 때마침 레이븐포가 뒤로 물러나더니 돌아서서 공터를 가로질러 달려왔다.

파이어포는 훈련병의 거처로 향하는 레이븐포에게 인사를 건넸지만, 그는 알아차리지 못하는 것 같았다. 그는 말없이 동굴 안으로 들어가 버렸다.

파이어포는 그를 따라 들어가기 위해 자리에서 일어났다. 그때 라이언하트가 나타났다.

"파이어포, 그레이포, 레이븐포! 너희는 이제 훈련에서 중요한 단계에 접어든 것 같구나."

천둥족 부지도자가 훈련병들에게 다가오며 말했다.

"그게 뭔데요?"

그레이포가 들뜬 표정으로 물었다.

"블루스타가 너희 셋이 달바위까지 동행하길 원한단다."

더스트포와 샌드포의 얼굴에 실망감이 스쳤다. 라이언하트는 그걸 놓치지 않고 덧붙였다.

"너희 둘도 곧 가게 될 테니 실망하지 말고. 지금은 진영에 남아 너희가 가진 힘과 기술로 천둥족을 지켜야 한다. 나도 여기 남을 거란다."

파이어포의 눈길은 라이언하트를 지나 지도자에게 닿았다. 그녀는 전사들의 무리 사이를 바삐 오가며 지시를 내리고 있었다.

'이번 여정의 동반자로 왜 나를 선택했을까?'

파이어포는 궁금했다.

"너희 셋은 지금부터 휴식을 취하도록 하렴."

라이언하트의 말이 이어졌다.

"하지만 먼저 스파티드리프에게 가서 여정에 필요한 약초를 받아 와야 한다. 먼 길이 될 테니, 기운을 북돋아 주고 식욕을 억누를 수 있는 약이 필요할 거다. 사냥을 할 시간은 별로 없을 거야."

그레이포가 고개를 끄덕였다. 파이어포도 블루스타를 좇던 눈길을 거두고 고개를 끄덕거렸다.

"레이븐포는 어디 있지?"

라이언하트가 물었다.

"벌써 잠자리에 들어갔어요."

파이어포가 대답했다.

"좋아, 자게 둬라. 너희가 레이븐포 몫까지 약초를 받아 오면 되지. 그럼 푹 쉬어라. 새벽에 출발할 거다."

라이언하트는 꼬리를 휙 휘두르더니 블루스타의 거처로 돌아갔다.

"자, 그럼 너희는 스파티드리프에게 가 보는 게 좋겠네."

샌드포가 말했다.

파이어포는 그녀의 목소리에 씁쓸한 기색이 있는지 살폈지만, 그런 낌새는 전혀 없었다. 지금은 질투나 하고 있을 때가 아니었다. 종족의 모든 고양이가 그림자족의 위협에 맞서 하나가 된 것 같았다.

파이어포와 그레이포는 재빨리 스파티드리프의 거처로 향했다. 고사리 굴길은 캄캄했다. 보름달조차 이 빽빽한 가림막을 뚫고 들어오지는 못했다.

달빛이 환하게 비추는 공터로 들어서자, 스파티드리프가 그들을 기다리고 있었다.

"여행용 약초를 가지러 왔구나."

"네. 그리고 옐로팽에게 양귀비 씨앗이 좀 더 필요할 것 같아요. 부상당한 자리가 다시 아픈가 봐요."

파이어포가 대답했다.

"그건 내가 옐로팽에게 가져다줄게. 여행용 약초는 이미 준비되어 있어."

스파티드리프가 잎사귀로 세심하게 감싼 꾸러미를 가리켰다.

"너희 셋이 먹기에 충분할 거야. 진녹색 약초는 여행하는 동안 식욕을 가라앉혀 줄 거야. 다른 약초는 기운이 나게 해 줄 거고. 떠나기 전에 둘 다 먹도록 하렴. 싱싱한 먹이만큼 맛있진 않지만, 뒷맛이 오래가지는 않을 거야."

"고마워요, 스파티드리프."

파이어포는 몸을 숙여 꾸러미 하나를 집었다. 그러자 스파티드리프가 몸을 쭉 뻗어 코로 그의 뺨을 부드럽게 문질러 주었다. 파이어포는 그녀의 달콤하고 따뜻한 냄새를 들이마시고 가르랑 거리며 감사 인사를 했다.

그레이포가 남은 꾸러미 두 개를 물었고, 둘은 돌아서서 다시 굴길로 들어섰다.

"행운을 빌어! 무사히 돌아오렴!"

스파티드리프가 뒤에서 소리쳤다.

훈련병의 거처 입구에 도착한 그들은 꾸러미를 내려놓았다.

"이 약초들이 너무 역겹지 않으면 좋겠는데."

그레이포가 중얼거렸다.

"달바위까지는 한참 걸리나 봐. 약초를 준비하는 경우는 한 번 도 없었잖아. 넌 어디인지 알아?"

파이어포가 물었다.

"종족의 영역 너머 '높은 돌산'이라고 불리는 곳에 있어. 거기 땅속 깊은 곳에 동굴이 있는데, 그 안에 있어. 그 동굴은 '어머니 의 입'이라고 불려."

"넌 가 본 적 있어?"

파이어포는 그레이포가 그런 신비로운 장소에 대해 많이 알고 있는 것에 감탄하며 물었다.

"아니, 하지만 모든 훈련병이 전사가 되기 전에 반드시 가 봐 야 하는 곳이야."

전사가 된다는 생각을 하니 파이어포는 신이 났다. 그는 눈을 반짝이며 좀 더 당당한 자세를 취했다.

"너무 앞서가지 마. 아직 훈련도 안 끝났잖아!"

그레이포가 마치 그의 생각을 읽은 듯이 주의를 주었다.

파이어포는 지붕처럼 드리운 나뭇잎 사이로 까만 하늘에 반짝이는 별들을 바라보았다. 달이 가장 높이 뜬 시간이 지나 있었다.

"자야겠다."

하지만 파이어포는 내일의 모험에 대한 기대로 머릿속이 어지러워 잠을 이룰 수 없을 것 같았다. 모임에도 참석하고 달바위까지 가게 되다니! 그는 이제 애완 고양이의 삶에서 너무나 멀리 떨어져 있었다.

14

높은 돌산을 향해

칠흑 같은 어둠이 주변을 둘러쌌다. 차가운 공기가 파이어포의 뼛속까지 스며들었다. 귀에는 아무 소리도 들리지 않았고, 콧구멍에는 젖은 흙의 퀴퀴한 냄새만이 가득했다.

그때 난데없이 눈부시게 환한 빛 덩어리가 나타나 그의 앞에서 반짝였다. 파이어포는 빛을 피하느라 눈을 감으며 고개를 숙였다. 별처럼 눈부시고 서늘하게 반짝이던 그 빛은 나타났을 때와 마찬가지로 순식간에 사라져 버렸다. 파이어포는 자신이 숲속에 와 있다는 것을 깨달았다. 숲의 익숙한 냄새에 마음이 편안해졌다. 촉촉한 풀 냄새를 들이마시니 몸도 차분해졌다.

아무런 예고도 없이 무시무시한 소음이 숲에서 터져 나왔다. 파이어포는 털을 곤두세웠다. 위쪽에 있는 덤불에서 겁에 질린 고양이들이 비명을 지르며 달려 나왔다. 그를 지나쳐 달아나는 그들의 모습을 보니, 천둥족 고양이들이었다. 파이어포는 그 자리에 붙박인 듯 꼼짝도 할 수 없었다. 이어서 몸집이 크고 검은 전사들이 잔인하게 눈을 번득이며 나타났다. 그들은 발톱을 세우고 육중한 발로 쿵쾅거리며 그를 향해 질주해 왔다. 어둠 속에서 슬픔과 분노로 가득 찬 간절한 울음소리가 들려왔다. 그레이포였다!

파이어포는 겁에 질려 잠에서 깨어났다. 꿈은 사라졌지만 귀가 윙윙거리고 털은 끝까지 곤두서 있었다. 눈을 떠 보니 동굴 안을 들여다보는 타이거클로의 얼굴이 보였다. 파이어포는 얼른 정신을 차리고 벌떡 일어났다.

"무슨 문제라도 있느냐, 파이어포?"

타이거클로가 물었다.

"그냥 꿈을 좀 꿨어요."

파이어포는 웅얼거리며 대답했다.

타이거클로는 흥미롭다는 눈초리로 그를 쳐다보았다.

"다른 고양이들을 깨워라. 곧 떠난다."

거처 밖 하늘은 첫새벽 빛으로 발그레해져 있었다. 고사리 잎에 맺힌 이슬이 영롱하게 빛났다. 해가 뜨고 나면 따뜻해질 것이다. 하지만 이른 아침의 축축한 기운은 낙엽 지는 계절이 멀지 않았음을 알려 주었다.

파이어포와 그레이포, 레이븐포는 스파티드리프가 준 약초를 꿀꺽 삼켰다. 타이거클로와 블루스타는 떠날 채비를 하고 앉아 그들을 지켜보고 있었다. 진영에 남을 다른 고양이들은 여전히 잠들어 있었다.

"웩! 쓸 줄 알았다니깐!"

그레이포가 불평했다.

"이거 대신 투실투실하고 촉촉한 쥐를 먹으면 안 되는 걸까?"

"그 약초들이 오랫동안 배고픔을 느끼지 않게 해 줄 거다. 기운도 나게 해 줄 거고. 우리는 긴 여정을 앞두고 있으니까."

블루스타가 답해 주었다.

"벌써 다 드신 거예요?"

파이어포가 물었다.

"오늘 밤 달바위에서 별족과 꿈을 나누려면 난 아무것도 먹지 않아야 한다."

파이어포는 어서 여정을 시작하고 싶어 발이 근질거렸다. 새벽빛이 비치고 익숙한 목소리들이 들리니, 꿈에서 느꼈던 공포는 사라졌다. 남은 것은 눈부시게 환한 빛의 기억뿐이었다. 그리고 블루스타의 말이 새로운 흥분과 설렘을 불러일으켰다.

다섯 고양이는 가시금작화 굴길을 지나 진영을 빠져나갔다.

순찰대와 함께 돌아오던 라이언하트가 인사를 건넸다.

"무사히 다녀오십시오."

블루스타는 고개를 끄덕이며 답했다.

"진영을 안전하게 지켜 주리라 믿네."

라이언하트는 그레이포를 바라보며 고갯짓을 했다.

"명심하렴. 넌 이제 전사나 마찬가지야. 내가 가르친 것들을 잊지 마라."

그레이포는 따뜻한 눈길로 라이언하트를 돌아보았다. 그리고 얼룩 고양이의 황금빛 옆구리에 얼굴을 묻으며 말했다.

"항상 명심할게요, 라이언하트."

그들은 나무 네 그루 쪽으로 방향을 잡았다. 그 길이 바람족 영역으로 들어가는 가장 빠른 길이었다. 높은 돌산은 그 너머에 있었다.

파이어포는 거대한 바위를 향해 비탈을 내려갔다. 어젯밤 모임이 남긴 냄새가 아직도 나고 있었다. 그는 다른 고양이들을 따라 풀이 많이 자란 공터를 지난 다음, 반대편 언덕으로 올라 바람족 영역으로 들어갔다. 덤불이 우거진 비탈은 오를수록 더 가파르고 험해졌다. 그들은 이 바위에서 저 바위로 건너뛰면서 울퉁불퉁한 벼랑을 빙 돌아 올라가야 했다.

마침내 꼭대기에 다다른 그들은 잠시 멈췄다. 앞쪽에는 높고 편평한 땅이 넓게 펼쳐져 있었다. 끊임없이 불어오는 거센 바람에 풀이 일렁이고 나무가 휘청거렸다. 흙에는 돌이 많이 섞여 있었고, 땅 위로 드러난 바위가 드문드문 흩어져 있었다.

공기에는 아직도 바람족 냄새가 실려 있었지만, 오래된 냄새였다. 그보다 훨씬 더 생생하고 더 두려운 것은 그림자족 전사들의 자극적인 냄새 표시였다.

"모든 종족은 달바위까지 안전하게 여행할 수 있다. 그게 서로 합의된 약속이지. 하지만 그림자족은 더 이상 전사의 규약을 준수하지 않는 것 같으니, 조심하도록 해라. 또 우리 영역이 아닌 곳에서는 사냥을 하면 안 된다. 그림자족은 지키지 않는다 해도, 우리는 전사의 규약을 따를 것이다."

블루스타가 주의를 주었다.

하늘에 해가 떠올랐다. 그들은 히스가 자란 길을 따라 평탄한 고원을 가로질러 갔다. 파이어포는 나무가 무성하게 우거진 곳에 사는 데에 익숙해져 있었다. 나무 그늘이 없으니 불꽃색 털가죽이 무겁고 덥게 느껴졌다. 등은 타들어 가는 것만 같았다. 뒤쪽 숲에서 잔잔히 불어오는 바람이 고마울 따름이었다.

갑자기 타이거클로가 우뚝 멈춰 섰다.

"조심해! 그림자족 순찰대의 냄새가 난다."

파이어포와 다른 고양이들은 코를 치켜들었다. 아니나 다를까 그림자족 전사들의 냄새가 바람을 타고 전해졌다.

"바람이 우리 쪽으로 불고 있다. 계속 움직이면 우리 냄새를 맡지 못할 것이다."

블루스타가 말했다.

"하지만 서둘러야겠다. 그들이 우리를 앞지른다면 우리 냄새를 알아차릴 테니까. 이제 바람족 영역 경계가 그리 멀지 않았다."

그들은 서둘러 이동했다. 바위들을 뛰어넘고, 달콤한 냄새가 나는 히스를 헤치고 나아갔다. 파이어포는 몇 걸음마다 공기 냄새를 맡았다. 그리고 어깨 너머로 뒤돌아보며 그림자족 순찰대가 있는지 살폈다. 하지만 냄새는 점점 희미해져 갔다.

'돌아갔나 봐.'

파이어포는 한숨 돌렸다.

마침내 고원의 가장자리에 다다랐다. 풍경이 확연히 달라졌다. 그곳은 두발쟁이들이 고치고 바꾸어 놓은 바람에 알아보지 못할 정도로 달라져 있었다.

초록빛과 황금빛 초원 위로 넓은 흙길이 엇갈려 나 있었고, 조그만 숲이 드문드문 보였다. 들판 여기저기에는 두발쟁이의 보금자리가 흩어져 있었다. 파이어포는 멀리서 눈에 익은 넓은 회색 길을 볼 수 있었다. 목을 따갑게 하는 독한 냄새도 바람에 실려 왔다.

"저게 천둥길이지?"

파이어포는 그레이포에게 물었다.

"맞아, 그림자족 영역 위쪽에서부터 이어져 있어. 그 뒤로 높은 돌산이 있는데, 보여?"

파이어포는 멀리 지평선을 바라보았다. 꼭대기까지 가파르게 치솟은 땅이 삐죽삐죽하고 황량했다.

"그럼 천둥길을 건너야 하겠네?"

"그렇지."

그레이포가 대답했다. 어려운 여정을 앞두고 그의 목소리는 흔들림이 없었다. 오히려 자신감이 넘쳐서 쾌활할 정도였다.

"자, 이 속도로 계속 가면 달이 뜰 때쯤 도착할 수 있을 것이다."

블루스타가 앞으로 달려 나가며 말했다. 파이어포는 다른 고양이들과 함께 그녀를 따라 경사를 내려갔다. 그들은 바람족의 황량한 사냥터에서 멀어져, 풀이 우거진 두발쟁이 영역으로 들어서고 있었다.

고양이들은 산울타리에 바짝 붙어서 걸어갔다. 파이어포는 한두 번쯤 덤불에서 풍겨 오는 먹이 냄새를 맡았다. 하지만 스파티드리프의 약초가 배고픔을 덜어 주었다. 등에 내리쬐는 해는 여전히 뜨거웠고, 산울타리 그늘 아래에서도 변함없었다.

그들은 두발쟁이 보금자리 한 곳을 빙 둘러서 갔다. 보금자리는 넓게 펼쳐진 단단하고 하얀 돌 위에 서 있었다. 그 언저리에는 좀 더 작은 보금자리들이 있었다. 고양이들은 자세를 낮추고, 하얀 돌을 둘러싼 울타리를 살금살금 지나갔다. 그때 갑자기 '컹컹' 짖는 소리와 으르렁거리는 소리가 들려왔다. 고양이들은 몸을 휙 돌렸다.

'개들이야!'

파이어포는 심장이 쿵 내려앉았다. 그는 등을 말아 올리고 코에서 꼬리까지 털을 잔뜩 곤두세웠다.

타이거클로가 울타리 너머를 들여다보았다.

"괜찮아, 묶여 있다!"

파이어포는 꼬리 열 개 남짓한 거리에서 돌바닥을 할퀴고 있는 개 둘을 바라보았다. 그들은 두발쟁이들이 정원에서 키우는 응석받이 강아지들과는 전혀 달랐다. 이 생명체들은 줄에 묶인 채 뒷다리로 버티고 서서, 당장이라도 고양이들을 해치려는 듯 사나운 눈으로 노려보고 있었다. 개들은 입술을 뒤로 쭉 당겨 무시무시하게 큰 이빨을 드러내고는, 으르렁거리며 짖어 댔다. 다행히 보이지 않는 곳에 있는 두발쟁이가 소리를 질러서 개들을 조용히 시켰다. 고양이들은 다시 움직였다.

천둥길에 다다랐을 때는 해가 가라앉기 시작했다. 블루스타가 고양이들에게 걸음을 멈추고 산울타리 아래에서 기다리라는 신호를 보냈다. 파이어포는 눈앞에서 번개처럼 휙휙 오가는 거대한 괴물들을 지켜보았다. 연기 때문에 눈과 목이 따가웠다.

"한 번에 하나씩 간다."

타이거클로가 말했다.

"레이븐포, 네가 먼저 가거라."

"아닐세, 타이거클로."

블루스타가 끼어들었다.

"내가 먼저 가겠네. 잊지 말게, 훈련병들이 천둥길을 건너는 것은 이번이 처음이라는 것을. 어떻게 건너는 건지 시범을 보여 줘야지."

블루스타는 천둥길 가장자리로 걸어가서 위아래를 살폈다. 파이어포는 지도자를 뚫어지게 쳐다보았다. 블루스타는 차분히 기다렸다. 괴물들이 털을 헝클어 놓으며 차례로 지나쳐 갔다. 잠시 후 귀를 찢을 듯한 굉음이 잠시 멈췄을 때, 블루스타는 건너편으로 내달렸다.

"이제 어떻게 하는지 잘 봤겠지? 레이븐포, 출발해라."

타이거클로가 말했다.

레이븐포의 눈이 두려움으로 휘둥그레졌다. 파이어포는 친구가 어떤 기분일지 잘 알았다. 그는 자신도 겁에 질린 냄새를 풍기고 있다는 사실을 깨달았다. 작고 검은 고양이는 조심스럽게 앞으로 나아가 길가에 섰다. 길은 잠잠했지만 레이븐포는 머뭇거렸다.

"뛰어!"

타이거클로가 산울타리 쪽에서 고함쳤다.

레이븐포는 근육을 팽팽히 긴장시키고 뛸 준비를 했다. 그때 발밑에서 땅이 진동하기 시작했다. 멀리서 괴물 하나가 속도를 높여 돌진해 오고 있었던 것이다. 레이븐포는 잠시 뒤로 물러났다가 블루스타를 향해 질주했다. 반대 방향에서 오던 괴물이 방금 전까지 레이븐포의 발이 있던 자리에 먼지를 흩뿌리고 지나갔다. 파이어포는 털이 벌벌 떨려서 간신히 심호흡을 하며 마음을 진정시켰다.

그레이포는 운이 좋았다. 한동안 괴물이 지나가지 않아서 안전하게 건널 수 있었다. 이제 파이어포의 차례였다.

"자, 가거라."

타이거클로가 으르렁거렸다.

파이어포는 타이거클로에게서 시선을 돌려 천둥길을 바라보았다. 그리고 산울타리 아래에서 나와 블루스타가 했던 것처럼 길가에서 기다렸다. 괴물 하나가 그를 향해 달려왔다. 파이어포는 다가오는 괴물을 바라보았다.

'이다음이야.'

괴물이 지나가기를 기다리던 파이어포는 가슴이 철렁 내려앉았다. 갑자기 괴물이 천둥길에서 벗어나더니 풀밭을 따라 털털거리며 다가오는 것이 아닌가! 괴물은 곧장 그를 향해 오고 있었다! 괴물의 몸통에 난 구멍에서 두발쟁이 하나가 고개를 내밀고 야유를 보냈다. 두발쟁이 괴물은 수염 하나 차이로 파이어포를 스치고 지나갔다. 괴물이 일으킨 거센 바람을 맞고 파이어포는 발톱을 세운 채 뒤로 펄쩍 물러났다. 괴물은 방향을 틀어 다시 길 위로 올라가더니 멀리 사라졌다. 파이어포는 먼지 속에서 몸을 웅크리고 앉아, 사라지는 괴물을 덜덜 떨며 노려보았다. 귓가에 심장이 고동치는 소리가 들렸다. 천둥길이 다시 조용해졌다는 것을 깨달은 그는 건너편을 향해 전속력으로 내달렸다. 평생 이렇게 빨리 달려 본 적은 한 번도 없었다.

"네가 괴물의 먹잇감이 되어 버리는 줄 알았어!"

그레이포가 외쳤다. 파이어포는 속도를 줄이지 못하고 그레이포를 쓰러뜨릴 뻔했다.

"나도!"

파이어포는 숨을 헐떡이며 떨리는 몸을 애써 진정시켰다. 돌아보니 마지막으로 타이거클로가 돌진해 오고 있었다.

"두발쟁이들이란!"

길을 건넌 타이거클로가 화가 난 듯 외쳤다.

"다시 출발하기 전에 조금 쉬겠느냐?"

블루스타가 파이어포에게 물었다.

파이어포는 고개를 들었다. 해가 하늘에 낮게 걸려 있었다.

"아뇨, 전 괜찮아요."

대답은 이렇게 했지만 정신없이 괴물을 피해 달리느라 발톱이 닳았고 아프기도 했다.

고양이들은 블루스타를 앞세워 계속 길을 걸어갔다. 천둥길 건너편 흙은 더 짙은 색을 띠고 있었다. 발밑에 느껴지는 풀도 더 거칠었다. 높은 돌산에 가까워지자 풀은 거의 사라지고 바위투성이 흙바닥에 군데군데 히스가 자라 있었다. 여기서부터는 하늘을 향해 가는 오르막 땅이었다. 오르막 꼭대기에 있는 울퉁불퉁한 바위들은 햇빛을 받아 타는 듯한 주황색으로 빛나고 있었다.

블루스타가 다시 걸음을 멈추었다. 그리고 다섯 고양이가 나란히 앉을 수 있도록 넓고 평평한 바위를 골라 올라갔다. 바위는 햇볕에 달구어져 따뜻했다.

"자, 어머니의 입이다."

블루스타가 앞에 있는 어두운 비탈을 코로 가리키며 말했다.

파이어포는 위를 올려다보았다. 지는 해의 환한 빛 때문에 눈이 부셨지만, 비탈은 온통 그늘져 있었다.

고양이들은 잠자코 기다렸다. 차츰차츰 해가 높은 돌산 뒤로 떨어지면서, 동굴 입구를 알아볼 수 있었다. 그것은 아치 모양 돌 아래로 시커멓게 입을 벌리고 있는 네모진 구멍이었다.

"달이 더 높이 떠오를 때까지 여기서 기다리도록 하자. 배가 고프면 사냥을 해서 먹이를 먹고 쉬도록 해라."

블루스타가 말했다.

무척 배가 고팠던 파이어포는 사냥할 기회가 생겨서 기뻤다. 그레이포도 마찬가지였는지 공기에 가득한 먹이 냄새를 따라 히스 덤불 속으로 뛰어들었다. 파이어포와 레이븐포는 그 뒤를 따랐다. 타이거클로도 반대쪽으로 출발했지만, 블루스타는 그 자리에 머물렀다. 그녀는 말없이 차분하게 앉아서, 눈도 깜박이지 않고 어머니의 입을 바라보았다.

세 훈련병은 싱싱한 먹이를 넉넉히 모았다. 그들은 타이거클로와 함께 돌투성이 언덕 꼭대기에 앉아서 먹이를 배불리 먹었

다. 사냥은 수월했지만 아무도 떠벌리지 않았다. 공기에는 긴장
과 기대감이 짙게 배여 있었다.

먹이를 다 먹은 고양이들은 지도자 곁에서 휴식을 취했다. 앉
아 있던 바위에서 온기가 사라지고 차갑고 검은 그늘이 사방에
깔리자, 비로소 블루스타가 입을 열었다.

"가자, 때가 됐구나."

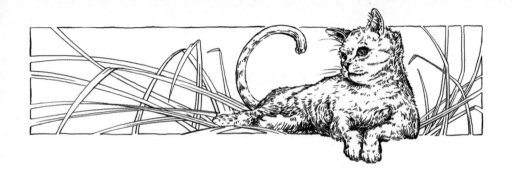

15

달바위

블루스타는 어머니의 입을 향해 걸어가기 시작했다. 타이거클
로가 그녀 옆에서 걸음을 맞추어 걸어갔다.

"어서, 레이븐포!"

그레이포가 외쳤다.

여전히 바위에 앉아 높은 돌산을 바라보던 레이븐포는 그레이
포의 외침에 자리에서 천천히 일어났다. 파이어포는 여정 내내
친구가 한마디도 하지 않았다는 사실을 깨달았다.

'그림자족 일이 걱정되어서 그러는 걸까? 아니면 다른 고민이
있는 걸까?'

파이어포는 궁금했다.

고양이들은 금방 어머니의 입에 다다랐다. 파이어포는 입구에
서서 안을 들여다보았다. 동굴 안쪽은 잔뜩 흐린 날 밤보다도 더
어두웠다. 파이어포는 눈을 잔뜩 찌푸리고 통로가 어디로 이어
지는지 찾으려 했지만, 아무것도 볼 수 없었다.

옆에 있던 그레이포와 레이븐포도 목을 빼고 불안하게 동굴

입구를 살폈다. 심지어 타이거클로조차 앞에 놓인 검은 구멍을 보고 긴장하는 것 같았다.

"저렇게 캄캄한데 어떻게 길을 찾아갑니까?"

타이거클로가 물었다.

"내가 가는 길을 알고 있네."

블루스타가 대답했다.

"내 냄새만 쫓아오면 된다네. 레이븐포, 그레이포, 너희는 밖에서 보초를 서라. 파이어포, 너는 달바위까지 우리와 함께 간다."

파이어포는 온몸에 전율이 일었다. 얼마나 영광스러운 일인가! 파이어포는 곁눈질로 타이거클로를 흘깃 보았다. 전사는 턱을 치켜들고 앉아 있었지만, 그에게서 희미하게 풍기는 두려움의 냄새를 감지할 수 있었다. 블루스타가 어둠 속으로 한 발 내딛자 그 냄새는 더 짙어졌다.

타이거클로는 커다란 머리를 흔들면서 블루스타를 따라 걸어갔다. 파이어포도 친구들에게 짧은 고갯짓으로 인사를 하고 그 뒤를 따랐다.

동굴 안에 들어가도 아무것도 보이지 않기는 마찬가지였다. 완전히 새카만 어둠은 낯설게 느껴졌지만, 파이어포는 자신이 겁에 질리지 않았다는 사실이 놀라웠다. 두려움보다는 앞에 무엇이 있는지 알아보고 싶은 열망이 더 강했던 것이다.

차고 축축한 공기가 두툼한 털을 뚫고 뼛속까지 파고들어 근육을 뻣뻣하게 만들었다. 아무리 추운 밤이라 해도 이곳의 공기만큼 오싹하지는 않을 것 같았다.

'여기는 햇볕의 온기라고는 닿은 적이 없는 곳인가 봐.'

발밑의 바위가 얼음처럼 차갑고 매끄러웠다. 파이어포는 숨을 쉴 때마다 폐를 채우는 냉랭한 공기에 머리가 어찔해졌다.

오직 냄새와 느낌에 의지하면서, 파이어포는 블루스타와 타이거클로를 따라 어둠 속을 지나갔다. 그들은 구불구불한 내리막으로 이어지는 통로를 따라 이리저리 걸어갔다. 동굴 벽에 수염이 스칠 때마다 어디로 걸어갈지, 어디서 방향을 바꿀지 알 수 있었다. 코에 닿는 냄새로 블루스타와 타이거클로가 꼬리 하나 정도 떨어진 앞쪽에 있는 것을 확인할 수 있었다.

그들은 계속해서 나아갔다.

'얼마나 멀리까지 온 거지?'

파이어포는 궁금했다. 그때 수염이 얼얼해지더니 콧구멍에 들어오는 공기가 전보다 더 상쾌해졌다. 코를 킁킁거리던 파이어포는 동굴 위 세상의 친숙한 냄새를 맡고 마음이 놓였다. 토탄흙과 먹이와 히스 냄새가 났다. 통로 천장 어딘가에 구멍이 있는 것이 분명했다.

"우리가 지금 어디에 있는 거예요?"

파이어포가 어둠 속에서 물었다.

"달바위의 동굴에 들어온 거란다."

블루스타의 부드러운 대답이 들렸다.

"여기서 기다리자. 곧 달이 가장 높이 뜰 거다."

파이어포는 얼음장 같은 돌바닥에 다리를 포개고 앉아서 기다렸다. 블루스타의 규칙적인 숨소리와, 두려움의 냄새를 풍기는 타이거클로의 거친 숨소리가 들렸다.

별안간 지는 해보다 더 눈부신 빛이 동굴을 밝혔다. 캄캄한 어둠 속에 있던 파이어포의 눈이 휘둥그레졌다. 그는 시리도록 하얀 빛을 보고 얼른 눈을 감았다가, 다시 천천히 실눈을 뜨고 앞을 보았다.

눈앞에 마치 헤아릴 수 없이 많은 이슬방울로 만든 것처럼 빛나는 바위가 보였다. 달바위였다!

파이어포는 주변을 둘러보았다. 바위에서 반사된 서늘한 빛에 높은 천장의 어둑어둑한 가장자리가 드러났다. 달바위는 바닥 한가운데에 높이 솟아 있었다.

블루스타는 위를 올려다보고 있었다. 달바위의 빛을 받아 털이 하얗게 보였다. 타이거클로의 어두운 색 털가죽조차 은색으로 빛났다. 파이어포는 블루스타의 시선을 따라가 보았다. 높은 천장에 뚫린 좁다란 삼각형 모양 구멍으로 밤하늘이 보였다. 그 구멍을 통해 드리운 달빛이 달바위를 별처럼 빛나게 해 주었다.

파이어포의 옆에 있던 타이거클로는 겁에 질린 냄새를 짙게 풍기고 있었다. 파이어포는 깜짝 놀랐다. 이 전사는 여기서 다른 무언가를 본 것일까? 무언가 위험한 것을?

그때 뭔가가 휙 움직이며 파이어포의 털을 스치고 지나갔다. 타이거클로가 입구를 향해 걸어가는 소리가 들렸다.

"파이어포?"

블루스타의 목소리는 조용하고 침착했다.

"여기 있어요."

파이어포는 걱정스럽게 대답했다.

타이거클로는 왜 겁에 질린 걸까?

"블루스타?"

아무 대꾸가 없자, 파이어포는 블루스타를 불렀다. 심장이 빠르게 뛰며 고동치는 소리가 귀에까지 들렸다.

"괜찮다, 어린 전사여. 겁먹지 마라."

블루스타가 말했다. 그녀의 차분한 목소리에 파이어포는 조금 진정이 되었다.

"타이거클로는 달바위의 위력에 놀란 것 같구나. 위쪽 세상에서 타이거클로는 두려움 없는 위대한 전사였다. 하지만 여기 아래는 별족의 영혼들이 속삭이는 곳이라, 위쪽 세상과는 또 다른 힘이 필요하단다. 넌 무엇이 느껴지지?"

파이어포는 심호흡을 하고 몸의 긴장을 풀었다.

"호기심이 생겨요."

파이어포는 솔직히 말했다.

"그건 좋은 일이다."

파이어포는 달바위를 돌아보았다. 이제 환한 빛에 익숙해져서 더 이상 눈이 부시지 않았다. 대신 그 빛은 그를 진정시켜 주었다. 파이어포는 꿈을 떠올리면서 꼬리를 흔들었다. 이것이 바로 그가 꿈에서 보았던 밝은 빛 덩어리였다!

블루스타가 달바위로 걸어가서 그 옆에 누웠다. 파이어포는 그 모습을 넋을 잃고 바라보았다. 블루스타가 머리를 앞으로 내밀어 코를 달바위에 댔다. 그녀의 푸른 눈이 바위의 빛을 받아 잠시 반짝이더니 꼭 감겼다. 이제 그녀는 발 위에 머리를 얹은 채 쉬고 있었다. 눈꺼풀이 가늘게 떨리고, 이따금 발이 움찔거렸다.

'자고 있는 걸까?'

그때 그레이포가 해 준 말이 생각났다.

'새 지도자는 그 바위 근처에서 자야 하는데, 자는 동안 특별한 꿈을 꾼다나 봐.'

파이어포는 기다렸다. 그곳의 냉기는 그리 심하지 않았지만 여전히 몸이 떨렸다. 시간이 얼마나 지났는지 전혀 알 수 없었다. 갑자기 바위에서 빛이 사라졌다. 동굴은 다시 한 번 암흑 속으로 빠져들었다. 파이어포는 동굴 천장에 난 구멍을 올려다보았다. 달이 구멍을 지나쳐 가서 더 이상 보이지 않았다. 남아 있는 것이라고는 암흑 속에서 반짝이는 작디작은 별들이 다였다.

파이어포는 달바위 옆에 누운 지도자의 희미한 형체를 겨우 알아볼 수 있었다. 그녀의 이름을 크게 부르고 싶었지만, 감히 정적을 깨뜨릴 수 없었다.

끝나지 않을 것 같은 시간이었다. 마침내 블루스타가 입을 열었다.

"파이어포, 아직 거기 있느냐?"

그녀의 목소리는 멀리서 들리는 듯했고, 떨림이 느껴졌다.

"네, 블루스타."

파이어포는 블루스타가 다가오는 소리를 들었다.

"서둘러라. 진영으로 돌아가야 한다."

블루스타의 털이 파이어포를 스치고 지나갔다. 그녀는 놀랄

만큼 빠르게 어둠을 헤치고 달려갔다. 파이어포는 앞이 보이지 않는 상태에서 냄새만을 좇아 그녀를 따라갔다. 오르고 또 오르다 보니 마침내 바깥세상으로 무사히 나올 수 있었다.

　그레이포와 레이븐포가 입구를 지키고 있었다. 타이거클로는 그 옆에서 블루스타와 파이어포가 동굴 밖으로 나오기를 기다리고 있었다. 그는 털이 약간 곤두서 있었지만, 냉랭한 표정으로 미동도 않고 근엄하게 앉아 있었다.
　"타이거클로."
　블루스타가 인사를 건넸다. 하지만 그가 동굴에서 도망쳐 나온 일에 대해서는 언급하지 않았다.
　타이거클로는 긴장을 조금 늦추었다.
　"무엇을 알게 되었습니까?"
　"지금 당장 진영으로 돌아가야 하네."
　블루스타가 짧게 말했다.
　파이어포는 지도자의 눈에 어린 절박함을 읽었다. 그가 꿈에서 느꼈던 공포가 기억을 거슬러 되살아났다. 달아나는 고양이들, 짙은 색 털의 거대한 전사들, 귀청을 찢을 듯이 고통스러운 비명이 떠올랐다. 파이어포는 근육을 움켜쥐는 차가운 공포를 무시하려고 애썼다. 그리고 다른 고양이들과 함께 블루스타를 따라서 어둑한 비탈을 내려갔다. 어머니의 입은 점점 멀어져 갔다. 악몽이 곧 실현되는 것일까?

16

다섯 번째 목숨

그들은 왔던 길로 되돌아갔다. 달은 안개구름 뒤로 사라졌다. 캄캄하긴 했지만 천둥길은 이제 잠잠해졌다. 단 한 번, 멀리 떨어진 곳에서 괴물이 우르릉거렸을 뿐이었다. 고양이들은 함께 길을 건너서, 반대편 산울타리를 통과했다.

그들은 걸음을 재촉했다. 파이어포는 점점 지치면서 근육이 뻣뻣해졌다. 블루스타는 코를 치켜들고 꼬리를 높이 세운 채 계속해서 빠른 속도로 걸어가고 있었다. 타이거클로도 그 옆에서 나란히 성큼성큼 걸었다. 파이어포는 그레이포와 함께 몇 발짝 뒤에서 따라갔다. 하지만 레이븐포는 뒤처지고 있었다.

"계속 따라와라, 레이븐포!"

타이거클로가 어깨 너머로 돌아보며 으르렁댔다.

레이븐포는 주춤하더니 앞으로 달려와 파이어포와 그레이포를 따라잡았다.

"괜찮아?"

파이어포가 물었다.

"응."

레이븐포는 파이어포와 눈을 마주치지 않은 채 헐떡거렸다.

"그냥 조금 피곤해서 그래."

그들은 깊은 도랑으로 내려갔다가 반대편으로 기어 올라왔다.

"타이거클로가 동굴에서 나와서 뭐라고 말했어?"

파이어포는 너무 궁금해하는 티를 내지 않도록 조심하며 그레이포에게 물었다.

"우리가 입구를 잘 지키는지 확인하러 왔댔어. 그런데 왜?"

그레이포가 대답했다.

파이어포는 머뭇거리다가 다시 물었다.

"뭔가 이상한 냄새는 못 느꼈어?"

"뭐, 축축하고 오래된 동굴 냄새가 났지."

그레이포가 의아한 표정으로 대답했다.

"뭔가를 두려워하는 것처럼 보이긴 했어."

레이븐포가 조심스럽게 말했다.

"타이거클로만 그런 게 아니잖아!"

그레이포가 레이븐포를 바라보며 말했다.

"무슨 뜻이야?"

레이븐포가 물었다.

"너 요즘 타이거클로를 볼 때마다 목털이 곤두서잖아. 아까 타이거클로가 동굴에서 나왔을 때도 넌 가죽을 벗고 뛰쳐나올 것처럼 놀랐잖아."

"그냥 좀 놀란 것뿐이야. 솔직히 어머니의 입 근처는 좀 으스스했잖아. 너도 아니라고는 말 못 하겠지."

레이븐포가 반발했다.

"그건 그렇지."

그레이포가 동의했다.

고양이들은 산울타리 아래로 빠져나와, 달빛을 받아 은색으로 반짝이는 옥수수 밭으로 들어섰다. 그리고 밭 가장자리를 빙 둘러싼 도랑을 따라 걸어갔다.

"그래, 안에 들어가 보니까 어땠어, 파이어포? 달바위도 본 거야?"

그레이포가 물었다.

"응, 봤어. 대단했어!"

좀 전의 기억을 떠올리니 파이어포는 털이 얼얼해지는 기분이었다.

그레이포가 부러운 눈빛을 보냈다.

"그게 정말 사실이었구나! 땅속에 있는 바위가 정말로 빛이 나는 거였어!"

파이어포는 대답하지 않았다. 그는 잠시 눈을 감고, 놀랍도록 눈부시던 달바위의 모습을 되새겨 보았다. 하지만 곧이어 꿈에서 보았던 장면들이 머릿속에 밀려드는 바람에 눈을 번쩍 떴다. 블루스타가 옳았다. 할 수 있는 한 빨리 진영으로 돌아가야 한다!

타이거클로와 블루스타는 울타리를 통과해 옥수수 밭을 벗어나 달리고 있었다. 뒤따르던 훈련병들도 울타리 아래로 비집고 들어가 흙길로 나왔다. 이 길로 가다 보면 두발쟁이 보금자리와 개들을 지나가게 되어 있었다. 블루스타와 타이거클로는 지친 기색도 없이 함께 빠른 걸음으로 나아가고 있었다. 붉게 물든 지평선을 배경으로 그들의 윤곽이 드러났다. 곧 해가 뜰 것 같았다.

"봐!"

파이어포는 그레이포와 레이븐포에게 소리쳤다. 블루스타와 타이거클로 앞으로 낯선 고양이가 뛰쳐나왔던 것이다.

"떠돌이다!"

그레이포가 외쳤다. 세 훈련병은 서둘러 앞으로 달려갔다.

낯선 고양이는 통통한 흑백 얼룩무늬 수고양이로, 전사들보다 키는 작았지만 근육이 잘 발달되어 있었다.

"이쪽은 발리다. 두발쟁이 보금자리 근처에 살고 있지."

블루스타가 훈련병들에게 소개해 주었다.

"안녕?"

떠돌이 고양이가 인사를 건넸다.

"천둥족 고양이를 몇 달 동안이나 보지 못했네요. 어떻게 지내나요, 블루스타?"

"우린 잘 지낸다네. 발리, 자네는 어떻게 지내나? 먹이는 잘 잡히고?"

"나쁘지 않아요."

발리가 서글서글한 눈빛으로 대답했다.

"두발쟁이들 주변에는 늘 쥐들이 득실대니까요. 그나저나 평소보다 더 서두르는 것 같은데, 무슨 문제라도 있는 거예요?"

타이거클로가 발리를 쳐다보았다. 그의 가슴 깊숙한 곳에서 으르렁거리는 소리가 들렸다. 파이어포는 타이거클로가 이 떠돌이 고양이의 호기심을 못마땅하게 여긴다는 것을 알아차렸다.

"종족을 너무 오래 떠나 있고 싶지 않아서 그렇다네."

블루스타가 부드럽게 대답했다.

"블루스타 당신은 언제나 종족에 매여 있군요. 새끼를 돌보는 어미 고양이처럼요."

발리가 말했다. 그 말투에서 나쁜 의도는 느낄 수 없었다.

"뭘 원하는 거지, 발리?"

타이거클로가 날카롭게 물었다.

발리는 책망하는 표정으로 타이거클로를 휙 쳐다보았다.

"이곳에 개 둘이 있다고 알려 주려는 것뿐이야. 마당을 지나지 말고 옥수수 밭으로 다시 돌아가는 편이 안전할 거야."

"우리도 개가 있다는 건 알아. 이미 봤으니……."

타이거클로가 성급하게 말을 시작했지만, 블루스타가 끼어들었다.

"알려 줘서 고맙군. 다음에 만날 때까지 잘 지내게."

"무사히 가시길 바랍니다."

발리는 꼬리를 휙 움직여 인사하고는 사라졌다.

"가자."

블루스타는 길과 울타리 사이에 길게 자란 풀밭을 헤치고 들어갔다. 옥수수 밭으로 돌아가는 방향이었다. 세 훈련병은 그 뒤를 따라갔지만, 타이거클로는 머뭇거렸다.

"떠돌이의 말을 믿는 겁니까?"

블루스타가 걸음을 멈추고 그를 마주 보았다.

"그럼 개들과 맞닥뜨리는 편이 낫다는 건가?"

"우리가 지나왔을 때 개들은 묶여 있었습니다."

"지금은 풀려 있을지도 모르지. 이쪽으로 가겠네."

블루스타는 울타리 아래로 몸을 숙여 옥수수 밭으로 들어갔다. 파이어포와 그레이포, 레이븐포가 차례로 그 뒤를 따랐다. 타이거클로가 맨 마지막이었다.

이제 해가 지평선 위로 고개를 내밀고 있었다. 산울타리에 맺혀 반짝이는 이슬이 오늘도 따뜻한 하루가 될 것임을 알려 주고 있었다.

고양이들은 도랑 가장자리를 따라 걸어갔다. 파이어포는 깊고 가파르게 파인 도랑을 내려다보았다. 그곳에는 쐐기풀이 잔뜩 자라 있었고 먹이 냄새가 났다. 톡 쏘는 냄새는 익숙하긴 했지만, 한동안 맡아 보지 못했던 냄새이기도 했다.

순간 귀청이 찢어질 것 같은 비명 소리가 들렸다. 파이어포는 휙 돌아보았다. 레이븐포가 버둥거리며 흙바닥을 할퀴고 있었다. 무언가가 그의 다리를 잡고 도랑 아래로 끌어당기고 있었던 것이다.

"시궁쥐다!"

타이거클로가 소리쳤다.

"발리가 우리를 함정에 빠뜨렸어!"

미처 대응할 새도 없이 다섯 고양이 모두 포위되어 버렸다. 덩치가 큰 갈색 시궁쥐들이 시끄러운 소리를 내며 도랑에서 기어 올라왔다. 파이어포는 이른 새벽빛에 번득이는 그들의 날카로운 앞니를 볼 수 있었다.

별안간 쥐 하나가 파이어포의 어깨로 뛰어올랐다. 시궁쥐의 이빨이 살을 찌르자, 어깨에 타는 듯한 통증이 몰려왔다. 다른 쥐 하나는 억센 턱을 벌려 다리를 물었다.

파이어포는 시궁쥐들을 떨쳐 내려고 미친 듯이 꿈틀거리면서 몸부림쳤다. 시궁쥐들은 그리 강한 적은 아니었지만, 수가 너무 많았다. 비명과 함께 쉭쉭거리는 소리, 딱딱거리며 이빨을 부딪치는 소리가 들렸다. 다른 고양이들 역시 공격을 당하고 있는 것이었다.

파이어포는 다리를 물고 있는 시궁쥐를 발톱으로 사납게 베어 버렸다. 다리는 자유로워졌지만, 이번에는 또 다른 놈이 꼬리를 물었다. 분노와 두려움에 휩싸인 파이어포는 번개처럼 빠르게 발톱을 휘두르며 공격자들과 싸웠다. 그는 고개를 홱 돌려, 어깨를 물었던 쥐에게 이빨을 찔러 넣었다. 입 안에서 쥐의 목뼈가 우두둑 부러지는 느낌이 들었다. 쥐는 축 늘어진 채 흙길로 떨어졌다.

파이어포는 통증 때문에 헉하는 소리를 냈다. 또 다른 시궁쥐가 등에 올라타 이빨을 쑥 꽂아 넣었던 것이다. 그때 옆에서 하얀 털이 휙 스치고 지나갔다. 얼떨떨하게 있는 사이에 시궁쥐가 떨어져 나갔다. 파이어포는 뒤를 돌아보았다. 발리가 그 쥐를 도랑에 내던지고 있었다.

발리는 주위를 흘깃 둘러보더니, 한 치의 망설임도 없이 블루

264

스타에게 달려갔다. 그녀는 쥐들에게 뒤덮인 채 몸부림치고 있었다. 발리는 눈 깜짝할 사이에 시궁쥐의 등뼈를 이빨로 물어 그녀에게서 떼어 냈다. 그리고 바닥에 내동댕이쳤다. 능숙한 움직임이었다. 곧바로 발리는 또 다른 쥐를 덥석 물었다.

파이어포는 그레이포에게 달려갔다. 작은 시궁쥐 둘이 양쪽에서 그레이포를 공격하고 있었다. 파이어포는 즉시 달려들어 가까이 있는 시궁쥐를 물어 죽였다. 그레이포도 가까스로 몸을 돌려 다른 쥐를 발톱으로 찍어 눌렀다. 그리고 이빨로 쥐를 물어 도랑으로 힘껏 던져 버렸다. 쥐는 다시 올라오지 않았다.

"쥐들이 도망치고 있다!"

타이거클로가 소리쳤다.

아니나 다를까, 남아 있던 시궁쥐들은 안전한 도랑으로 도망쳐 내려갔다. 작은 발들이 허우적거리며 쐐기풀 속으로 사라지는 소리가 들렸다. 파이어포는 어깨와 뒷다리에 물린 상처가 몹시 쓰라렸다. 피로 축축하게 엉겨 붙은 털을 조심스럽게 핥자, 선명한 피 냄새가 시궁쥐의 악취와 섞여서 진동했다.

파이어포는 레이븐포를 찾아 두리번거렸다. 레이븐포는 진흙투성이 도랑 밖으로 기어 올라오려고 애쓰고 있었다. 그레이포는 따끔거리는 쐐기풀 언저리에 서서 레이븐포를 격려하고 있었다. 어린 시궁쥐 하나가 아직도 레이븐포의 꼬리에 매달려 있었다. 파이어포는 달려가서 재빨리 그 쥐를 해치웠다. 그레이포가 레이븐포를 도랑 위로 끌어 올려 주었다.

파이어포는 블루스타를 찾아보았다. 먼저 발리가 눈에 들어왔다. 발리는 도랑 위에 서서, 남아 있는 시궁쥐가 있는지 훑어보는 중이었다. 블루스타는 그 근처 길바닥에 누워 있었다. 파이어포는 깜짝 놀라 지도자에게로 달려갔다. 목덜미를 덮은 청회색 털이 피로 흠뻑 젖어 있었다.

"블루스타?"

블루스타는 대답하지 않았다.

그때 성난 고함 소리가 들렸다. 파이어포는 고개를 들었다.

타이거클로가 발리에게 뛰어올라 바닥으로 내리꽂고 있었다.

"감히 우리를 함정에 빠뜨리다니!"

"시궁쥐들이 여기 있는지 몰랐어!"

발리가 일어서려고 허우적대며 대꾸했다.

"그러면 왜 우리를 이쪽으로 보낸 거지?"

타이거클로가 위협적인 소리를 냈다.

"개들 때문에!"

"우리가 아까 지나갈 때 개들은 묶여 있었어!"

"밤마다 개들을 풀어 준단 말이야. 개들이 두발쟁이 보금자리를 지켜야 하니까."

발리는 타이거클로의 육중한 발에 짓눌려 헐떡거렸다.

"타이거클로! 블루스타가 다쳤어요!"

파이어포의 외침에 타이거클로는 즉각 발리를 풀어 주었다. 발리는 일어나서 털에 묻은 흙을 털어 냈다. 전사는 블루스타 옆으로 달려가 상처에 코를 대고 킁킁거리며 살폈다.

"우리가 할 일이 있을까요?"

파이어포가 물었다.

"블루스타의 목숨은 별족에게 달려 있다."

타이거클로가 뒤로 물러나며 침통한 목소리로 말했다.

파이어포는 충격을 받아 눈이 휘둥그레졌다. 블루스타가 죽었다는 말일까? 지도자를 내려다보던 그는 털이 쭈뼛쭈뼛 섰다. 달바위에 있던 영혼들이 블루스타에게 경고했던 일이 바로 이것일까?

그레이포와 레이븐포가 다가와서 지도자 옆에 섰다. 그들 역시 두려움에 휩싸여 있었다. 발리는 뒤에서 무슨 일이 일어났는지 살피려고 목을 길게 뺐다.

블루스타는 눈을 뜨고 있었다. 하지만 눈은 초점이 맞지 않았고, 몸은 미동도 없이 늘어져 있었다. 숨조차 쉬지 않는 것처럼 보였다.

"목숨을 잃은 걸까요?"

레이븐포가 소곤거렸다.

"나도 모른다. 기다려 봐야 한다."

타이거클로가 대답했다.

다섯 고양이는 잠자코 기다렸다. 해가 하늘로 떠오르기 시작했다. 파이어포는 자신도 모르게 별족에게 기도하고 있었다.

'지도자를 보호해 주세요. 다시 우리에게 돌려보내 주세요…….'

그때 블루스타가 움직였다. 꼬리 끝이 씰룩거리더니, 마침내 고개를 들었다.

"블루스타?"

파이어포는 떨리는 목소리로 불렀다.

"괜찮다, 난 아직 여기 있어. 목숨을 하나 잃긴 했지만 아홉 번째 목숨은 아니었다."

파이어포의 마음에 기쁨이 밀려들었다. 그는 타이거클로를 쳐다보았다. 예상과 달리, 전사의 얼굴은 안도하는 기색 하나 없이 무표정했다.

타이거클로가 명령했다.

"레이븐포, 블루스타의 상처에 붙일 거미줄을 가져와라. 그레이포, 너는 메리골드나 쇠뜨기를 찾아보고."

두 훈련병은 즉시 달려갔다.

"발리, 넌 이제 그만 가는 게 좋겠군."

파이어포는 자신들을 도우려고 용맹하게 싸운 떠돌이를 바라보았다. 고맙다는 인사를 하고 싶었지만, 타이거클로의 매서운 눈초리에 감히 그럴 수가 없었다. 파이어포는 말 대신 고개를 살짝 숙여 보였다. 발리는 알아들은 듯 고갯짓을 해 보이고는 말없이 떠났다.

블루스타는 아직 흙길에 누워 있었다.

"모두 무사한가?"

그녀가 거친 목소리로 물었다.

타이거클로가 고개를 끄덕였다.

그때 레이븐포가 왼발에 두툼한 거미줄 뭉치를 감고 달려왔다.

"여기 가져왔어요."

파이어포는 타이거클로에게 물었다.

"제가 상처에 붙여 드릴까요? 옐로팽이 어떻게 하는지 가르쳐 줬거든요."

"좋다."

타이거클로는 대답을 하고 물러나, 귀를 쫑긋 세우고 시궁쥐 가 더 없는지 도랑을 다시 훑어보았다.

파이어포는 레이븐포의 발에서 거미줄을 떼어 내 블루스타의 상처에 붙이기 시작했다. 상처를 꼭 누르자 블루스타가 움찔했다.

"타이거클로가 아니었다면 시궁쥐들에게 산 채로 잡아먹힐 뻔 했군."

블루스타가 통증 탓에 굳은 목소리로 중얼거렸다.

"타이거클로가 아니에요. 발리가 구한 거예요."

파이어포는 레이븐포에게서 거미줄을 더 가져오면서 소곤거 렸다.

"발리라고?"

블루스타는 놀란 목소리였다.

"지금 여기 있나?"

"타이거클로가 쫓아 버렸어요. 발리가 우리를 함정에 빠뜨렸 다고 생각하거든요."

파이어포는 나직하게 대답했다.

"넌 어떻게 생각하느냐?"

블루스타가 쉰 목소리로 물었다.

파이어포는 고개를 들지 않고 마지막 거미줄을 상처에 붙이는 데 집중했다. 그리고 마침내 입을 열었다.

"발리는 떠돌이잖아요. 우리를 함정에 몰아넣은 다음 구해 준다고 해서 뭘 얻을 수 있겠어요?"

블루스타는 고개를 내리고 다시 눈을 감았다.

그레이포가 쇠뜨기를 가지고 돌아왔다. 파이어포는 쇠뜨기 잎을 씹어서 즙을 낸 다음 블루스타의 상처에 발랐다. 이렇게 하면 감염은 막을 수 있을 것이다. 그래도 치료에 대해서라면 아는 것이 많고 믿을 수 있는 스파티드리프가 함께 있으면 좋겠다는 생각이 들었다.

"블루스타가 회복될 때까지 여기서 쉬도록 한다."

타이거클로가 다가오며 말했다.

"아니, 당장 진영으로 돌아가야 하네."

블루스타가 완강하게 말했다. 그녀는 통증으로 눈을 찌푸리며 가까스로 일어났다.

"계속 가자."

천둥족 지도자는 절뚝거리며 옥수수 발 끄트머리를 따라 걸어갔다. 옆에서 걷고 있는 타이거클로는 무슨 생각을 하는지 어두운 표정이었다. 훈련병들은 불안한 눈빛을 주고받은 뒤에 전사들을 뒤따랐다.

"한동안 목숨을 잃는 건 보지 못했는데, 이제 몇 개를 잃은 겁니까?"

파이어포는 타이거클로가 속삭이는 소리를 엿들었다. 타이거클로가 대놓고 이런 질문을 한다는 것이 너무나 놀라웠다.

"다섯 번째 목숨이었다네."

블루스타가 나직이 대답했다.

파이어포는 귀를 기울였다. 그러나 타이거클로는 아무런 대꾸도 하지 않았다. 생각에 잠긴 채 계속 걷기만 할 뿐이었다.

17

비통한 울부짖음

가장 높이 떠올랐던 해가 가라앉기 시작했다. 고양이들은 바람족의 옛 사냥터를 통과하고 있었다. 시궁쥐와 싸우느라 얻은 통증 때문에 그들은 무거운 침묵에 빠졌다. 파이어포는 온몸이 욱신거렸다. 절룩거리며 걷는 그레이포는 다친 뒷다리를 보호하려고 이따금 세 발로만 경중거리기도 했다. 하지만 가장 걱정스러운 것은 블루스타였다. 그녀의 걸음걸이는 이제 꽤 느려졌지만, 여전히 잠깐이라도 멈춰서 쉬지 않았다. 고통으로 뒤덮인 얼굴에 드러난 단호한 표정은 진영에 속히 돌아가겠다는 의지를 드러내 주었다.

"그림자족 전사들은 걱정하지 말게."

타이거클로가 공기 냄새를 맡느라 잠시 멈추자, 블루스타가 이를 악문 채 말했다.

"오늘은 여기 나타나지 않을 테니."

'어떻게 저렇게 확신할 수 있지?'

파이어포는 궁금했다.

그들은 조심스럽게 발을 내디디며 나무 네 그루로 향하는 가파르고 울퉁불퉁한 비탈을 내려갔다. 그리고 집으로 이어지는 익숙한 자취를 따라갔다. 벌써 늦은 오후가 되었다. 파이어포는 편안한 잠자리와 통통한 먹이 생각이 간절해지기 시작했다.

"아직도 그림자족 냄새가 나잖아."

천둥족 사냥터를 지나가며 그레이포가 파이어포에게 중얼거렸다.

"바람족 영역에서 바람에 실려 내려온 냄새겠지."

파이어포 역시 그림자족의 냄새를 맡을 수 있었다. 수염이 파르르 떨렸다.

그때 갑자기 레이븐포가 걸음을 멈추더니, 숨죽여 말했다.

"이 소리 들려?"

파이어포는 소리에 귀를 기울여 보았다. 처음에는 잎사귀가 바스락거리고 비둘기가 지절대는 소리만 들렸다. 숲에서 익숙하게 들리는 소리들이었다. 하지만 곧 피가 얼어붙는 느낌이 들었다. 멀리서 싸움에 굶주린 함성과 함께 겁에 질린 새끼 고양이들의 끽끽대는 비명이 들려온 것이다.

"서둘러라!"

블루스타가 외쳤다.

"별족이 나에게 경고한 대로다. 지금 우리 진영이 공격당하고 있다!"

블루스타는 앞으로 뛰쳐나가려 했지만 발을 헛디디고 말았다. 다시 몸을 일으킨 그녀는 절룩거리며 앞으로 나아갔다.

타이거클로와 파이어포는 나란히 돌진했다. 그레이포와 레이 븐포도 뒤를 따랐다. 그들의 꼬리털은 평소보다 두 배는 부풀어 있었다. 진영으로 질주하는 사이, 파이어포는 아픔도 잊어버린 채, 오직 종족을 지키는 데에만 열중했다.

진영 입구에 가까워질수록 싸우는 소리는 점점 더 커졌고, 그 림자족의 체취가 콧구멍을 가득 메웠다. 파이어포는 타이거클로 바로 뒤에 붙어서 굴길로 뛰어 들어가 공터로 들어섰다.

격렬한 전투 현장이 눈앞에 펼쳐졌다. 천둥족 고양이들은 그 림자족 전사들과 맹렬히 싸우고 있었다. 새끼 고양이들은 보이 지 않았다. 파이어포는 그들이 보육실에 안전하게 숨어 있기를 바랐다. 노쇠한 원로들도 쓰러진 나무둥치의 빈 공간에 몸을 피 하고 있을 거라 짐작했다.

진영 구석구석에서 전사들이 보였다. 프로스트퍼와 골든플라 워는 덩치 큰 수고양이를 물어뜯고 있었다. 심지어 새끼를 낳을 날이 멀지 않은 브린들페이스마저 싸우고 있었다. 다크스트라 이프는 검은색 전사와 거칠게 뒤엉켜 싸우는 중이었다. 원로 고 양이인 스몰이어와 패치펠트, 원아이는 그들보다 배나 민첩하고 사나워 보이는 삼색얼룩 고양이를 용감하게 물어뜯었다.

달바위에서 돌아온 고양이들은 서둘러 전투에 뛰어들었다. 파 이어포는 자신보다 덩치가 훨씬 큰 얼룩 암고양이를 잡아 다리 를 덥석 물었다. 그녀는 고통스럽게 울부짖었다. 돌아서서 그와 마주한 암고양이는 날카로운 발톱을 휘두르더니, 이빨을 드러낸 채 목을 노리고 덤벼들었다. 파이어포는 이빨을 피하려고 몸을 돌리고 자세를 낮췄다. 암고양이는 파이어포만큼 재빠르지 못했다. 그는 뒤에서 암고양이를 잡아당겨 흙바닥에 자빠뜨리고, 강한 뒷다리로 등을 내리눌렀다. 암고양이는 꺅꺅대며 벗어나려고 몸부림치다가 가까스로 벗어나, 진영을 에워싼 빽빽한 덤불 속으로 황급히 달아났다.

파이어포는 블루스타가 도착했는지 보려고 주변을 살폈다. 지도자는 부상을 무릅쓰고 얼룩 고양이 하나와 싸움을 벌이고 있었다. 파이어포는 그녀가 싸우는 모습은 한 번도 본 적이 없었다. 부상을 입었음에도 블루스타는 강력한 적수였다. 그녀는 달아나려는 상대편 고양이를 꽉 붙잡고 발톱으로 매섭게 할퀴었다. 아마도 여러 달 동안 사라지지 않을 상처가 남았을 것이다.

그때 짙은 검정색 발을 가진 흰색 그림자족 고양이가 보육실에서 천둥족 원로를 끌어내는 것이 보였다. 파이어포는 모임에서 이 범상치 않은 검은 발을 보았던 기억이 떠올랐다. 바로 블랙풋이었다! 그림자족 부지도자는 새끼 고양이들을 지키던 원로를 날쌘 동작으로 죽이고, 가시덤불 보금자리로 육중한 발을 뻗쳤다. 새끼 고양이들은 가냘프게 울부짖었다. 어미 고양이들은 공터에서 다른 전사들과 몸싸움을 벌이느라 그들을 지켜 주지 못했다.

파이어포가 보육실 쪽으로 뛰어가려는 순간, 발톱 하나가 그의 옆구리를 베었다. 몸을 휙 돌렸을 때, 깡마른 삼색얼룩 고양이가 그를 덮쳤다. 파이어포는 바닥으로 쿵 떨어지고 말았다. 파이어포는 있는 힘을 다해 삼색얼룩 고양이에게서 빠져나오려고 애쓰면서, 보육실을 보려고 고개를 비틀었다.

275

블랙풋이 벌써 새끼 고양이 둘을 잠자리에서 끄집어냈고, 세 번째 새끼 고양이에게 발을 뻗고 있었다.

파이어포는 삼색얼룩 고양이가 뒷발로 배를 할퀴는 바람에 더 이상 보육실을 볼 수가 없었다. 그는 허우적거리며 일어나다가 패배한 것처럼 몸을 낮춰 웅크렸다. 전에도 통했던 이 속임수는 이번에도 먹혀들었다. 삼색얼룩 고양이가 의기양양하게 파이어포를 움켜쥐고 이빨로 목을 물려는 순간, 그는 있는 힘껏 솟구쳐 올라 적을 날려 버렸다. 그리고 뒤로 휙 돌아서, 숨을 헐떡거리는 전사 위로 순식간에 올라탔다. 이번에는 가차 없이 어깨 깊숙이 이빨을 찔러 넣었고, 삼색얼룩 고양이는 울부짖으며 덤불로 도망쳤다.

파이어포는 벌떡 일어나 보육실로 뛰어가서 입구에 머리를 들이밀었다. 블랙풋은 어디에도 보이지 않았다. 보육실 안에서 겁에 질린 새끼 고양이들 위로 몸을 웅크리고 있는 것은 옐로팽이었다. 회색 털 여기저기에 피가 묻어 있었고, 한쪽 눈은 심하게 부어 올라 있었다. 옐로팽은 사납게 쉭쉭거리며 고개를 들었다가, 파이어포를 알아보고 소리쳤다.

"새끼 고양이들은 무사해. 내가 지킬게."

연약한 새끼 고양이들을 달래는 그녀를 보자, 파이어포의 머릿속에 문득 브로큰스타의 끔찍한 경고가 떠올랐다. 하지만 지금은 그런 것을 생각할 때가 아니었다. 옐로팽을 믿을 수밖에 없었다. 파이어포는 재빨리 고개를 끄덕이고 다시 보육실 밖으로 나갔다.

이제 진영에는 그림자족 고양이가 거의 남아 있지 않았다. 레이븐포와 그레이포는 나란히 서서 검은색 수고양이와 맞서 싸우고 있었다. 그들이 발을 휘두르자 수고양이는 결국 비명을 지르며 덤불로 도망갔다. 화이트스톰과 다크스트라이프는 마지막까지 남은 침입자 둘을 할퀴고 물어뜯어 진영에서 쫓아냈다.

파이어포는 기진맥진한 채 자리에 앉아 주변을 둘러보았다. 진영은 처참하게 파괴되어 있었다. 피가 공터 여기저기 떨어져 있었고, 먼지 속에서 털들이 흩날렸다. 진영을 에워싼 덤불 방벽은 침입자들이 뚫고 들어온 자리가 찢어진 채 벌어져 있었다.

천둥족 고양이들이 하나둘 높은 바위 아래로 모여들었다. 그레이포는 파이어포 옆으로 다가와 앉았다. 그는 옆구리를 들썩거리며 거칠게 숨을 쉬었고, 찢어진 귀에서는 피가 흘러내렸다. 레이븐포도 털썩 주저앉아 꼬리에 난 상처를 핥기 시작했다. 어미 고양이들은 새끼 고양이들이 무사한지 보려고 보육실로 달려 들어갔다. 파이어포는 자신도 모르게 긴장하면서, 그들이 나오기를 기다렸다. 다른 고양이들에 가려 앞이 보이지 않아 더 초조했다. 마침내 가시덤불 쪽에서 터져 나오는 기쁨의 환호성을 들으니 그제야 마음이 놓였다.

프로스트퍼가 다시 무리가 있는 쪽으로 돌아왔다. 옐로팽이 그 뒤를 따르고 있었다. 하얀 어미 고양이는 앞으로 나와 동료들에게 알렸다.

"새끼 고양이들은 모두 무사합니다. 옐로팽 덕분이에요. 그림자족 전사가 우리의 용맹스러운 로즈테일을 죽이고 새끼 고양이들을 데려가려고 했지만, 옐로팽이 싸워서 물리쳤습니다."

"게다가 평범한 그림자족 전사가 아니었어요."

파이어포가 끼어들었다. 종족이 옐로팽에게 얼마나 큰 빚을 졌는지 알릴 작정이었다.

"제가 봤어요. 그 전사는 블랙풋이었어요."

"그림자족 부지도자라니!"

아직 태어나지 않은 배 속의 새끼들을 지키려고 힘겹게 싸웠던 브린들페이스가 놀란 듯 외쳤다.

무리 끄트머리에 있던 고양이들이 웅성거리기 시작했다. 고양이들 틈에서 블루스타가 절뚝거리며 앞으로 나와 훈련병들에게 다가왔다. 무언가 잘못된 듯 표정이 심상치 않았다.

"라이언하트는 스파티드리프와 함께 있다. 전투에서 부상을 당했는데, 심각한 것 같구나."

블루스타가 높은 바위 저편의 그늘을 향해 고개를 돌렸다. 그곳에는 라이언하트가 먼지를 뒤집어쓴 황금빛 털 무더기처럼 꼼짝하지 않고 누워 있었다.

그레이포의 목에서 처절한 울음소리가 터져 나왔다. 그는 곧장 라이언하트에게 달려갔다. 천둥족 부지도자를 보살피고 있던 스파티드리프는 어린 훈련병이 마지막으로 스승과 혀를 나눌 수 있도록 뒤로 물러나 주었다. 그레이포의 비통한 울부짖음이 공터에 울려 퍼지자, 파이어포는 털이 곤두섰다. 온몸의 피가 얼어붙는 느낌이었다. 꿈속에서 들었던 바로 그 울부짖음이었다! 순간 파이어포는 머리가 어질어질했지만, 이내 고개를 흔들어 정신을 가다듬었다. 그레이포를 위해서라도 침착해야만 했다.

파이어포는 블루스타를 바라보았다. 지도자가 고개를 끄덕여 주자, 그는 높은 바위 옆에 있는 친구에게 달려가 스파티드리프 옆에 섰다.

그녀는 지친 얼굴에 슬픔으로 눈이 흐릿해져 있었다.

"이제는 라이언하트를 도와줄 수가 없구나."

스파티드리프가 나직하게 말했다.

"그는 별족에게 가는 중이야."

그녀가 파이어포의 옆구리에 몸을 바짝 기댔다. 따스한 털이 스치자 파이어포는 위로받는 기분이 들었다.

다른 고양이들은 침묵을 지키며 바라보고 있었다. 해가 천천히 나무 뒤로 가라앉았다. 마침내 그레이포가 일어나 말했다.

"돌아가셨습니다."

그레이포는 다시 라이언하트의 시신 곁에 앉아 스승의 앞발에 머리를 올려놓았다. 나머지 고양이들은 조용히 앞으로 걸어 나와, 모두에게 사랑을 받았던 부지도자를 애도하는 의식을 치렀다.

파이어포도 그들과 함께했다. 그는 라이언하트의 목을 핥아 주고 중얼거렸다.

"지혜를 나누어 주셔서 고맙습니다. 덕분에 많이 배웠어요."

그런 다음 파이어포는 그레이포 옆에 앉아 친구의 귀를 살며시 핥아 주기 시작했다.

블루스타는 다른 고양이들이 모두 자리를 뜰 때까지 기다렸다가 조용히 걸어 나왔다. 그레이포는 지도자가 다가오는 것도 눈치채지 못했다. 파이어포는 오랜 친구에게 마지막 인사를 하는 블루스타를 바라보았다.

"라이언하트, 그대 없이 나는 어쩌란 말인가?"

블루스타는 절뚝이며 거처로 향했다. 그리고 거처 밖에 웅크리고 앉아서, 슬픔에 빠진 눈으로 먼 곳을 바라보았다. 피에 젖어 엉겨 붙은 털을 닦아 낼 생각조차 하지 않았다. 이렇게 처참하게 무너진 지도자의 모습을 처음 본 파이어포는 온몸에 한기가 돌았다.

그는 그레이포와 함께 달이 높이 뜰 때까지 라이언하트 곁에 앉아 있었다. 레이븐포도 함께 슬픔에 빠진 친구의 곁을 지켜 주었다. 타이거클로가 다가와서 라이언하트와 짧게 혀를 나누었다. 파이어포는 그가 동료 전사에게 어떤 말을 하는지 들어 보려 했다. 하지만 타이거클로는 말없이 엉겨 붙은 털만 핥을 뿐이었다. 얼룩무늬 전사의 눈은 쓰러진 부지도자가 아닌, 레이븐포에게 고정되어 있었다. 파이어포는 혼란스러웠다.

스파티드리프는 진영을 조용히 걸어 다니며 다쳤거나 불안해하는 고양이들을 돌보아 주었다. 파이어포는 그녀가 블루스타에게 두 차례 다가가는 것을 보았다. 하지만 지도자는 매번 다른 고양이들을 보살피도록 그녀를 돌려보냈다. 스파티드리프가 부상당한 고양이들을 모두 살펴본 뒤에야 블루스타는 자신의 상처를 치료하도록 허락해 주었다.

치료를 마친 스파티드리프는 돌아서서 자신의 거처로 향했다. 블루스타는 일어나서 높은 바위로 천천히 올라갔다. 지도자가 평소처럼 자리를 잡자, 종족 고양이들은 기다리고 있었다는 듯이 아래쪽 공터로 모여들기 시작했다. 유난히 잠잠하고 침울한 얼굴들이었다.

파이어포와 레이븐포도 뻣뻣한 몸을 일으켜 무리에 합류했다. 그레이포는 라이언하트의 시신과 함께 뒤에 남았다. 회색 훈련병은 싸늘해져 가는 라이언하트의 황금빛 발 위에 여전히 코를 올려놓은 채 누워 있었다. 파이어포는 이번만은 그레이포가 종족 회의에 빠져도 블루스타가 눈감아 주리라 생각했다.

"이제 달이 가장 높이 뜬 시간이 가까워졌습니다."

파이어포가 레이븐포 옆에 자리를 잡고 있을 때 블루스타가 말을 시작했다.

"너무 이르지만, 또다시 천둥족의 새 부지도자를 임명해야 합니다. 그것이 내 임무입니다."

블루스타의 지친 목소리가 슬픔으로 갈라졌다.

파이어포는 전사들을 차례로 바라보았다. 그들은 모두 타이거클로를 쳐다보고 있었다. 화이트스톰조차 몸을 돌려 짙은 얼룩무늬 전사를 보고 있었다. 타이거클로는 태연한 표정이었지만, 기대감에 차서 수염이 씰룩거리는 건 숨기지 않았다. 그도 역시 다른 고양이들과 같은 생각인 것 같았다.

블루스타는 숨을 깊이 들이쉬고 말을 이었다.

"라이언하트의 영혼이 내 선택을 듣고 받아들일 수 있도록 그의 몸 앞에서 이 말을 합니다."

블루스타는 잠시 머뭇거렸다.

"나는 레드테일의 죽음에 대한 복수를 하고, 그의 시신을 우리에게 데리고 온 고양이를 잊지 않았습니다. 천둥족에는 지금 그어느 때보다 두려움 없는 충성심이 필요합니다."

블루스타는 다시 말을 멈추었다가 크고 분명하게 그 이름을 외쳤다.

"타이거클로가 천둥족의 새 부지도자가 될 것입니다!"

동의한다는 외침이 터져 나왔다. 다크스트라이프와 롱테일의 목소리가 단연 컸다. 눈을 감은 채 꼬리를 단정하게 말고 차분히 앉아 있던 화이트스톰도 천천히 고개를 끄덕였다.

타이거클로는 자랑스럽게 턱을 쳐들고 눈을 반쯤 감은 채 종족 고양이들의 환호를 들었다. 그러고 나서 고개를 살짝만 움직여 환호에 답하며, 무리를 헤치고 앞으로 나아갔다. 그는 높은 바위로 뛰어올라 블루스타 옆에 서서 외쳤다.

"천둥족 고양이들이여! 종족 부지도자 자리를 맡게 되어 영광입니다. 나는 한 번도 이렇게 높은 자리에 오르리라고 예상한 적이 없습니다. 하지만 이제 라이언하트의 영혼 옆에서 최선을 다해 맡은 임무를 다하리라 맹세합니다."

타이거클로는 근엄하게 고개를 숙이더니, 커다란 호박색 눈으로 무리를 바라보며 높은 바위에서 뛰어내렸다.

"아, 안 돼!"

파이어포는 레이븐포가 숨죽여 중얼거리는 소리를 듣고, 의아한 표정으로 친구를 바라보았다. 레이븐포는 고개를 푹 숙이고 계속 중얼거렸다.

"절대로 그를 선택하면 안 되는 거였는데!"

"타이거클로 말이야?"

파이어포가 속삭였다.

"레드테일 문제를 처리할 때부터 저 자리를 탐내고 있었단 말이야."

레이븐포는 갑자기 말을 멈췄다.

"레드테일 문제를 처리하다니?"

파이어포는 되물었다. 갑자기 머릿속에 질문들이 마구 떠올랐다. 레이븐포가 알고 있는 것은 무엇일까? 모임에서, 강족과 벌인 전투에 대해 그가 했던 이야기가 진실일까? 레드테일의 죽음에 타이거클로가 어떤 관련이 있는 걸까?

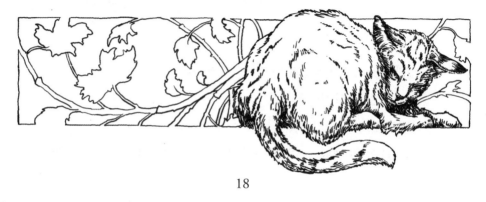

18

비열한 암시

"지금 파이어포에게 내가 레드테일을 지켜 준 이야기를 하고 있는 건가?"

파이어포는 목덜미 털이 오싹하도록 소름이 돋는 것을 느꼈다.

레이븐포는 겁에 질려 휘둥그레진 눈으로 뒤를 돌아보았다. 타이거클로가 입술을 쭉 찢고 위협적으로 으르렁거리며 그들을 내려다보고 있었다.

파이어포는 벌떡 일어나 새 부지도자와 마주 섰다.

"타이거클로가 여기 있었으면 라이언하트도 지킬 수 있었을 텐데 안타깝다는 이야기를 하고 있었어요."

파이어포는 재빨리 꾀를 내어 말했다.

타이거클로는 그들을 번갈아 보더니 아무 말 없이 가 버렸다. 레이븐포의 초록색 눈이 공포로 흔들렸다. 레이븐포는 어쩔 줄 몰라 하며 몸을 떨기 시작했다.

"레이븐포, 괜찮아?"

파이어포는 놀라서 친구에게 물었다.

하지만 레이븐포는 파이어포를 쳐다보지도 않고, 고개를 푹 숙인 채 그레이포 옆에 웅크리고 앉았다. 그리고 갑자기 추위를 느낀 듯 그레이포의 두툼한 털에 자신의 깡마른 검은 몸을 바짝 갖다 댔다.

파이어포는 라이언하트의 시신 곁에서 옹송그리고 있는 두 친구를 바라보았다. 친구들에게 무얼 해 줘야 할지 몰라 무력한 기분이 들었다. 그는 친구들 옆으로 걸어가 자리를 잡고 앉았다. 그리고 밤새도록 라이언하트를 추모할 준비를 했다.

달이 머리 위를 지나가자, 다른 고양이들도 함께 밤샘 추모를 하러 왔다. 블루스타는 진영이 잠잠해진 뒤에 마지막으로 도착했다. 그녀는 아무 말도 없이 조금 떨어져 앉아, 죽은 부지도자를 바라볼 뿐이었다. 파이어포는 견딜 수 없이 슬퍼하는 그녀의 얼굴을 차마 똑바로 볼 수가 없었다.

새벽이 되자 원로들이 라이언하트의 시신을 무덤으로 옮기러 왔다. 그레이포도 위대한 전사가 잠들 자리를 파내는 일을 돕기 위해 그들을 따라나섰다.

파이어포는 하품을 하며 몸을 쭉 뻗었다. 뼛속까지 시린 기분이었다. 이제 낙엽 지는 계절이 가까이 다가왔다. 숲에는 안개가 자욱했지만 잎사귀 위로 장밋빛 아침 하늘이 보였다. 파이어포는 그레이포가 원로들과 함께 이슬에 젖은 덤불 속으로 사라지는 모습을 지켜보았다.

그때 레이븐포가 벌떡 일어나 훈련병들의 거처로 돌아갔다. 파이어포는 천천히 그를 따라갔다. 거처 안으로 들어가 보니 레이브포는 코를 꼬리 아래에 파묻고 몸을 웅크리고 있었다. 잠이 든 것 같았다.

파이어포 역시 이야기를 하기에는 너무 피곤했다. 그는 이끼 잠자리 위에서 몸을 동그랗게 말고 긴 잠에 빠졌다.

"일어나!"

거처 입구에서 더스트포가 외치는 소리가 들렸다. 파이어포는 눈을 떴다. 레이븐포는 벌써 깨어나 귀를 쫑긋 세운 채 꼿꼿이 앉아 있었다. 그레이포는 그 옆에서 뒤척거리고 있었다. 파이어포는 옆에 누운 익숙한 회색 형체를 보고 깜짝 놀랐다. 라이언하트를 묻은 뒤에 그가 돌아오는 소리를 듣지 못했던 것이다.

"블루스타가 회의를 소집했어."

더스트포는 그들에게 일러 주고는 고사리 덤불 밖으로 나갔다.

세 훈련병은 따뜻한 거처에서 슬금슬금 기어 나갔다. 해는 이미 가장 높이 떴다가 기울고 있었고, 공기는 전보다 더 서늘했다. 파이어포는 몸이 덜덜 떨리고 배도 꾸르륵거렸다. 언제 마지막으로 먹이를 먹었는지 기억도 나지 않았다. 오늘은 사냥할 기회가 있을지 궁금했다.

파이어포와 그레이포, 레이븐포는 높은 바위 아래에 모여 있는 무리를 향해 서둘러 걸어갔다.

타이거클로가 블루스타 옆에서 말하는 중이었다.

"전투 중에 우리 지도자가 또 한 번 목숨을 잃었습니다. 이제 블루스타는 아홉 목숨 중에서 네 개의 목숨만이 남았습니다. 그러니 호위병을 임명하여 계속 블루스타 곁을 지키도록 하겠습니다. 호위병이 없을 때는 아무도 접근하지 못하게 할 것입니다."

타이거클로는 호박색 눈으로 레이븐포를 휙 쳐다보더니, 다시 무리 쪽으로 눈을 돌렸다.

"다크스트라이프와 롱테일, 둘을 호위병으로 임명한다."

다크스트라이프와 롱테일은 거드름을 피우듯 고개를 끄덕이고는 꼿꼿한 자세로 앉았다.

블루스타가 앞으로 나섰다. 부지도자의 명령 이후 이어지는 그녀의 목소리는 부드럽고 차분했다.

"타이거클로, 자네의 충성심에 고마움을 표하네. 하지만 여러분은 내가 종족을 위해 존재한다는 점을 잊지 말아야 합니다. 내게 다가오는 것을 망설이지 마세요. 나는 호위병이 있든 없든 누구와도 기꺼이 이야기를 나눌 겁니다."

블루스타는 타이거클로 쪽을 흘긋 보았다.

"전사의 규약대로, 종족 전체의 안전이 누구 하나를 호위하는 것보다 훨씬 더 중요합니다. 그게 누구든 말입니다."

그녀는 잠시 말을 멈추었다. 파란 눈동자가 파이어포에게 잠시 머물렀다.

"그리고 이제 나는 옐로팽을 천둥족으로 받아들이고자 합니다."

몇몇 전사들이 놀라서 웅성거렸다. 블루스타는 프로스트퍼를 쳐다보았다. 그녀는 동의한다는 뜻으로 고개를 끄덕였다. 다른 어미 고양이들은 잠자코 지켜보고만 있었다.

블루스타가 말을 이었다.

"지난밤에 옐로팽이 보여 준 행동은 그녀의 용기와 충성심을 입증해 주었습니다. 옐로팽이 원한다면 우리는 천둥족의 온전한 구성원으로 그녀를 기꺼이 받아들일 것입니다."

무리 끄트머리에 있던 옐로팽이 고개를 들어 종족 지도자를 올려다보며 대답했다.

"영광입니다, 블루스타. 제안을 받아들이겠습니다."

"좋습니다."

이 문제는 더 이상 논의하지 않겠다는 듯, 블루스타가 단호한 목소리로 말했다.

파이어포는 기뻐서 가르랑거리며 그레이포를 쿡 찔렀다. 블루스타가 공개적으로 옐로팽에 대한 신뢰를 보여 주다니, 너무나 뜻깊은 일이었다. 그러다가 문득 자신이 옐로팽의 일에 왜 그렇게 기뻐하는지 스스로도 궁금했다.

블루스타가 다시 말을 이었다.

"어젯밤 우리는 그림자족에 맞서 성공적으로 종족을 지켜 냈습니다. 하지만 그들은 여전히 매우 위협적입니다. 우리는 경계를 지속적으로 순찰해야 합니다. 절대로 전쟁이 끝났다고 생각해서는 안 됩니다."

타이거클로가 꼬리를 높이 쳐들고 일어섰다. 그리고 모여 있는 고양이들을 내려다보았다.

"그림자족은 우리가 진영을 떠나 있는 동안 공격을 해 왔습니다. 공격할 기회를 잘 포착한 겁니다. 진영의 방비가 약하다는 것을 그들이 어떻게 알아냈을까요? 우리 진영 안에 그림자족의 눈이 있는 것 아닐까요?"

파이어포는 몸이 얼어붙는 것 같았다. 타이거클로가 차가운 눈초리로 레이븐포를 쳐다보았던 것이다. 몇몇 고양이들은 새 부지도자의 시선을 좇다가, 검은색 훈련병을 발견하고 어리둥절한 표정을 지었다. 레이븐포는 바닥만 내려다보며 초조하게 발을 들썩거리고 있었다.

타이거클로가 말을 이었다.

"해가 지기 전까지 아직 시간이 있습니다. 진영을 다시 정비하는 데 전력을 다해야 합니다. 그러는 동안 미심쩍은 점이 있다면 그게 누구든지, 무엇이든지 내게 말해 주십시오. 어떤 말을 하더라도 비밀은 유지될 테니 안심하십시오."

그는 고갯짓으로 종족을 해산시키고, 블루스타에게 몸을 돌려 이야기하기 시작했다.

이리저리 흩어진 고양이들은 진영을 돌아다니며, 피해를 입은 곳을 확인하고 함께 일할 조를 편성했다.

"레이븐포!"

파이어포는 아직도 충격이 가시지 않은 채 친구를 불렀다. 타이거클로는 음흉한 방법을 써서, 자신의 훈련병이 종족을 배신했다고 암시했다. 하지만 레이븐포는 이미 가 버린 후였다. 그는 하프테일과 화이트스톰에게 도와주겠다고 말하고는, 잔가지를 모으러 달려갔다. 가지들로 벽에 난 구멍들을 메우려는 것이었다. 레이븐포는 별로 말을 하고 싶지 않은 것이 분명했다.

"가서 레이븐포를 도와주자."

그레이포가 제안했다. 건조하고 지친 목소리였다. 게다가 눈도 멍해져 있었다.

"먼저 가 봐. 나도 곧 따라갈게. 난 먼저 옐로팽이 괜찮은지 확인해 봐야겠어. 블랙풋이랑 싸웠으니까."

파이어포는 쓰러진 나무 곁에 있는 보금자리에서 옐로팽을 찾아냈다. 그녀는 그늘에서 몸을 쭉 뻗은 채 생각에 잠겨 있었다.

"파이어포, 와 줘서 고맙구나."

"괜찮은지 보러 왔어요."

"습관이란 무서운 거지, 안 그래?"

"그런가 봐요."

파이어포는 솔직히 인정했다.

"좀 어떠세요?"

"예전에 다친 다리가 또 말썽이다. 하지만 괜찮을 거야."

"블랙풋이랑 어떻게 싸운 거예요?"

파이어포는 존경심을 담아 물었다.

"블랙풋은 강하지. 하지만 영리한 싸움꾼은 아니야. 너랑 싸우는 게 더 힘들었다니까."

파이어포는 나이 든 암고양이의 눈에 장난기가 깃들어 있는지 살펴보았지만, 그런 기색은 없었다.

"난 블랙풋이 새끼 고양이였을 때부터 봐 왔단다. 그때랑 전혀 달라지지 않았어. 남을 괴롭힐 줄만 알았지, 머리는 쓸 줄 몰라."

파이어포는 그녀 옆에 앉았다.

"블루스타가 당신을 천둥족에 받아들인 게 당연해요. 어젯밤에 진정한 충성심이 무엇인지를 보여 주었으니까요."

옐로팽은 꼬리를 씰룩거렸다.

"진정으로 충성스러운 고양이라면, 자기를 길러 준 종족의 편에서 싸웠을 테지."

"그럼 난 두발쟁이 편에서 싸워야 하게요?"

파이어포는 장난스럽게 말했다.

옐로팽이 감탄스러운 눈빛으로 그를 보았다.

"말 한번 잘하는구나, 애송이. 하긴 너는 항상 생각이 깊었지."

파이어포는 라이언하트도 비슷한 말을 해 주었던 기억이 떠올라 문득 가슴이 저려 왔다.

"그림자족이 그립나요?"

옐로팽이 천천히 눈을 끔벅거리다가 마침내 입을 열었다.

"난 예전 그림자족이 그리워."

"브로큰스타가 지도자가 되기 전 말이에요?"

파이어포는 호기심이 생겼다.

"맞아."

옐로팽이 조용히 대답했다.

"브로큰스타가 종족을 바꿔 놨어."

그녀는 숨을 씨근덕거리며 말을 이었다.

"그는 연설을 잘한단다. 마음만 먹으면 쥐를 토끼라고 믿게 만들 수도 있어. 아마 그래서 나 역시 그의 결점을 보지 못한 게지."

나이 든 암고양이는 추억에 잠긴 듯 먼 곳을 바라보았다.

"그나저나 그림자족의 새 치료사가 누구인지 모르시죠?"

파이어포는 문득 모임에서 알게 된 사실이 떠올라 말을 꺼냈다. 지금은 그 모임이 아주 오래전 일처럼 느껴졌다.

그의 말에 옐로팽은 다시 현실로 돌아온 듯했다.

"설마 러닝노즈는 아니겠지?"

"맞아요!"

옐로팽은 고개를 절레절레 저었다.

"자기 감기도 치료하지 못하는 녀석을!"

"그레이포도 똑같이 말했어요!"

그들은 재미있어하며 함께 가르랑거렸다.

잠시 후에 파이어포는 자리에서 일어났다.

"이제 가 볼 테니 쉬세요. 뭐 필요한 일 있으면 부르시고요."

옐로팽이 고개를 들었다.

"잠깐만, 파이어포. 오다가 시궁쥐랑 싸웠다며? 혹시 쥐한테 물려서 피가 났니?"

"괜찮아요. 스파티드리프가 메리골드로 치료해 줬거든요."

"시궁쥐에 물린 상처는 메리골드가 안 들을 때도 있어. 가서 달래를 좀 구해 오렴. 진영 입구에서 멀지 않은 곳에 있을 거야. 그거라면 독을 없애 줄 거다. 시궁쥐가 독을 남겼을지도 모르니까."

뒤이어 그녀는 무심하게 덧붙였다.

"네 동료들은 내 충고를 별로 달가워하지 않겠지만."

"저는 아니에요. 고맙습니다, 옐로팽!"

"조심해서 가도록 해, 풋내기."

옐로팽은 잠시 그와 눈을 맞추었다가, 앞발에 턱을 올려놓은 채 눈을 감았다.

파이어포는 옐로팽의 보금자리에서 빠져나와, 달래를 찾으러 가시금작화 굴길로 향했다. 이제 해가 지고 있었다. 어미 고양이들이 새끼 고양이들을 잠자리에 눕히는 소리가 들렸다.

"어딜 가는 거지?"

어둠 속에서 으르렁거리는 목소리가 들렸다. 다크스트라이프였다.

"옐로팽이 뭘 좀 가져오라고……."

"떠돌이한테서 명령을 받는단 말이야? 가서 진영을 정비하는 거나 도와. 오늘 밤에는 아무도 진영 밖으로 못 나가니까!"

다크스트라이프가 꼬리를 휙휙 휘두르며 명령했다.

"알겠어요, 다크스트라이프."

파이어포는 고분고분하게 고개를 숙이며 대답했다. 그리고 돌아서서 투덜거리며 진영 경계를 향해 걸어갔다. 그곳에선 그레이포와 레이븐포가 방벽에 난 커다란 구멍을 메우느라 바쁘게 움직이고 있었다.

"옐로팽은 좀 어때?"

파이어포가 다가가자 그레이포가 물었다.

"괜찮아. 옐로팽이 시궁쥐에 물린 상처에는 달래가 좋다고 해서 좀 찾으러 가 보려는데, 다크스트라이프가 못 나가게 했어."

"달래라고? 나도 좀 붙이고 싶은데. 다리가 아직도 욱신거리거든."

그레이포가 말했다.

"내가 몰래 나가서 가져올 수도 있는데."

파이어포가 제안했다. 다크스트라이프가 다짜고짜 내린 명령을 듣는 게 억울했던 터라, 그를 속일 수 있는 기회가 생긴 게 반가웠다.

"이 구멍으로 빠져나가면 아무도 눈치 못 챌 거야. 토끼처럼 두 번만 뛰면 다녀올 수 있어."

레이븐포는 얼굴을 찌푸렸지만, 그레이포는 고개를 끄덕였다.

"우리가 여길 지키고 있을게."

그레이포가 속닥거렸다.

파이어포는 그레이포에게 코를 비벼 감사 인사를 하고 방벽에 난 구멍을 통해 뛰쳐나갔다.

진영 밖으로 나온 그는 달래 밭을 향해 가기 시작했다. 냄새가 뚜렷해서 위치를 쉽게 찾을 수 있었다. 해가 지평선 아래로 가라앉으면서 보랏빛 하늘에는 달이 떠오르고 있었다. 차가운 바람이 파이어포의 털을 헝클어 놓았다. 그때 갑자기 고양이 냄새가 바람에 실려 왔다. 그는 주의 깊게 코를 킁킁거렸다. 그림자족일까? 아니었다. 그것은 타이거클로와 또 다른 두 고양이의 냄새였다. 파이어포는 다시 한 번 냄새를 맡아 보았다. 다크스트라이프와 롱테일! 그들은 여기서 뭘 하고 있는 걸까?

호기심이 발동한 파이어포는 먹잇감에게 몰래 다가갈 때처럼 자세를 낮추었다. 바람을 맞으며 갔기 때문에 들킬 염려는 없었다. 파이어포는 한 발 한 발 덤불을 헤치고 살금살금 다가갔다. 전사들은 고사리 그늘 아래 머리를 맞대고 서 있었다. 곧 파이어포는 그들의 대화가 들릴 만큼 가까워졌다.

"맙소사, 별족이시여! 내 훈련병이 싹수가 노랗긴 했지만 배신자가 될 줄은 꿈에도 몰랐다!"

타이거클로가 으르렁댔다.

파이어포는 너무 놀라서 눈이 휘둥그레졌다. 충격으로 털이 곤두섰다. 타이거클로는 레이븐포가 종족을 배신했다는 암시를 주는 데서 그치지 않을 작정이었다!

"레이븐포가 어머니의 입까지 가는 길에 사라졌던 시간이 얼마나 됩니까?"

다크스트라이프가 물었다.

"그림자족 진영에 갔다가 돌아오기에 충분한 시간이었다."

부지도자가 악랄한 대답을 내놓았다.

파이어포는 화가 나서 꼬리털이 비죽비죽 섰다.

'말도 안 되는 소리! 계속 우리랑 같이 있었다고!'

롱테일의 말소리가 들렸다. 흥분해서 한껏 높아진 목소리였다.

"그들에게 천둥족의 지도자와 가장 강한 전사가 진영을 떠났다고 말해 준 게 틀림없어요. 그게 아니라면 왜 하필 그때 공격을 해 왔겠어요?"

"우리는 그림자족에 맞설 마지막 종족이다. 그러니 우린 강해져야 한다."

타이거클로가 말했다. 미끄러질듯 부드러운 목소리였다. 그는 반응을 기다렸다.

대답을 한 것은 다크스트라이프였다. 그는 아직도 타이거클로의 질문에 열성적으로 답하는 훈련병 같았다. 그의 대답에 파이어포는 두려움으로 숨이 턱 막혔다.

"레이븐포 같은 배신자가 없어지면 종족은 더 강해질 겁니다."

"애석하지만 나도 같은 생각이다, 다크스트라이프."

타이거클로가 무거운 목소리로 말했다.

"아무리 내 훈련병이라고 해도⋯⋯."

그는 너무 가슴이 아파서 더 이상 말할 수 없다는 듯 말끝을 흐렸다.

더 이상 듣고 있을 수가 없었다. 파이어포는 달래는 까맣게 잊은 채 돌아서서 최대한 빠르고 조용하게 진영으로 돌아왔다.

레이븐포에게는 자신이 들은 이야기를 하지 않기로 마음먹었다. 레이븐포는 분명히 겁에 질릴 것이다. 파이어포는 마음이 어지러웠다. 그가 무엇을 할 수 있을까? 타이거클로는 종족의 부지도자이자 훌륭한 전사였다. 또한 모든 고양이들에게 평판이 좋았다. 한낱 훈련병이 문제를 제기한다 해도 아무도 귀를 기울이지 않을 것이다. 하지만 레이븐포가 위험에 처해 있었다. 그가 할 수 있는 일은 한 가지밖에 없었다. 방금 들은 이야기를 블루스타에게 말해야 했다. 그리고 어떻게 해서든 자신의 말이 진실이라는 것을 믿게 만들어야 했다.

19

불이 종족을 구할 수 있다

파이어포가 진영으로 돌아왔을 때, 그레이포와 레이븐포는 아직도 덤불에 난 구멍을 메우고 있었다. 그들은 파이어포가 비집고 들어올 수 있을 만큼의 틈을 남겨 두었다.

"달래는 못 찾았어. 다크스트라이프가 밖에서 어슬렁거리고 있지 뭐야."

파이어포는 헐떡거리며 구멍을 통과해 들어왔다.

"신경 쓰지 마. 내일 가져오면 되지."

그레이포가 말했다.

"스파티드리프한테 가서 양귀비 씨앗을 좀 얻어 올게."

파이어포가 말했다. 친구가 고통스러워하며 생기 없는 눈빛으로 뻣뻣하게 움직이는 모습이 걱정스러웠다.

"아니야, 걱정하지 마. 난 괜찮아."

그레이포가 사양했다.

"힘들 것도 없어."

파이어포는 고집스럽게 말하고, 그레이포가 말릴 새도 없이 스파티드리프의 거처를 향해 달려갔다.

스파티드리프는 거처 앞 작은 공터를 거닐고 있었다. 눈빛에 불안한 기색이 역력했다.

"괜찮으세요?"

파이어포가 물었다.

"별족의 영혼이 들썩이고 있어. 나한테 무언가를 말하려는 것 같아."

스파티드리프가 초조하게 꼬리를 흔들며 대답했다.

"무슨 일이니?"

"양귀비 씨앗이 좀 필요해요. 그레이포가 시궁쥐에 물린 다리 상처가 아직도 아프대요."

"라이언하트를 잃은 슬픔 때문에 부상이 더 심하게 느껴질 거야. 하지만 곧 회복될 테니 걱정하지 말렴. 그리고 네 말이 맞아. 양귀비 씨앗이 도움이 될 거란다."

스파티드리프는 거처로 들어가서 말린 양귀비 꼬투리를 가지고 나왔다. 그리고 조심스럽게 바닥에 내려놓았다.

"한두 개만 흔들어 빼내서 가져다주면 돼."

"고맙습니다. 그런데 정말 괜찮으세요?"

"어서 친구에게 가 보렴."

스파티드리프는 그의 눈길을 피하며 대답했다.

파이어포는 이빨 사이에 양귀비 꼬투리를 물고 걸어가기 시작했다.

"잠깐만!"

스파티드리프가 갑자기 소리쳤다.

파이어포는 빙그르르 돌아서 그녀의 황갈색 눈을 마주 보았다. 그녀는 타는 듯한 눈길로 그를 뚫어져라 바라보았다.

"파이어포, 여러 달 전에 별족이 내게 해 준 말이 있어. 네가 종족에 오기도 전이었지. 별족이 지금 네게 그 말을 해 주길 바라는 것 같아. 그들은 오직 '불'만이 우리 종족을 구할 수 있다고 했어."

파이어포는 영문을 몰라 스파티드리프를 빤히 쳐다보았다.

그녀의 눈에서 낯설게 타오르던 불꽃이 점차 사그라졌다.

"조심하렴, 파이어포."

그녀는 다시 평소와 같은 목소리로 말하고 돌아섰다.

"네."

파이어포는 다시 고사리 굴길로 걸어 나왔다. 그녀의 이상한 말들이 머릿속에 맴돌았지만, 전혀 이해할 수가 없었다. 그 이야기를 왜 그에게 해 준 걸까? 불은 숲에 사는 모든 이들의 적이었다. 파이어포는 답답함을 떨쳐 버리려는 듯 고개를 흔들었다. 그리고 훈련병의 거처로 뛰어갔다.

"그레이포!"

파이어포는 자고 있는 친구의 귓가에 대고 속삭였다. 그들은 아침 내내 자도 좋다는 허락을 받았다. 진영을 정비하느라 거의 밤새도록 일을 했기 때문이다. 타이거클로가 그들에게 해가 가장 높이 뜬 시간에 훈련을 시작할 거라는 명령을 내린 상태였다.

파이어포는 거처 안으로 강렬하게 비쳐 드는 빛을 보고 훈련 시간이 가까워졌다는 것을 알았다. 간밤에는 제대로 잠을 이룰 수가 없었다. 잠이 들려고 할 때마다 꿈이 소용돌이처럼 밀려들었다. 혼란스럽고 불분명하고 어둡고 위협적인 꿈이었다.

"그레이포!"

파이어포는 다시 한 번 속삭였다. 하지만 친구는 꿈쩍도 하지 않았다. 자기 전에 양귀비 씨앗을 두 개 먹고 지금은 깊은 잠에 빠져 있었다.

"일어났어, 파이어포?"

레이븐포가 잠자리에서 말을 걸었다.

파이어포는 숨을 죽이고 낮게 그르렁거렸다. 레이븐포가 깨어나기 전에 그레이포에게 먼저 말을 하고 싶었는데 낭패였다.

레이븐포가 이끼와 히스로 만든 잠자리에서 일어나 앉아 혀로 빠르게 몸을 닦았다. 그리고 고갯짓으로 그레이포를 가리키며 물었다.

"깨우려고?"

거처 밖에서 낮은 목소리가 들렸다.

"그래야겠지! 훈련이 곧 시작될 테니까."

파이어포와 레이븐포는 깜짝 놀랐다.

"그레이포, 일어나! 타이거클로가 기다리고 있어."

파이어포는 한 발로 친구를 쿡 찔렀다.

그레이포가 고개를 들었다. 아직 잠이 덜 깨서 눈이 반쯤 감겨 있었다.

"아직도 준비가 덜 되었나?"

타이거클로가 소리쳤다.

파이어포와 레이븐포는 거처에서 나갔다. 강렬한 햇빛에 눈을 제대로 뜰 수가 없었다. 부지도자는 나무 그루터기 옆에 앉아 있었다.

"다른 한 녀석은 오고 있는 건가?"

"네, 지금 막 일어났거든요."

친구를 보호하려고 파이어포가 얼른 말했다.

"훈련을 하면 도움이 될 거다. 애도는 그만하면 충분하니까."

파이어포는 잠깐 동안 사나운 호박색 눈빛을 마주 보았다. 전사와 훈련병의 눈빛이 순간적으로 마치 적끼리 대면하듯 맞붙었다.

그때 그레이포가 잠이 덜 깬 상태로 거처에서 나왔다.

"블루스타가 곧 올 거다, 파이어포."

타이거클로의 말에 파이어포는 분노했던 마음도 잊었다. 블루스타와 함께하는 첫 훈련이었다! 온몸에 흥분이 밀려들었다. 그는 부상당한 스승이 좀 더 휴식을 취할 거라 생각했었다.

"그레이포, 너는 나와 함께 훈련하면 된다. 레이븐포, 넌 할 수 있겠느냐?"

타이거클로가 자신의 훈련병을 노려보았다.

"우리가 시궁쥐들과 싸우고 있을 때 넌 지독한 쐐기풀에 찔렸으니."

레이븐포는 바닥을 내려다보며 대답했다.

"전 괜찮습니다."

그레이포와 레이븐포는 부지도자를 따라 진영 밖으로 나갔다. 가시금작화 굴길로 사라지는 내내 레이븐포는 고개를 푹 숙이고 있었다.

파이어포는 앉아서 블루스타를 기다렸다. 오래지 않아 블루스타가 거처에서 나타나 공터를 가로질러 걸어왔다. 아직도 상처 난 몸에 군데군데 털이 엉겨 붙어 있었지만, 자신감 넘치는 걸음걸이에는 어떠한 고통도 드러나지 않았다.

"가자."

블루스타가 파이어포를 불렀다.

파이어포는 그녀가 혼자인 것을 알아채고 깜짝 놀랐다. 다크스트라이프와 롱테일은 보이지 않았다. 머릿속에 번뜩 어떤 생각이 떠올랐다. 지난밤 엿들은 이야기를 블루스타에게 전할 절호의 기회였다!

파이어포는 가시금작화 굴길로 향하는 블루스타를 따라잡아, 한 발짝 뒤에서 보조를 맞추어 걸어갔다.

"호위병들도 함께 가나요?"

파이어포는 머뭇거리며 물었다.

블루스타는 돌아보지 않고 대답했다.

"다크스트라이프와 롱테일에게는 진영을 정비하는 일을 도우라고 지시했다. 천둥족의 근거지를 튼튼히 하는 일이 무엇보다도 우선이니까."

파이어포의 심장이 빠르게 뛰었다. 그는 진영을 떠나자마자 레이븐포에 대해 이야기할 작정이었다.

두 고양이는 길을 따라 모래 분지로 향했다. 황금빛 잎사귀가 길을 완전히 덮어 발밑에서 바스락거리는 소리가 났다. 파이어포는 적당한 말을 찾느라 머릿속이 복잡했다. 지도자에게 뭐라고 말해야 할까? 타이거클로가 자기 훈련병을 제거할 계략을 꾸미고 있다고? 블루스타가 이유를 물으면 뭐라고 답해야 할까? 타이거클로가 레드테일을 죽였을지도 모른다는 말을 정말 입 밖으로 꺼낼 수 있을까? 레이븐포가 종족 모임에서 신 나게 떠들어 댄 이야기 말고는 아무런 증거가 없는데도?

모래 분지에 다다를 때까지 파이어포는 아무 말도 하지 못하고 있었다. 분지는 비어 있었다.

"타이거클로에게 오늘은 다른 곳에서 훈련을 하라고 당부해 두었다."

블루스타가 분지 가운데로 걸어가며 설명했다.

"나는 네 전투 기술에 집중하고 싶다. 그리고 너도 집중하기를 바란다. 다시 말해, 딴생각을 하면 안 된다는 뜻이다."

'지금이야. 레이븐포가 어떤 위험에 처해 있는지 알려야 해.'

파이어포는 초조해서 발이 근질거렸다.

'이런 기회는 또 없을 거야……'

별안간 옆에서 번쩍하는 움직임이 보이더니, 청회색의 무언가가 휙 소리를 내며 코를 스쳐 지나갔다. 파이어포는 균형을 잃고 앞으로 고꾸라졌다. 정신을 차리고 비틀거리며 몸을 일으켜 보니, 블루스타가 차분하게 옆에 앉아 있었다.

"이제 나한테 집중할 수 있겠느냐?"

"네, 블루스타. 죄송해요!"

파이어포는 블루스타의 눈을 보며 허둥지둥 대답했다.

"좀 낫군. 파이어포, 네가 우리와 함께한 지도 벌써 여러 달이 지났다. 난 네가 싸우는 모습을 지켜보았다. 시궁쥐와 싸울 때 너는 민첩했다. 그림자족 전사들과 맞붙었을 때는 사나웠고. 너는 우리가 처음 만났던 그날, 바로 그레이포의 허를 찔렀지. 그리고 옐로팽과도 영리하게 싸워서 이겼다."

블루스타는 잠시 말을 멈추었다. 그리고 이번에는 목소리를 낮추어 좀 더 진지하게 말했다.

"하지만 언젠가는 너처럼 이 모든 것을 갖춘 상대를 만나게 될 것이다. 민첩하고 사납고 영리한 상대. 그날을 위해 널 준비시키는 것이 내 임무다."

파이어포는 블루스타의 말에 완전히 매료되어 고개를 끄덕였다. 이제 그의 감각이 모두 깨어났다. 레이븐포와 타이거클로에 대한 생각은 완전히 사라져 버렸다. 숲에서 나는 퀴퀴한 냄새와 작은 소리들만이 마음을 채우고 있었다.

"어떻게 싸우는지 한번 볼까? 날 공격해 봐라."

파이어포는 그녀를 바라보면서, 어떻게 시작하는 것이 최선일지 이리저리 재 보았다. 블루스타는 그리 멀지 않은 거리에 서 있었다. 그녀는 파이어포보다 덩치가 두 배는 컸다. 평범한 발차기와 몸싸움으로 시작하는 것은 소용이 없어 보였다. 하지만 힘차게 뛰어올라 곧장 등에 올라탈 수 있다면, 균형을 잃게 만들 수 있을지도 모른다. 블루스타는 날카로운 푸른 눈을 그에게서 잠시도 떼지 않고 있었다. 파이어포는 시선을 맞받으며 펄쩍 뛰어올랐다.

어깨에 곧바로 내려앉을 작정이었지만, 블루스타는 이미 대비를 하고 있었다. 그녀는 재빨리 자세를 낮추고 몸을 웅크렸다. 파이어포가 와서 부딪치는 순간 블루스타는 몸을 굴렸다. 그 바람에 파이어포는 어깨에 내려앉지 못하고, 대신 뒤집힌 배에 쿵 부딪치고 말았다. 그녀는 네 발로 그를 붙들어 쉽게 떼어 내 버렸다. 파이어포는 귀찮은 새끼 고양이 취급을 당한 기분이었다. 먼지를 일으키며 바닥에 세게 부딪힌 파이어포는 잠시 헐떡거리며 누워 있다가 허둥지둥 일어났다.

"재미있는 전략이구나. 하지만 어디를 겨냥하고 있는지 네 눈에서 다 드러나 버렸다."

블루스타가 털에서 먼지를 털어 내면서 말했다.

"자, 다시 해 봐라."

파이어포는 이번에는 블루스타의 어깨를 바라보면서 발을 겨냥했다. 블루스타가 몸을 웅크릴 때 다리를 공격할 생각이었다. 뛰어오르는 순간부터 느낌이 좋았다. 하지만 블루스타가 예기치 않게 공중으로 튀어 오르는 바람에, 그녀가 조금 전까지 서 있던 자리에 쿵 떨어지고 말았다. 블루스타는 정확하게 때를 맞추어, 그가 내려앉는 순간 위로 올라타 숨이 막히도록 짓눌렀다.

"이제 내가 예상하지 못하는 걸 해 봐라."

블루스타가 귀에 대고 속삭였다. 그리고는 물러나면서 도발적인 눈초리를 보냈다.

파이어포는 헐떡거리며 일어나 짜증스럽게 몸을 털었다. 옐로팽도 이렇게까지 까다롭지는 않았다. 그는 쉭쉭거리며 다시 뛰어올랐다. 이번에는 블루스타에게 몸을 날리며 앞발을 쭉 뻗었다. 그녀는 뒷다리로 버티고 서서 앞발로 그를 비틀어 날려 버렸다. 파이어포는 미끄러지면서 뒷발을 허우적거렸지만 너무 늦었다. 결국 그는 옆으로 털썩 쓰러지고 말았다.

"파이어포."

그가 다시 일어서는 사이에 블루스타가 침착하게 말했다.

"너는 강하고 빠르다. 하지만 속도와 무게를 조절하는 법을 배워야 해. 그렇게 쉽게 균형을 잃지 않으려면 말이다. 다시 해 봐."

파이어포는 뒤로 물러났다. 더운 데다 먼지가 풀풀 날렸고, 숨도 찼다. 좌절감이 들고 화도 치밀었다. 이번에는 반드시 스승을 이기겠다고 굳게 다짐했다. 파이어포는 천천히 몸을 웅크리고 블루스타를 향해 기어가기 시작했다. 블루스타 역시 똑같이 웅크리고, 다가오는 그의 얼굴에 대고 그르렁거렸다. 파이어포는 한 발을 들어 블루스타의 왼쪽 귀를 후려쳤다. 블루스타는 일격을 피하려고 몸을 휙 구부렸다가, 뒷발로 서서 그를 내려다보았다. 파이어포는 재빨리 등으로 굴러 블루스타의 몸 아래쪽으로 미끄러져 들어갔다. 그리고 날쌔게 양쪽 뒷다리를 들어 올려 블루스타의 배를 걷어찼다. 블루스타는 요란한 소리를 내며 뒤로 나동그라져 모래땅에 떨어졌다.

파이어포는 몸을 휙 뒤집고 의기양양하게 벌떡 일어났다. 그때 먼지 속에 누워 있는 블루스타가 보였다. 그녀가 부상을 입은 상태라는 사실이 떠올랐다. 그 상처가 다시 벌어진 걸까? 파이어포는 블루스타 옆으로 달려갔다. 다행스럽게도 블루스타는 뿌듯한 눈빛으로 그를 바라보았다.

"훨씬 나아졌구나."

블루스타는 숨을 헉헉거리며 말하더니 일어나서 몸을 털었다.

"이제 내 차례다."

블루스타는 곧장 달려들어 그를 바닥에 눕혔다. 그리고 잠시 뒤로 물러나서 그가 일어나기를 기다렸다가, 다시 달려들었다. 파이어포는 공격에 대비했지만, 블루스타는 어렵지 않게 그를 다시 쓰러뜨렸다.

"내 몸집을 봐라, 파이어포! 내 공격에 바로 맞서려고 들지 마라. 머리를 써. 나를 피할 만큼 빠르다면, 피하는 게 좋다!"

파이어포는 다시 일어나서 블루스타의 공격에 대비했다. 이번에는 부드러운 모래땅에 발을 깊숙이 박지 않고, 발가락에 체중을 실은 채 슬쩍 바닥에 닿기만 할 정도로 서 있었다. 블루스타가 달려오자, 그는 멋지게 몸을 피해 뒷다리로 버티고 섰다. 그리고 날아오는 그녀의 몸을 앞발로 밀쳐 냈다.

블루스타는 네 발로 우아하게 착지하며 뒤를 돌아보았다.

"잘했어! 빨리 배우는구나. 하지만 그건 쉬운 동작이었다. 이번에는 어떻게 대처하는지 보자."

그들은 해가 넘어갈 때까지 훈련을 계속했다.

"오늘은 이 정도로 하자."

블루스타의 말에 파이어포는 안도의 한숨을 내쉬었다.

블루스타는 피곤하고 몸이 뻣뻣해 보였지만, 여전히 가볍게 뛰면서 모래 분지를 빠져나갔다.

파이어포는 그 뒤를 따랐다. 근육이 쑤시고 오늘 배운 여러 가지 기술로 머릿속이 빙빙 돌았다. 얼른 돌아가서 그레이포와 레이븐포에게 이번 훈련에 대해 말해 주고 싶어서 조바심이 났다. 진영에 거의 다다라서야 파이어포는 깨달았다. 블루스타에게 레이븐포에 대해 말하는 것을 잊어버렸다는 사실을.

20

사라진 새끼 고양이들

파이어포가 돌아왔을 때, 진영은 조금 나아 보였다. 고양이들은 조를 짜서 하루 종일 끊임없이 망가진 곳을 메우고 수리하느라 바빴다. 프로스트퍼와 골든플라워는 여전히 보육실 벽을 튼튼하게 보강하고 있었다. 바깥쪽 방벽은 이제 다시 단단하고 안전하게 보였다.

파이어포는 공터를 가로지르며 싱싱한 먹이가 있는지 살펴보았다. 순찰을 나갈 준비를 하는 샌드포와 더스트포가 보였다.

파이어포가 먹이를 먹는 곳 주변을 킁킁거리고 있으니, 샌드포가 다가왔다.

"미안해, 마지막 쥐 두 마리를 우리가 먹었어."

파이어포는 어깨를 으쓱했다. 먹이는 나중에 직접 잡으면 된다. 그는 훈련병의 거처로 향했다. 그곳에는 그레이포가 나무 그루터기에 등을 기댄 채 앞발을 핥으며 앉아 있었다.

"레이븐포는 어디 있어?"

파이어포가 옆에 앉으며 물었다.

"아직 돌아오지 않았어."

그레이포가 대답했다.

"이거 좀 봐!"

그레이포가 발을 들어 올려 파이어포에게 보여 주었다. 발바닥이 찢어져 피가 흐르고 있었다.

"타이거클로가 나한테 물고기를 잡으라고 시키는 바람에 시내에 있는 뾰족한 돌을 밟았지 뭐야."

"상처가 꽤 깊어 보이는데. 스파티드리프에게 가서 좀 봐 달라고 해."

파이어포가 충고했다.

"그나저나 타이거클로가 레이븐포를 어디로 보냈어?"

"몰라. 난 배까지 차오르는 찬물 속에 들어가 있었단 말이야."

그레이포가 투덜거렸다. 그러고는 일어나서 절룩거리며 스파티드리프의 거처로 향했다.

파이어포는 자리에 앉아 진영 입구를 뚫어져라 바라보며 레이븐포를 기다렸다. 지난밤에 전사들의 대화를 엿들은 뒤로, 친구에게 뭔가 무시무시한 일이 일어날 것 같다는 느낌을 떨쳐 버릴수가 없었다. 타이거클로가 혼자 진영에 들어서는 모습을 보자, 파이어포의 심장은 마구 요동쳤다.

파이어포는 좀 더 기다려 보았다. 달이 하늘 높이 떴는데, 지금쯤이면 레이븐포는 당연히 돌아왔어야 하는 게 아닐까? 기회가 왔을 때 블루스타에게 이야기를 했다면 얼마나 좋았을까? 블루스타의 거처를 지키고 있는 다크스트라이프와 롱테일이 보였

다. 파이어포는 자신이 걱정하는 문제를 두 호위병이 엿듣는 건
원하지 않았다.

전사들의 거처 바깥에서는 타이거클로가 돌아오는 길에 잡아
온 싱싱한 먹이를 화이트스톰과 나누어 먹고 있었다. 그 모습을
본 파이어포는 자신이 얼마나 배가 고픈지 새삼 깨달았다. 어쩌
면 나가서 사냥을 하는 편이 좋을 수도 있었다. 그러면 진영 밖
에서 레이븐포와 마주칠지도 모른다. 어떻게 할지 궁리하는 사
이, 진영 입구로 들어서는 레이븐포가 보였다. 파이어포는 안도
의 한숨을 내쉬었다. 레이븐포는 싱싱한 먹잇감을 입에 물고 있
었다.

레이븐포는 파이어포에게 곧장 걸어오더니 입에 문 먹이를 바
닥에 내려놓았다.

"우리 셋이 먹기에 충분해!"

레이븐포가 자랑스럽게 말했다.

"그리고 특별히 더 맛있을 거야. 그림자족 진영에서 잡아 온
거거든."

파이어포는 헉하고 놀랐다.

"그림자족 영역에서 사냥을 했다고?"

"그게 내가 맡은 임무였어."

레이븐포가 설명했다.

"타이거클로가 적의 영역에서 사냥을 하도록 시켰다니!"

파이어포는 믿기가 힘들었다.

"블루스타에게 말해야겠어. 그건 너무 위험한 일이잖아!"

블루스타의 이름을 입에 올리자 레이븐포가 고개를 가로저었다. 쫓기는 듯한 표정이었고, 두 눈은 두려움으로 그늘졌다.

"이봐, 그냥 조용히 있어. 알겠지?"

레이븐포가 속삭였다.

"어쨌든 살아남았잖아. 심지어 먹이도 잡아 왔고. 그거면 된 거야."

"이번에는 살아남은 거지!"

파이어포는 쏘아붙였다.

"쉿! 타이거클로가 지켜보고 있어. 그냥 네 몫이나 먹고 입 다물란 말이야!"

레이븐포가 벌컥 화를 냈다.

파이어포는 어깨를 으쓱하고 싱싱한 먹이를 한 점 먹었다. 레이븐포는 파이어포의 눈길을 피하면서 급하게 먹이를 먹었다.

잠시 뒤 레이븐포가 물었다.

"그레이포 몫을 남겨 둘까?"

"그 녀석은 스파티드리프에게 갔어."

파이어포는 우물거리며 대답했다.

"발을 베었대. 언제 돌아올지 몰라."

"그래, 그럼 네가 알아서 남겨 줘."

레이븐포가 지친 목소리로 대답했다.

"피곤하다. 좀 자야겠어."

레이븐포는 일어나서 훈련병의 거처로 들어갔다.

파이어포는 밖에 남아 밤을 준비하는 진영을 둘러보았다. 지난밤 숲에서 들은 이야기를 레이븐포에게 해 줘야만 했다. 레이븐포도 자신이 얼마나 큰 위험에 처해 있는지 알아야 했다.

타이거클로는 화이트스톰 옆에 누워서 혀를 나누고 있었다. 하지만 한쪽 눈은 훈련병의 거처에 고정되어 있었다. 파이어포는 타이거클로에게 자신이 피곤하다는 걸 보여 주려고 하품을 쩍 했다. 그리고 자리에서 일어나 거처 안으로 들어갔다.

레이븐포는 잠들어 있었다. 발과 수염을 씰룩거리는 것으로 보아 꿈을 꾸는 모양이었다. 작게 흐느끼며 끽끽대는 걸 보니 좋은 꿈은 아닌 것 같았다. 그때 별안간 레이븐포가 벌떡 일어나더니 겁에 질려 눈을 휘둥그렇게 떴다. 털은 끝까지 곤두서 있었고, 등은 동그랗게 말고 있었다.

"레이븐포!"

파이어포는 놀라서 친구를 불렀다.

"진정해. 넌 우리 거처에 있어. 여기는 나밖에 없어!"

레이븐포가 주변을 휙휙 둘러보았다.

"나밖에 없다니까."

레이븐포는 눈을 끔벅였다. 앞에 있는 친구를 알아보는 듯했다. 이내 그는 잠자리에 푹 쓰러졌다.

"레이븐포."

파이어포는 진지하게 입을 열었다.

"네가 알아야 할 게 있어. 어젯밤에 내가 달래를 찾으러 밖에 나갔을 때 들은 거야."

레이븐포는 아직도 꿈에서 벗어나지 못한 채 몸을 떨면서 고개를 돌렸다. 하지만 파이어포는 계속 말했다.

"레이븐포, 타이거클로가 다크스트라이프와 롱테일한테 하는 얘기를 내가 들었어. 네가 천둥족을 배신했다고 했어. 어머니의 입으로 가는 여정 중에 네가 빠져나가서, 그림자족에게 우리 진영이 무방비 상태라는 걸 알려 줬다고 말이야."

레이븐포가 파이어포에게 고개를 휙 돌렸다.

"난 안 그랬어!"

레이븐포가 겁에 질려 소리쳤다.

"물론 안 그랬지. 하지만 다크스트라이프랑 롱테일은 네가 그랬다고 믿어. 타이거클로가 널 없애야 한다고 그들을 설득했어."

레이븐포는 할 말을 잃은 듯했다. 그저 숨이 막히는 듯 헉헉거리는 소리만 낼 뿐이었다.

"타이거클로가 왜 너를 없애려는 거지, 레이븐포?"

파이어포는 부드럽게 물었다.

"타이거클로는 종족에서 가장 힘센 전사잖아. 그런데 왜 너를 두려워하는 거야?"

파이어포는 자신이 이미 그 답을 알고 있다고 생각했다. 하지만 레이븐포의 입으로 직접 진실을 듣고 싶었다. 그는 레이븐포가 적당한 말을 찾을 동안 기다려 주었다.

마침내 검은색 훈련병이 파이어포에게 가까이 다가와, 귀에 대고 쉰 목소리로 소곤거렸다.

"강족 부지도자가 레드테일을 죽인 게 아니기 때문이야. 타이거클로가 죽였어."

파이어포는 말없이 고개를 끄덕였다. 레이븐포는 긴장해서 갈라지는 목소리로 다시 소곤소곤 말을 이었다.

"레드테일이 강족의 부지도자를 죽였어."

"그러니까 타이거클로가 오크하트를 죽인 게 아니란 말이지?"

레이븐포가 고개를 끄덕였다.

"맞아, 타이거클로가 죽인 게 아니야! 레드테일이 오크하트를 죽인 뒤에, 타이거클로가 나한테 진영으로 돌아가라고 명령했어. 나는 거기 있고 싶었는데, 타이거클로가 가라고 소리를 지르는 바람에 어쩔 수 없이 숲으로 달려갔지. 그때 계속 달렸어야 하는 건데……. 하지만 동료들이 계속 싸우고 있는데 나 혼자 떠날 수가 없었어. 그래서 혹시나 타이거클로에게 도움이 필요한지 보려고 돌아갔어. 내가 다시 갔을 때는 강족 전사들이 모두 도망간 뒤였어. 레드테일이랑 타이거클로만 남아 있었지. 레드테일이 도망가는 마지막 강족 전사를 지켜보고 있는데 타이거클로가……."

레이븐포는 잠시 말을 멈추더니 침을 꿀꺽 삼켰다.

"타이거클로가 레드테일에게 달려들었어. 레드테일의 목덜미를 힘껏 물더니, 땅바닥으로 내팽개쳤어. 나는 도망쳐 버렸어. 타이거클로가 나를 봤는지 못 봤는지 모르겠어. 진영에 도착할 때까지 앞만 보고 달렸거든."

"왜 블루스타에게 말하지 않았어?"

파이어포는 부드럽게 물었다.

"내 말을 믿어 줬을까?"

레이븐포가 눈동자를 굴리며 물었다.

"넌 나를 믿어?"

"물론 믿지."

파이어포는 두 귀 사이를 핥아 주며 친구를 달랬다. 타이거클로의 배신에 대해 블루스타에게 말할 기회를 다시 찾아봐야만 했다.

"걱정하지 마. 내가 해결해 볼게."

파이어포는 약속했다.

"그때까지는 나나 그레이포에게 딱 붙어 있어야 돼."

"그레이포도 알아? 그들이 나를 없애려고 하는 거?"

"아직은 몰라. 하지만 내가 말할 거야."

레이븐포는 잠자코 배를 깔고 누워 앞을 바라보았다.

"괜찮아, 레이븐포."

파이어포는 깡마른 친구의 몸을 코로 비볐다.

"이 일에서 벗어나도록 도와줄게."

그레이포는 새벽이 되어서야 거처로 돌아왔다. 샌드포와 더스트포는 한참 전에 순찰에서 돌아와 잠들어 있었다.

"안녕?"

그레이포가 며칠 만에 쾌활한 목소리로 말했다.

파이어포는 단번에 잠이 깼다.

"목소리가 좋아졌네."

그레이포가 파이어포의 귀를 핥아 주었다.

"스파티드리프가 내 상처에 찐득찐득한 뭔가를 붙여 줬는데, 그 덕분에 몇 시간 동안이나 가만히 누워 있어야 했어. 그러다 깜빡 잠이 들었나 봐. 그건 그렇고 저기 있는 되새는 내 몫이겠지? 배고파 죽겠어!"

"맞아, 레이븐포가 잡아 온 거야. 타이거클로가 글쎄……."

"너희 둘, 조용히 좀 해. 여기 자고 싶은 고양이들도 있다고!"

샌드포가 으르렁댔다.

그레이포는 샌드포를 향해 눈을 흘겼다.

"브린들페이스가 새끼를 낳았대. 같이 가서 보자."

파이어포는 기뻐하며 가르랑거렸다. 드디어 천둥족에 축하할 일이 생긴 것이다. 그는 아직 자고 있는 레이븐포를 한번 쳐다본 후, 동굴 밖으로 나가 그레이포와 함께 공터를 가로질러 보육실로 향했다. 떠오르는 해가 털가죽을 따스하게 비춰 주었다. 파이어포는 보란 듯이 몸을 쭉 뻗었다. 허리가 시원해지고 다리에 힘이 생기는 걸 느낄 수 있었다.

"잘난 척 좀 그만하시지!"

그레이포가 뒤를 돌아보며 소리쳤다. 파이어포는 몸풀기를 멈추고 친구 뒤를 쫓아갔다.

화이트스톰이 보육실 밖에 앉아 입구를 지키고 있었다.

"새로 태어난 새끼 고양이들을 보러 온 거구나?"

파이어포와 그레이포가 다가가자 화이트스톰이 물었다. 파이어포는 고개를 끄덕였다.

"한 번에 하나씩만 들어갈 수 있는데 지금은 기다려야 한다.

블루스타가 와 있거든."

"네가 먼저 들어가. 나는 옐로팽에게 다녀올게."

파이어포는 화이트스톰에게 공손하게 고개를 숙여 인사하고는 옐로팽의 보금자리로 향했다.

옐로팽은 귀 뒤를 닦는 중이었다. 집중하느라 눈을 반쯤 감고 있었다.

"귀를 닦으면 비가 올 거라고 말하지는 마세요!"

파이어포가 놀리듯 말하자 옐로팽이 고개를 들었다.

"원로들이 하는 이야기를 너무 많이 들었구나. 비가 온다면 어차피 젖을 텐데 뭐하러 귀를 닦겠니?"

파이어포는 재미있어서 수염을 씰룩거렸다.

"브린들페이스가 낳은 새끼 고양이들을 보러 가실래요?"

옐로팽이 순간 뻣뻣하게 굳어지더니 고개를 가로저었다.

"나는 별로 환영받지 못할 것 같구나."

"하지만 당신이 새끼들을 구해……."

"어미 고양이는 갓 태어난 새끼들에 대한 보호 본능이 매우 강하단다. 특히 새끼를 처음 낳으면 더 그렇지. 난 떨어져 있는 게 좋겠구나."

옐로팽이 말했다. 반박할 여지를 주지 않는 단호한 목소리였다.

"편한 대로 하세요. 하지만 저는 보러 갈 거예요. 진영에 새끼 고양이가 새로 태어나다니, 좋은 징조가 틀림없어요."

옐로팽이 어깨를 으쓱했다.

"그럴 때도 있지."

그녀가 음울하게 중얼거렸다.

파이어포는 돌아서서 다시 보육실로 향했다. 구름이 해를 가려 공기가 더 서늘해졌다. 사나운 바람이 불어와 털을 잡아끌었고, 공터 주변 나뭇잎들을 바스락바스락 흔들었다.

블루스타가 보육실 밖에 앉아 있었다. 그 뒤편으로 보육실의 좁은 입구로 막 사라지는 그레이포의 꼬리가 보였다.

"파이어포."

블루스타가 인사를 건넸다.

"천둥족의 예비 전사들을 보러 온 것이냐?"

천둥족 지도자는 지치고 슬픈 목소리였다.

파이어포는 깜짝 놀랐다. 새끼 고양이의 탄생은 분명 천둥족에게 좋은 소식이 아니었던가?

"네, 맞아요."

"그래, 그럼 다 보고 나면 내 거처로 오너라."

"네, 블루스타."

블루스타는 자신의 거처를 향해 천천히 걸어갔다. 파이어포는 털이 곤두섰다. 블루스타와 단둘이 이야기할 기회가 다시 생긴 것이다. 어쩌면 별족은 자신의 편일지도 모른다는 생각이 들었다.

그레이포가 보육실 입구에서 나왔다.

"새끼 고양이들이 정말 귀여워. 그런데 난 지금 배가 너무 고파! 나가서 싱싱한 먹이를 좀 찾아봐야겠어. 뭐라도 찾으면 네 몫을 남겨 둘게."

그레이포는 파이어포에게 다정하게 눈을 찡긋하고는 달려갔다.

319

파이어포는 잘 가라는 인사를 하고 화이트스톰을 쳐다보았다. 화이트스톰은 보육실로 들어가도 좋다는 뜻으로 고갯짓을 했다. 파이어포는 작은 입구를 비집고 들어갔다.

두툼하게 만든 브린들페이스의 잠자리에 자그마한 새끼 고양이 넷이 옹기종기 따스하게 모여 있었다. 털은 엄마를 닮아 옅은 회색 바탕에 짙은 얼룩이 있었다. 수고양이 하나만 형제들과 달리 진회색 털이었다. 새끼 고양이들은 눈을 꼭 감은 채 가냘프게 야옹거리며 브린들페이스의 배 옆에서 꼼지락거렸다.

"좀 어때요?"

파이어포는 그녀에게 속삭였다.

"조금 피곤해."

브린들페이스가 뿌듯한 얼굴로 새끼들을 내려다보며 대답했다.

"하지만 새끼 고양이들이 모두 건강하고 튼튼해."

"천둥족에 새끼 고양이가 태어나다니 행운이에요. 방금 옐로팽에게도 말해 주고 오는 길이에요."

브린들페이스는 대꾸하지 않았다. 파이어포는 자리를 벗어난 새끼를 더 가까이 끌어당기는 그녀의 눈에 언뜻 걱정스러운 기색이 스치는 것을 놓치지 않았다.

파이어포는 불안한 마음에 속이 뒤틀렸다. 블루스타가 이미 옐로팽을 천둥족으로 받아들였는데, 여전히 종족 누구도 그녀를 믿지 않는 듯했다. 파이어포는 브린들페이스의 옆구리를 다정하게 코로 어루만져 준 뒤에, 돌아서서 공터로 나갔다.

종족 지도자는 거처 입구에서 파이어포를 기다리고 있었다.

롱테일이 옆쪽에 앉아 있었다. 옅은 얼룩무늬 전사는 가까이 다가오는 파이어포를 무섭게 노려보았다. 파이어포는 그의 시선에 아랑곳하지 않고 블루스타를 바라보았다.

"안으로 들어가자."

블루스타가 앞장서 가면서 말했다. 파이어포는 그녀를 뒤쫓아 갔다. 롱테일이 그들을 따라오려는 듯이 벌떡 일어나자, 블루스타가 어깨 너머로 그를 돌아보며 말했다.

"파이어포와 함께 있으면 안전할 것 같네."

롱테일은 잠시 확신이 서지 않는 표정이었지만, 이내 입구 밖에 다시 자리를 잡고 앉았다.

파이어포는 블루스타의 거처 안에 들어가 본 적이 없었다. 그는 입구에 드리워진 이끼를 헤치고 그녀를 따라 들어갔다.

"브린들페이스의 새끼 고양이들이 아주 귀여워요."

파이어포가 말했다.

블루스타는 심각한 표정이었다.

"귀여울지는 몰라도, 어쨌든 먹여야 할 입이 더 생겼다는 뜻이지. 게다가 잎 없는 계절이 곧 올 테고."

파이어포는 지도자의 우울한 목소리에 놀란 마음을 숨길 수가 없었다.

"아, 너무 심각하게 받아들일 필요는 없단다. 찬 바람이 불기 시작하면 항상 걱정이 되거든. 자, 편히 앉아라."

블루스타가 고개를 숙여 마른 모래 바닥을 가리켰다.

파이어포는 발을 앞으로 모으고 앉았다.

블루스타는 이끼로 만든 잠자리에서 천천히 맴돌았다.

"어제의 훈련 때문에 아직도 몸이 쑤시는군."

마침내 자리를 잡고 꼬리로 발을 감싼 그녀가 거리낌 없이 말했다.

"잘 싸웠다."

파이어포는 칭찬을 들으니 날아갈 듯 기뻤다. 하지만 더 이상 기다릴 수 없었다. 심장이 쿵쾅쿵쾅 뛰었다. 지금이야말로 타이거클로에 대한 걱정을 지도자에게 이야기할 완벽한 기회였다. 파이어포는 말을 꺼내기 위해 고개를 들었다.

하지만 먼저 입을 뗀 것은 블루스타였다. 그녀의 시선은 그를 지나쳐서 거처 안쪽 벽을 향하고 있었다.

"아직도 진영에 그림자족의 역겨운 냄새가 남아 있다. 다시는 적들이 천둥족의 심장부에 쳐들어오는 일이 없기를 바랄 뿐이다."

파이어포는 공감하며 조용히 고개를 끄덕였다. 블루스타가 어떤 말을 할지 감을 잡을 수 없었다.

"그리고 너무 많이 죽었다."

블루스타가 한숨을 내쉬었다.

"처음에는 레드테일, 그다음엔 라이언하트. 그래도 우리에겐 아직 강하고 충성스러운 전사들이 남아 있으니 별족에게 감사를 드려야겠지. 타이거클로가 부지도자로 있는 한 천둥족은 스스로 방어할 수 있을 것이다."

파이어포는 가슴이 철렁 내려앉았다. 차디찬 얼음에 깊이 베인 것처럼 마음이 아팠다.

"타이거클로가 풋내기 전사이던 시절이 있었지. 나는 그가 가진 야망의 힘이 두려웠다. 그런 기운은 방향을 잘 잡아 줘야 하니까. 하지만 지금 나는 종족에게 존경받는 그를 보면서 무척 뿌듯해하고 있단다. 그에게 야망이 있다는 건 나도 잘 안다. 하지만 그 야망이 그를 용맹스럽게 만들어 주지. 타이거클로는 그동안 나와 한편이 되어 싸운 수많은 고양이들 중에서도 단연코 용감하단다."

파이어포는 깨달았다. 블루스타에게 타이거클로의 의혹에 대해 말할 수 없으리라는 것을. 블루스타는 부지도자가 종족 전체를 지켜 주리라 믿고 있었다. 이제 혼자서 레이븐포를 구해야 했다. 파이어포는 심호흡을 하고 천천히 눈을 깜박였다. 블루스타가 돌아서서 그의 눈을 보았을 때는 어떤 충격이나 실망의 흔적도 남아 있지 않도록.

블루스타가 조용하고 근심이 가득한 어조로 말을 이었다.

"너도 알겠지만, 브로큰스타는 또다시 공격해 올 것이다. 모든 영역에서 사냥할 권리를 갖겠다고 모임에서 분명히 밝혔으니까."

"한 번 싸워서 물리쳤잖아요. 다시 할 수 있어요."

파이어포는 강하게 말했다.

"그건 사실이야."

블루스타가 왠지 쓸쓸한 표정으로 고개를 끄덕였다.

"별족이 네 용기를 높이 살 거다, 파이어포."

그녀는 잠시 말을 멈추고 옆구리에 난 상처를 핥았다.

"네가 알고 있어야 할 것 같구나. 시궁쥐들과 싸울 때 나는 다섯 번째 목숨을 잃은 게 아니었다. 실은 그때가 일곱 번째였지."

파이어포는 충격을 받아 몸을 벌떡 일으켰다.

"내가 다섯 번째 목숨을 잃었다고 종족이 믿도록 한 것은, 내 안위를 걱정하지 않기를 바랐기 때문이다. 하지만 두 번만 더 목숨을 잃게 되면 나는 별족에게 가야 한단다."

파이어포는 머릿속이 어지러웠다. 왜 자신에게 이런 이야기를 하는 건지 궁금했다.

"저에게 말씀해 주셔서 고맙습니다."

파이어포는 깍듯하게 말했다.

블루스타가 고개를 끄덕였다.

"이제 피곤하구나. 가 봐도 좋다. 그리고 파이어포, 누구에게도 이 사실을 이야기해서는 안 된다."

"물론이에요, 블루스타."

파이어포는 이끼 장막을 헤치고 거처 밖으로 나갔다.

롱테일은 여전히 입구에 앉아 있었다. 파이어포는 그를 지나쳐서 거처로 향했다. 블루스타와 나눈 이야기 중 어느 것이 더 당혹스러운지 가늠할 수 없었다.

그때 갑자기 보육실에서 겁에 질린 울부짖음이 터져 나왔다. 파이어포는 그 자리에서 걸음을 멈췄다. 프로스트퍼가 꼬리를 빳빳하게 세운 채 놀라서 휘둥그레진 눈으로 공터로 뛰쳐나왔다.

"내 새끼들! 누군가 내 새끼들을 데려갔어요!"

타이거클로가 즉시 그녀에게 달려가며 종족에게 외쳤다.

"진영을 수색해라! 서둘러! 화이트스톰, 자리를 지켜 주시오.

전사들은 진영 경계를 수색하라! 훈련병들은 거처를 샅샅이 뒤져라!"

파이어포는 가장 가까이에 있는 전사들의 거처로 달려 들어갔다. 그곳은 비어 있었다. 발로 잠자리를 헤집어 보았지만 프로스트퍼의 새끼 고양이들은 보이지 않았고, 냄새도 나지 않았다.

파이어포는 밖으로 뛰어나가 자신의 거처로 향했다. 레이븐포와 그레이포가 벌써 안에서 잠자리들을 밀쳐 보고 구석구석 냄새를 맡고 있었다. 더스트포와 샌드포는 원로들의 거처를 수색하고 있었다. 파이어포는 거처를 뒤지는 일은 그들에게 맡겨 두고, 풀숲으로 달려갔다. 쐐기풀이 코를 찔렀지만 아랑곳하지 않고 덤불에 차례로 주둥이를 들이밀었다. 새끼 고양이들의 흔적은 어디에도 없었다. 그는 진영 경계 주변을 살펴보았다. 전사들이 이리저리 오가며 다급하게 공기 냄새를 맡아 보고 있었다.

멀리서 옐로팽의 모습이 눈에 들어왔다. 그녀는 허술한 고사리 방벽을 통과하고 있었다. 파이어포는 옐로팽이 새끼 고양이 냄새를 맡은 것이 틀림없다고 생각하고, 그녀를 향해 달려갔다. 고사리 방벽에 도착했을 때, 옐로팽의 꼬리는 이미 잎사귀들 틈으로 사라지고 없었다. 파이어포는 공기 냄새를 맡아 보았다. 새끼 고양이 냄새는 없었고, 겁에 질린 옐로팽의 냄새만 날 뿐이었다. 그녀는 무엇을 두려워한 걸까? 파이어포는 의아했다.

그때 보육실 뒤쪽 덤불에서 타이거클로의 외침이 들려왔다. 프로스트퍼를 앞세운 모든 고양이들이 그곳으로 달려갔다. 그들은 가능한 한 바싹 붙어서 무성하게 우거진 덤불 사이로 비집고 들어가 무슨 일이 있는지 들여다보았다. 파이어포는 조심스럽게 앞으로 나아가 타이거클로가 서 있는 곳을 바라보았다. 그곳에는 얼룩덜룩한 털 뭉치가 미동도 없이 누워 있었다.

스파티드리프였다!

파이어포는 생명이 빠져나간 그녀의 몸을 보고 믿을 수 없었다. 분노가 검은 구름처럼 치솟고, 피가 끓어올랐다. 누가 이런 짓을 한 걸까?

블루스타가 무리를 헤치고 걸어 나와 치료사에게 몸을 숙였다.

"전사에게 일격을 당해 죽었다."

블루스타가 조용히 말했다.

목을 길게 빼고 보던 파이어포는 스파티드리프의 목 뒤에 난 상처를 발견했다. 머리가 어질어질해지면서 갑자기 앞이 잘 보이지 않았다.

파이어포가 슬픔에 빠져 있는 사이, 무리 뒤편에서 웅성거리는 소리가 나더니 누군가 날카롭게 외쳤다.

"옐로팽이 사라졌다!"

21

폭풍 속 도주

"옐로팽이 스파티드리프를 죽이고 내 새끼들을 데려간 거야!"
프로스트퍼가 비명을 질렀다.

다른 어미 고양이들이 프로스트퍼의 옆으로 달려가 핥아 주고
어루만져 주며 진정시키려고 애썼다. 하지만 그녀는 고양이들을
밀어내고, 어둑어둑해지는 하늘을 향해 비탄에 빠진 울부짖음을
쏟아 냈다. 마치 대답이라도 하듯 하늘이 불길하게 우르릉거리
더니, 찬 바람이 불어와 고양이들의 털을 헝클어 놓았다.

"옐로팽!"

타이거클로가 쉭쉭거렸다.

"난 옐로팽이 배신자라는 걸 알고 있었어. 이제야 그녀가 그림
자족 부지도자를 어떻게 처리했는지 알겠군. 이게 다 우리 종족
으로 들어오기 위해 꾸민 속임수였어!"

머리 위에서 번개가 우지직거렸다. 번쩍이는 새하얀 빛은 마
치 타이거클로의 말에 강조 점을 찍는 듯했다. 숲 전체에 우렛소
리가 울렸다.

파이어포는 귓가에 들리는 말을 하나도 믿을 수 없었다. 슬픔으로 멍해진 머리가 혼란스럽기만 했다. 옐로팽이 정말로 스파티드리프를 죽인 걸까?

충격에 휩싸여 웅성거리는 소리 위로 다크스트라이프가 크게 외쳤다.

"블루스타! 뭐라고 말 좀 해 보십시오!"

고양이들은 침묵에 빠진 채 지도자를 향해 돌아섰다.

블루스타의 눈길이 고양이 무리를 가로질러 스파티드리프의 시신에 멈추었다. 이제 막 떨어지기 시작한 빗방울들이 아직 윤기가 나는 치료사의 털에 이슬처럼 맺혀 반짝거렸다.

블루스타가 천천히 눈을 깜박였다. 얼굴은 슬픔으로 어두워져 있었다. 파이어포는 또다시 일어난 죽음에 지도자가 버거워하는 것은 아닐지 잠시 염려스러웠다. 하지만 블루스타가 눈을 떴을 때, 그의 걱정은 사라졌다. 블루스타의 눈에는 이 잔인한 공격에 복수하겠다는 단호한 의지가 맹렬하게 빛나고 있었다.

"옐로팽이 정말로 스파티드리프를 죽이고 프로스트퍼의 새끼 고양이들을 훔쳐 갔다면, 반드시 추적해서 잔인하게 복수해 줄 것입니다."

지도자의 답에 만족한 고양이들이 웅성거렸다.

"하지만 우리는 기다려야 합니다. 폭풍이 오고 있습니다. 나는 더 이상의 죽음을 보고 싶지 않습니다. 그림자족이 우리 새끼 고양이들을 데리고 있다면, 당장 해를 입히지는 않을 것입니다. 브로큰스타는 새끼 고양이들을 그림자족에 받아들이거나, 우리 영역에서 사냥할 권리를 얻어 내기 위한 포로로 이용할 것입니다. 폭풍이 지나가면 곧장 순찰대가 옐로팽을 추적해 새끼 고양이들을 되찾아 올 것입니다."

"시간을 허비할 수 없습니다. 비가 오면 냄새가 다 사라질 겁니다!"

타이거클로가 반발했다.

블루스타는 초조하게 꼬리를 휘둘렀다.

"순찰대를 지금 보낸다 해도 헛수고일 걸세. 이런 날씨라면 우리가 준비되었을 때쯤이면 이미 냄새는 사라졌을 테니까. 차라리 폭풍이 지나갈 때까지 기다린다면 성공할 가능성이 더 높아지네."

종족 고양이들 사이에서 동의하는 웅성거림이 들렸다. 해가 가장 높이 뜨지도 않았는데, 하늘은 벌써부터 어둑어둑해지고 있었다. 번개와 천둥에 술렁이며 불안해하던 고양이들은 지도자의 의견을 따르고 싶어 하는 것 같았다.

블루스타가 부지도자를 바라보았다.

"계획에 대해 상의를 좀 하고 싶군, 타이거클로."

타이거클로는 고개를 까딱하고는 블루스타의 거처로 들어갔다. 하지만 지도자는 머뭇거리더니 파이어포를 흘깃 보았다. 그녀는 꼬리를 휘두르고 수염을 움직거려 파이어포에게 단둘이 이야기하고 싶다는 신호를 보냈다.

다른 고양이들은 스파티드리프 주변에 모여들어 그녀와 혀를 나누기 시작했다. 애도의 울음소리가 천둥소리를 뚫고 울려 퍼졌다. 블루스타는 무리를 헤치고 스파티드리프의 거처로 이어지는 고사리 굴길로 향했다.

파이어포도 애도하는 고양이들을 빙 둘러서 조용히 지도자를 따랐다. 고사리 굴길 안쪽은 무척 어두웠다. 폭풍이 아침 해를 가리는 바람에 벌써 밤이 내려앉은 것 같았다. 이제 비는 더 세차게 퍼붓고 있었다. 잎사귀를 때리는 빗소리가 요란했다. 하지만 스파티드리프의 거처에서는 비를 피할 수 있었다.

"파이어포."

블루스타가 다급하게 불렀다.

"옐로팽은 어디 있지? 알고 있나?"

하지만 파이어포의 귀에는 블루스타의 말이 거의 들리지 않았다. 그는 마지막으로 이곳에 왔던 때를 떠올리고 있었다. 햇빛에 털을 반짝이며 거처에서 걸어 나오는 스파티드리프의 모습이 머릿속에 박혔다. 그는 그 모습을 간직하려고 눈을 꼭 감았다.

"파이어포, 애도의 시간은 나중에 가지도록 해라."

블루스타가 다그쳤다.

파이어포는 몸을 흔들어 정신을 차렸다.

"음, 옐로팽이 진영을 나가는 것을 보았어요. 새끼 고양이들이 사라진 직후였어요. 하지만 정말 옐로팽이 스파티드리프를 죽이고 새끼 고양이들을 데려갔다고 생각하세요?"

블루스타가 그를 빤히 쳐다보았다.

"모르겠구나. 네가 가서 옐로팽을 찾아와라. 산 채로 말이다. 난 진실을 알아야겠다."

"타이거클로를 보내지 않고요?"

"타이거클로는 훌륭한 전사다. 하지만 이번 일만큼은 종족에 대한 충성심이 그의 판단을 흐릴 수 있다."

블루스타가 설명했다.

"그는 종족이 원하는 대로 복수를 하고 싶어 하지. 아무도 그를 비난할 수는 없다. 다들 옐로팽이 우리를 배신했다고 믿으니까. 옐로팽의 시체를 가져오는 것으로 종족을 안심시킬 수 있다는 생각이 들면, 타이거클로는 지체 없이 그렇게 할 것이다."

파이어포는 고개를 끄덕였다. 블루스타의 말이 옳았다. 타이거클로라면 한 치의 의심도 없이 옐로팽을 죽일 것이다.

블루스타의 얼굴에 단호한 표정이 스쳐 지나갔다.

"옐로팽이 배신자로 밝혀진다면, 그때 내가 직접 죽일 것이다. 하지만 그렇지 않다면……."

그녀의 푸른 눈빛이 파이어포에게 꽂혔다.

"무고한 고양이가 죽게 두지는 않을 것이다."

"하지만 옐로팽이 돌아오지 않으려고 하면 어쩌죠?"

"돌아올 거다. 네가 부탁한다면 말이야."

파이어포는 블루스타가 자신을 그 정도로 신뢰한다는 것에 놀랐다. 동시에 임무가 너무 막중해서 짓눌릴 것 같은 부담감이 느껴졌다. 자신에게 그 일을 수행할 만한 용기가 있는지 의구심도 들었다.

"당장 출발해라! 하지만 조심해야 한다. 너는 혼자고, 사방에 적들이 있을지도 모른다. 폭풍 때문에 우리 전사들은 당분간 진영 안에 머물 것이다."

파이어포가 공터로 달려 나가는 사이 머리 위에서 천둥이 쳤다. 억수같이 쏟아지는 비는 작은 돌멩이가 부딪치듯 털에 세차게 떨어졌다. 번개가 번쩍하자, 다크스트라이프와 롱테일의 얼굴이 환하게 드러났다. 그들은 공터를 가로지르는 파이어포를 지켜보고 있었다.

파이어포는 보육실을 지나쳐 달려갔다. 스파티드리프를 보지 않고는 떠날 수 없었다. 다른 고양이들은 은신처를 찾아 뛰어 들어간 상태였다. 치료사의 시신은 폭우에 내팽개쳐 둔 채, 그들은 물이 뚝뚝 떨어지는 고사리 잎 아래에 옹송그리고 모여 두려움과 상실감을 달래고 있었다.

파이어포는 스파티드리프의 젖은 털 위에 코를 묻고 마지막으로 그녀의 냄새를 맡았다.

"잘 가요, 나의 스파티드리프."

근처에서 프로스트퍼와 스페클테일의 말소리가 들려왔다. 귀를 쫑긋 세우고 듣던 파이어포는 얼어붙은 듯 굳어 버렸다.

"틀림없이 옐로팽이 도와줬을 거야."

스페클테일이 으르렁댔다.

"혹시 천둥족 고양이 중에서 누군가가?"

프로스트퍼의 불안한 목소리도 들렸다.

"타이거클로가 레이븐포에 대해서 하는 말 들었잖아. 레이븐포가 관련되어 있을 거야. 나도 느낌이 안 좋더라고."

파이어포의 등줄기를 따라 난 털이 쭈뼛쭈뼛 섰다. 타이거클로가 심지어 보육실에까지 그 악의적인 소문을 퍼뜨렸다면 레이븐포는 진영 어디에서도 안전하지 않을 터였다.

파이어포는 신속하게 행동해야 한다는 것을 깨달았다. 먼저 옐로팽을 찾은 후에 레이븐포의 문제를 해결할 작정이었다. 파이어포는 마지막으로 옐로팽을 보았던 자리로 달려갔다. 그리고 덤불을 헤치고 가면서 입을 벌리고 그녀의 흔적이 어디로 이어지는지 찾기 시작했다. 옐로팽의 냄새는 잘 알고 있었기 때문에 빗속에서도 충분히 냄새를 쫓아갈 수 있었다.

"파이어포!"

파이어포는 깜짝 놀랐다. 하지만 곧 그레이포의 목소리를 알아채고 긴장을 풀었다.

"널 찾고 있었어!"

친구가 그를 향해 급히 달려왔다.

파이어포는 조심스럽게 고사리 덤불 밖으로 물러났다.

그레이포는 빗물이 눈으로 들어가자 얼굴을 찌푸렸다.

"어디 가는 거야?"

"옐로팽을 찾으러."

"혼자서?"

그레이포의 얼굴에 근심스러운 기색이 역력했다.

파이어포는 잠깐 고민하다가 그레이포에게 사실대로 털어놓기로 마음먹었다.

"블루스타가 옐로팽을 데려오라고 시켰어."

"뭐?"

그레이포는 충격을 받은 표정이었다.

"왜 네가?"

"아마 내가 옐로팽을 가장 잘 안다고 생각하나 봐. 그래서 쉽게 찾을 수 있을 거라고."

"전사들이 조를 짜서 가는 게 더 가능성이 높지 않겠어? 추적이라면 천둥족에서 타이거클로를 따라갈 전사가 없어. 누군가 옐로팽을 데리고 올 수 있다면, 그건 바로 타이거클로일 거야."

"어쩌면 타이거클로는 옐로팽을 데려오지 않을지도 몰라."

파이어포가 중얼거렸다.

"무슨 뜻이야?"

"타이거클로는 복수를 하러 가는 거니까. 옐로팽을 발견하면 그냥 죽일 거야."

"하지만 옐로팽이 스파티드리프를 죽이고 새끼 고양이들을 데리고 갔다면……."

"정말 그렇게 믿는 거야?"

그레이포는 친구를 바라보다가 혼란스러운 듯 고개를 저었다.

"옐로팽이 결백하다는 거야?"

"나도 몰라. 블루스타도 모르긴 마찬가지고. 블루스타는 진실을 알고 싶어 해. 그래서 타이거클로가 아니라 날 보내는 거야."

"하지만 타이거클로에게 옐로팽을 산 채로 데려오라고 명령한다면……."

그레이포의 말끝은 귀가 멀 듯한 천둥소리에 묻혀 버렸다. 곧이어 번개가 번쩍하며 주변의 나무들을 환하게 밝혔다.

눈부신 빛 속에서 프로스트퍼가 보육실에서 레이븐포를 쫓아 내는 모습이 얼핏 보였다. 흰색 어미 고양이의 얼굴은 분노로 일그러져 있었다. 그녀는 쉭쉭거리며 몸을 앞으로 기울이더니, 레이븐포의 뒷다리를 살짝 할퀴며 위협했다.

그 광경을 목격한 그레이포가 파이어포를 향해 돌아서며 어리둥절한 얼굴로 물었다.

"저게 다 무슨 일이야?"

파이어포는 친구를 빤히 쳐다보았다. 머릿속에 새로운 계획이 떠올랐다. 레이븐포에게 주어진 시간은 이제 얼마 남지 않아 보였다. 그레이포의 도움이 필요했다. 하지만 친구가 자신을 믿어 줄지 알 수 없었다. 머리 위 나무들 사이로 바람이 윙윙거리기 시작했다. 파이어포는 목소리를 높여야 했다.

"레이븐포는 지금 무척 위험한 상태야."

"뭐라고?"

"레이븐포를 천둥족에서 떨어뜨려 놔야 돼, 지금 당장. 무슨 일이 생기기 전에 말이야."

그레이포는 어리둥절한 얼굴이었다.

"왜? 옐로팽은 어쩌고?"

"설명할 시간이 없어."

파이어포는 다급하게 말했다.

"그냥 날 좀 믿어 줘. 레이븐포를 피신시킬 방법이 있을 거야. 블루스타는 폭풍이 지나갈 때까지 전사들을 진영에 묶어 둘 거야. 그렇다고 해서 시간이 많은 건 아니야."

파이어포는 천둥족 영역 너머, 잘 보이지 않게 숨겨진 숲의 구석을 생각해 내려고 애썼다.

"타이거클로가 찾지 못하는 곳으로 레이븐포를 데려가야 해. 종족과 함께 있지 않아도 살아남을 수 있는 곳으로."

그레이포가 잠시 그를 빤히 쳐다보았다.

"발리는 어때?"

"발리! 그러니까 레이븐포를 두발쟁이 영역으로 데려가자는 거지?"

파이어포는 신이 나서 귀를 씰룩거렸다.

"그래, 그거 좋은 생각이야."

"자, 그럼 뭘 기다리고 있는 거야? 서둘러!"

파이어포의 마음에 안도감이 밀려왔다. 친구가 도와주리라는 생각을 진작 했어야 했다. 파이어포는 머리에서 빗물을 털어 내고 그레이포의 털을 코로 어루만졌다.

"고마워. 이제 레이븐포를 데리러 가자."

그들은 거처에서 처량하게 움츠리고 있는 친구를 찾아냈다. 샌드포와 더스트포도 각자의 잠자리에 들어가 있었다. 그들은 머리 위에서 퍼붓는 폭풍 때문에 겁을 먹은 표정이었다.

"레이븐포."

파이어포가 입구에서 조용히 부르자, 레이븐포가 고개를 들었다. 파이어포가 귀를 획 움직이자, 검은색 고양이는 그를 따라 폭풍 속으로 나왔다.

"어서, 너를 발리에게 데려다줄게."

"발리라고?"

레이븐포는 퍼붓는 비 때문에 눈을 가늘게 뜨며 어리둥절한 표정으로 물었다.

"왜?"

"거기서는 네가 안전할 테니까."

파이어포는 친구의 눈을 바라보며 대답했다.

"프로스트퍼가 나한테 어떻게 했는지 봤어?"

레이븐포가 떨리는 목소리로 말했다.

"난 그냥 새끼 고양이들이 잘 있는지 보려고……."

"알아."

파이어포는 친구의 말을 중단시켰다.

"어서! 서둘러야 돼!"

레이븐포가 친구와 시선을 맞추었다. 그리고 중얼거렸다.

"고마워, 파이어포."

레이븐포는 바람을 맞으며 공터를 가로질러 뛰어갔다.

세 훈련병은 진영 입구를 향해 돌진했다. 휘몰아치는 바람에 털이 반반하게 누웠다. 막 가시금작화 굴길로 들어서려는데, 그들을 부르는 목소리가 들렸다.

"너희 셋, 어디 가는 거냐?"

타이거클로였다.

파이어포는 가슴이 쿵 내려앉았다. 무슨 말을 해야 할지 다급하게 생각해 내고 있을 때, 그들을 향해 걸어오는 블루스타가 보였다. 그녀는 잠시 얼굴이 일그러졌지만, 이내 평소대로 돌아왔다.

"잘 생각했다, 파이어포. 친구들을 설득해서 함께 가기로 한 모양이구나."

블루스타가 말했다.

"천둥족은 참으로 용감한 훈련병들을 두고 있네, 타이거클로. 이런 날씨에도 기꺼이 심부름을 하다니."

"지금은 심부름이나 할 때가 아닌 것 같습니다만?"

타이거클로가 의심스럽다는 듯 말했다.

"브린들페이스의 새끼 고양이들 중 하나가 감기에 걸렸다네."

블루스타의 목소리는 냉정할 정도로 차분했다.

"그래서 파이어포가 머위를 가져오겠다고 나선 걸세."

"그런 일에 꼭 친구를 둘씩이나 데려가야 합니까?"

타이거클로가 물었다.

"이런 폭풍 속에서는 친구가 있다는 게 행운이지!"

블루스타가 파이어포의 눈을 지그시 바라보았다. 파이어포는 지도자가 자신에게 보여 주는 신뢰를 느낄 수 있었다.

"너희 셋 다 가도 좋다."

블루스타가 말했다.

파이어포는 감사한 눈빛으로 그녀를 바라보았다.

"고맙습니다."

파이어포는 재빨리 친구들에게 눈짓을 하고 나무 네 그루로 향하는 익숙한 길을 앞장서 걸어갔다. 머리 위 나뭇가지 사이로 바람이 윙윙 불었고, 나무들은 휘청거렸다. 나무 몸통이 금방이라도 쓰러질 것처럼 삐거덕대는 소리를 냈다. 잎사귀 사이로는 빗물이 쏟아져 내려 고양이들의 살갗까지 흠뻑 적셨다.

그들은 시내에 다다랐다. 하지만 평소에 딛고 건너던 디딤돌은 완전히 사라져서 보이지 않았다. 그들은 기슭에 멈춰 서서, 소용돌이치는 흙탕물을 절망적으로 내려다보았다.

"여기 위쪽에 쓰러진 나무가 있어. 그걸 이용해서 건너자."

파이어포는 그레이포와 레이븐포를 이끌고 상류로 갔다. 시내에 놓인 통나무는 콸콸 흘러내리는 물 위로 고작 새끼 고양이 걸음 하나 정도만 드러나 있었다.

"조심해. 미끄러울 거야!"

파이어포는 친구들에게 주의를 주며 먼저 조심스럽게 뛰어올랐다. 통나무는 껍질이 다 벗겨져서 매끄럽고 젖은 속살만 남아 있었다. 세 고양이는 조심조심 균형을 잡으며 나무 몸통을 따라 걸어갔다. 마침내 건너편으로 뛰어내린 파이어포는 친구들이 무사히 내려올 때까지 지켜보았다.

시내 건너편의 나무들은 좀 더 크고 울창해서 폭풍을 가리는 은신처가 되어 주었다.

"왜 레이븐포를 피신시켜야 하는지 나한테도 정확히 이야기 좀 해 줄래?"

그레이포가 헐떡대며 말했다.

"타이거클로가 레드테일을 죽였어. 그 사실을 레이븐포가 알고 있어서 그래."

파이어포가 대답했다.

"타이거클로가 레드테일을 죽였다고?"

그레이포가 믿을 수 없다는 듯 되물었다. 그리고 그 자리에 멈춰 서서 파이어포와 레이븐포를 차례로 바라보았다.

"강족과 싸울 때였어. 내가 봤어."

레이븐포가 헉헉거리며 말했다.

"하지만 왜 그런 짓을 했는데?"

그레이포가 걸음을 떼며 물었다. 이제 그들은 나무 네 그루로 이어지는 비탈을 내려가기 시작했다.

"나도 몰라. 아마 블루스타가 자신을 부지도자로 임명할 거라고 생각했나 보지."

파이어포가 바람에 맞서 목소리를 높이며 말했다.

그레이포는 대답하지 않았지만, 얼굴이 어두워졌다.

고양이들은 바람족 영역으로 이어지는 가파른 비탈을 오르기 시작했다. 파이어포는 이 바위에서 저 바위로 펄쩍펄쩍 뛰며 위로 올라가는 동안 뒤따라오는 그레이포에게 이야기를 들려주었다. 레이븐포가 천둥족 진영에 남아 있는 것이 얼마나 위험한 일인지 친구에게 알려 주고 싶었다.

"라이언하트가 죽던 날 밤에 타이거클로가 다크스트라이프와 롱테일에게 이야기하는 걸 엿들었어."

파이어포는 세찬 바람 때문에 거의 고함을 치다시피 했다.

"레이븐포를 없애 버리고 싶어 했어."

"없애 버려? 죽인단 말이야?"

그레이포가 바위에 주저앉았다.

파이어포도 멈춰 섰다. 그는 친구들을 내려다보았다. 레이븐포는 비탈 더 아래쪽에서 걸음을 멈췄다. 숨을 고르느라 옆구리가 들썩거리고 있었다. 흠뻑 젖은 털이 깡마른 몸에 척 들러붙어서 레이븐포는 그 어느 때보다도 더 작아 보였다.

"프로스트퍼가 오늘 레이븐포를 어떻게 대했는지 너도 봤지?"

파이어포는 그레이포를 보며 다시 입을 열었다.

"타이거클로는 종족 모두에게 레이븐포가 배신자라고 암시를 주고 있어. 하지만 발리랑 있으면 무사할 거야. 자, 이제 가자. 서둘러야 해!"

탁 트인 바람족 영역에서 이야기를 나누는 것은 불가능했다. 바람이 그들 주변으로 휘몰아치더니, 머리 위에서 천둥이 치고 번개가 번쩍번쩍 빛났다. 세 고양이는 머리를 숙이고 폭풍의 한가운데로 밀고 나아갔다.

마침내 그들은 바람족 영역의 끝을 나타내는 높고 편평한 땅의 가장자리에 다다랐다.

"더는 데려다줄 수가 없어, 레이븐포."

돌풍 속에서 파이어포가 말했다.

"돌아가서 폭풍이 지나가기 전에 옐로팽을 찾아야 하거든."

레이븐포는 퍼붓는 빗속에서 놀란 듯 얼굴을 들었다. 하지만 이내 고개를 끄덕였다.

"혼자 발리를 찾을 수 있겠어?"

파이어포가 큰 소리로 물었다.

"응, 가는 길을 기억하고 있어."

"개들 조심하고."

그레이포가 주의를 주었다.

레이븐포가 고개를 끄덕였다.

"그럴게!"

갑자기 레이븐포의 얼굴이 어두워졌다.

"발리가 날 반갑게 맞아 줄까?"

"발리에게 네가 살무사를 잡은 적이 있다고만 말해!"

그레이포가 친구의 젖은 어깨를 다정하게 쿡 찌르며 말했다.

"이제 가."

파이어포는 시간이 얼마 없다는 것을 의식하며 재촉했다. 그는 레이븐포의 깡마른 가슴을 핥아 주었다.

"걱정하지 마. 네가 천둥족을 배신하지 않았다는 걸 모두에게 알려 줄 테니까."

"타이거클로가 날 찾으러 오면 어떻게 하지?"

레이븐포의 목소리는 우르릉거리는 폭풍에 묻혀 희미하게 들렸다.

파이어포는 흔들림 없는 눈빛으로 친구를 마주 보았다.

"그럴 일 없을 거야. 네가 죽었다고 말할 거니까."

22
옐로팽의 비밀

파이어포와 그레이포는 왔던 길을 되짚어 천둥족 영역으로 돌아왔다. 둘 다 흠뻑 젖었고, 완전히 지쳐 있었다. 하지만 파이어포는 걸음을 늦추지 않았다. 폭풍이 물러가기 시작했다. 곧 천둥족 순찰대가 옐로팽의 흔적을 찾아 나설 것이다. 그 전에 그녀를 찾아야 했다.

시커먼 먹구름이 지평선 쪽으로 움직이기 시작했지만, 하늘은 아직 어두웠다. 파이어포는 해 질 무렵이 거의 다 되었으리라 짐작했다.

"곧장 그림자족 영역으로 넘어가면 어떨까?"

그레이포가 나무 네 그루로 가는 가파른 등성이를 내려가며 제안했다.

"먼저 옐로팽의 냄새를 찾아야 해."

파이어포가 말했다.

"냄새가 그림자족 진영으로 이어져 있지 않기를 바랄 뿐이야."

그레이포는 곁눈으로 친구를 흘깃 보았지만, 아무런 대꾸도

하지 않았다.

그들은 시내를 건너 천둥족 영역으로 들어섰다. 진영 근처에 있는 떡갈나무에 다다를 때까지도 옐로팽의 냄새는 찾을 수 없었다.

드디어 비가 그치고 이제 주위의 냄새들이 되살아나기 시작했다. 파이어포는 빗물이 옐로팽의 흔적을 완전히 씻어 버리지는 않았기를 바라며, 멈춰 서서 코끝으로 고사리를 문질러 보았다. 익숙한 냄새가 났다. 옐로팽이 풍기는 두려움의 냄새가 콧구멍 속으로 들어왔다.

"이쪽이야!"

파이어포는 젖은 덤불을 헤치고 나아갔다. 그레이포가 뒤를 따랐다. 비도 그치고 천둥도 저 멀리로 사라지고 있었다. 시간이 없었다. 파이어포는 더 빠르게 덤불을 밀치고 나갔다.

절망적이게도 옐로팽의 냄새는 그림자족 영역으로 곧장 이어지고 있었다. 파이어포는 가슴이 철렁 내려앉았다. 타이거클로의 의심이 맞았던 걸까? 파이어포는 새로운 냄새가 날 때마다 이번에는 다른 방향으로 이어지기를 간절히 바랐다. 하지만 방향은 바뀌지 않았다.

그들은 천둥길에 이르러서 걸음을 멈추었다. 괴물 여럿이 더러운 물을 분수처럼 토해 내며 지나갔다. 두 고양이는 넓은 회색 길 가장자리에서 물러나 있다가, 조용해진 틈을 타 길 건너편으로 내달려 그림자족 영역으로 들어갔다.

종족 경계를 나타내는 냄새 표시가 파이어포의 발을 머뭇거리게 만들었다.

그레이포가 멈춰 서서 초조하게 주위를 둘러보았다.

"내가 언젠가 그림자족 영역에 발을 들일 때는 여러 전사들과 함께일 거라 생각했는데."

"겁나는 건 아니지?"

파이어포가 물었다.

"너는? 우리 엄마가 그림자족 냄새에 대해서 여러 번 주의를 줬었어."

"우리 엄마는 한 번도 그런 거 가르쳐 준 적 없는데."

파이어포는 전혀 겁나지 않는다는 듯 대꾸했다. 하지만 속으로는 털이 푹 젖어서 몸에 달라붙어 있는 것이 다행이라는 생각이 들었다. 겁에 질려 등뼈를 따라 잔뜩 곤두선 털을 그레이포가 알아채지 못할 테니까.

두 고양이는 보이는 것마다, 들리는 것마다 빠짐없이 경계하면서 앞으로 나아갔다. 그레이포는 그림자족 순찰병이 있는지 주의를 기울였고, 파이어포는 곧 밖으로 나올 천둥족 순찰대에 신경을 썼다.

옐로팽의 냄새는 그림자족 사냥터의 한가운데로 꾸준히 이어져 있었다. 이쪽 지역의 숲은 음침했고, 덤불에는 쐐기풀과 가시나무가 뒤엉켜 있었다.

"옐로팽의 냄새를 못 맡겠어. 너무 젖어 있어."

그레이포가 불평했다.

"잘 맡아 보면 냄새가 나긴 나."

파이어포는 친구를 달래듯 말했다.

"하지만 저 냄새는 확실히 맡을 수 있지."

그레이포가 불쑥 말했다.

"무슨 냄새?"

파이어포는 깜짝 놀라 멈춰 섰다.

"새끼 고양이 냄새. 여기 새끼 고양이 피가 있어!"

파이어포는 천둥족의 새끼 고양이 냄새를 찾아서 다시 코를 킁킁거려 보았다.

"나도 맡았어. 그리고 다른 냄새도!"

파이어포는 꼬리를 아래로 휙 내리면서 그레이포에게 조용히 하라는 신호를 보냈다. 그리고 수염으로 앞쪽에 있는 시커먼 물푸레나무를 가리켰다.

그레이포가 마치 질문하는 것처럼 귀를 휙 움직였다. 파이어포는 아주 조그맣게 고갯짓을 했다. 쩍 갈라진 넓적한 나무 몸통 뒤에 옐로팽이 숨어 있었다.

두 고양이는 본능적으로 양쪽으로 갈라져서 나무에 접근했다. 그들은 부드러운 숲 바닥 위를 기어갔다. 기초 훈련에서 배운 모든 기술을 총동원해서, 몸을 한껏 낮추고 살살 발을 내디뎠다.

그리고 펄쩍 뛰어올랐다.

두 고양이가 양옆에서 꼼짝 못 하게 짓누르자, 깜짝 놀란 옐로팽이 비명을 질렀다. 화를 내며 발버둥 치던 옐로팽은 결국 빠져나와 나무 몸통 아래에 있는 빈 구멍으로 들어갔다. 파이어포와 그레이포는 앞쪽으로 다가가 그녀가 나오지 못하도록 길을 막았다.

"천둥족이 나한테 뒤집어씌울 줄 알았다니까!"

옐로팽이 예전처럼 적대감으로 가득 찬 눈을 번득이며 씩씩거렸다.

"새끼 고양이들은 어디 있어요?"

파이어포가 다그쳐 물었다.

"피 냄새가 난단 말이에요! 다치게 한 거예요?"

그레이포가 쏘아붙였다.

"내가 그런 거 아니야!"

옐로팽이 분노해서 으르렁거렸다.

"나는 새끼 고양이들을 찾아서 다시 데려가려고 온 거야. 그런데 피 냄새가 나서 멈춘 거고. 하지만 여기에는 없어."

파이어포와 그레이포는 서로를 쳐다보았다.

"내가 그런 거 아니라고!"

옐로팽이 완강하게 말했다.

"그럼 왜 도망친 거예요? 왜 스파티드리프를 죽였어요?"

파이어포가 차마 입 밖으로 낼 수 없는 질문들을 그레이포가 대신 했다.

"스파티드리프가 죽었다고?"

옐로팽이 되물었다. 거짓이라고 의심할 수 없을 만큼 충격을 받은 목소리였다.

파이어포는 한시름 놓았다.

"몰랐어요?"

"내가 어떻게 알겠어? 나는 새끼 고양이들이 없어졌다는 소리를 듣자마자 진영을 떠났는데."

그레이포는 미심쩍은 표정이었지만, 파이어포는 그녀의 목소리에 묻어나는 진심을 알아차렸다.

"누가 새끼 고양이들을 데려갔는지 알아."

옐로팽이 말을 이었다.

"보육실 근처에서 냄새를 맡았거든."

"누군데요?"

파이어포가 물었다.

"클로페이스야. 브로큰스타가 거느린 전사들 중 하나지. 새끼 고양이들이 그림자족에 있다는 건, 큰 위험에 처했다는 뜻이야."

"아무리 그림자족이라도 새끼 고양이들을 해치지는 않겠죠?"

파이어포가 다급하게 물었다.

"확신할 순 없어. 브로큰스타는 새끼 고양이들을 전사로 이용해 먹을 목적이거든."

"하지만 아직 태어난 지 석 달밖에 안 된걸요!"

그레이포가 놀라서 말했다.

"전에도 그런 적이 있어. 브로큰스타가 지도자가 된 뒤로 석 달밖에 안 된 어린 고양이들을 훈련시켜 왔어. 다섯 달이 되면 그들을 전사로 내보내는 거지."

"싸움을 하기엔 너무 작잖아요!"

파이어포는 발끈해서 외쳤다. 하지만 종족 모임에서 만났던 몸집이 작은 그림자족 훈련병들이 머릿속에 그려졌다. 그들은 그냥 몸집이 작은 것이 아니었다. 새끼 고양이들이었던 것이다!

옐로팽이 경멸하듯 쉭쉭거렸다.

"브로큰스타는 그런 건 신경도 쓰지 않아. 새끼 고양이들이 많이 있거든. 그리고 그들을 다 써 버리면 다른 종족에서 훔쳐 오면 되니까!"

옐로팽의 목소리에는 분노가 가득했다.

"심지어 자기 종족의 새끼 고양이들도 죽음으로 몰아넣었어!"

파이어포와 그레이포는 경악했다.

"그림자족 새끼 고양이들을 죽였다면, 왜 처벌을 받지 않았죠?"

파이어포가 가까스로 입을 열어 물었다.

"거짓말을 했으니까."

옐로팽이 으르렁거렸다. 그녀의 목소리에 쓸쓸함이 묻어났다.

"내가 한 짓으로 몰았어. 그리고 그림자족은 그의 말을 믿었지!"

파이어포는 갑자기 모든 것이 이해되었다.

"그래서 그림자족에서 쫓겨난 거였군요! 우리와 함께 돌아가서 블루스타에게 이 모든 사실을 말해야 해요."

"새끼 고양이들을 구해 내기 전까지는 가지 않겠어."

옐로팽이 쏘아붙였다.

파이어포는 고개를 들고 공기 냄새를 맡아 보았다. 이제 비는 그치고 바람도 잦아들고 있었다. 천둥족 순찰대가 이미 나왔을 것이다. 여기도 안전하지 않았다.

그레이포는 옐로팽이 한 말에 아직도 충격이 가시지 않은 눈치였다.

"지도자가 어떻게 자기 종족 새끼 고양이들을 죽일 수 있죠?"

그레이포가 따지듯 물었다.

"브로큰스타가 어린 새끼 고양이들에게 너무 혹독한 훈련을 요구했던 거야."

옐로팽은 깊고 슬픈 한숨을 몰아쉬었다.

"하루는 그가 전투 실습을 시키겠다고 새끼 고양이 둘을 데리고 나간 적이 있어. 아직 넉 달밖에 안 된 것들이었어. 나한테 데려왔을 때는 이미 죽어 있었지. 그 애들의 몸에는 훈련병도 아니고 장성한 전사가 할퀴고 물어뜯은 자국들이 남아 있었어. 브로큰스타가 직접 싸운 게 틀림없었지. 내가 할 수 있는 일은 아무것도 없었다. 어미가 새끼들을 보러 왔을 때, 브로큰스타도 나랑 같이 있었어. 그는 내가 죽은 새끼 고양이들 옆에 서 있는 걸 발견했다고 말했단다."

옐로팽은 갈라진 목소리로 말한 뒤 고개를 돌렸다.

"브로큰스타가 그런 거라고 말하지 그랬어요?"

파이어포는 믿을 수 없다는 듯 물었다.

옐로팽이 고개를 절레절레 저었다.

"그럴 수 없었어."

"왜요?"

나이 든 암고양이는 잠시 망설였다. 그리고 곧 후회 어린 목소리로 무겁게 말을 시작했다.

"브로큰스타는 그림자족 지도자야. 고귀한 래기드스타가 그의 아버지였다. 그의 말이 곧 법이야."

파이어포는 고개를 돌렸다. 세 고양이는 잠시 침묵에 빠졌다. 이윽고 파이어포가 말했다.

"우리와 함께 새끼 고양이들을 구해요. 하지만 여기 계속 있을 수는 없어요. 천둥족 순찰대의 냄새가 나요."

파이어포는 잠시 말을 멈췄다.

"만약 타이거클로가 함께 온다면, 당신은 무사하지 못할 거예요. 우리가 설명도 하기 전에 죽일 테니까."

옐로팽이 그를 바라보았다. 놀라긴 했지만 다시 마음을 단단히 먹은 표정이었다.

"이쪽으로 가면 토탄 지대가 있다. 비가 와서 축축할 거야. 거기서는 우리 냄새가 가려질 거다."

옐로팽은 고사리 덤불로 뛰어들었다. 파이어포와 그레이포도 재빨리 뒤를 따랐다. 이제 멀리서 덤불이 바스락거리는 소리를 들을 수 있었다. 덤불을 흔드는 것은 바람이 아니라, 점점 가까이 다가오고 있는 천둥족 순찰대였다. 그들은 복수심에 불타고 있을 것이 분명했다. 타이거클로의 거짓말이 불을 지핀 결과였다.

숲에 으스스한 정적이 내려앉았다. 옅은 안개가 나무둥치 사이로 모여들기 시작했다. 파이어포는 털에 묻은 물방울들을 털어 내고 가슴에 붙은 옹이들을 조급하게 떼어 냈다.

옐로팽이 앞장서서 나아갔다. 땅은 점점 더 축축해졌고, 무른 토탄흙에 발이 푹푹 빠지기 시작했다. 퀴퀴한 냄새가 코를 찔렀지만, 덕분에 그들의 흔적은 가려질 것이다. 그들 뒤로 고양이들의 울음소리가 점점 커졌다.

"서둘러, 이 아래쪽이야."

옐로팽이 넓은 이파리의 덤불 아래로 몸을 숨기며 재촉했다. 세 고양이는 그 아래에 웅크리고 앉아 꼬리를 끌어당겼다. 파이어포는 할 수 있는 한 조용히 앉아, 배털에 스머드는 악취 섞인 습기는 무시하려고 애썼다. 천둥족 순찰대가 점점 가까워지는 소리에 귀를 기울이면서.

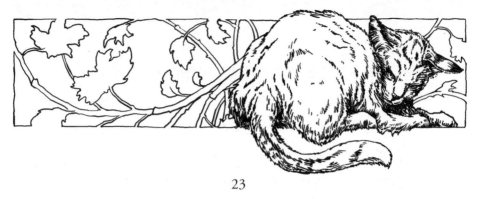

23

그림자족 지원군

파이어포는 빠르게 이동하는 순찰대에 고양이들이 여럿 있다는 것을 알 수 있었다. 축축한 냄새 때문에 누가 누구인지 구분해 낼 수는 없었지만, 천둥족이라는 것만은 분명히 알 수 있었다. 파이어포는 발소리들이 빠르게 지나갈 때까지 숨을 참았다.

"정말 우리끼리 새끼 고양이들을 구하러 가는 거야?"

그레이포가 속닥거렸다.

"그림자족 안에서 우리를 도와줄 고양이를 찾을 수 있을지도 모른다. 모두가 브로큰스타를 지지하는 건 아니니까."

옐로팽이 대답했다.

파이어포는 귀를 쫑긋 세웠고, 그레이포는 꼬리를 휙 움직였다. 둘 다 깜짝 놀랐던 것이다.

"브로큰스타는 지도자가 되자마자 원로들을 안전한 진영 안쪽에서 억지로 몰아내 버렸다. 원로들은 경계 지역에 살면서 직접 사냥을 해야 했지. 그 원로들은 전사의 규약을 지키며 자란 고양이들이다. 그러니 몇몇은 우리를 도와줄지도 몰라."

파이어포는 그녀의 눈을 바라보며 재빨리 머리를 굴렸다.

"그럼 천둥족 전사들에게도 우리를 도와 달라고 설득할 수 있을 거야. 그들이 옐로팽을 발견하기 전에 내가 먼저 말을 할 수 있다면 말이야. 그들이 옐로팽의 이야기를 믿게 만들 수 있을 거야. 그레이포, 넌 우리가 돌아올 때까지 물푸레나무에서 기다려. 새끼 고양이들의 피 냄새를 맡았던 곳 말이야."

그레이포는 걱정스러운 표정이었다.

"하지만 옐로팽이 정말 지원군을 찾아서 돌아올 수 있을까?"

"너희는 날 믿어야 돼. 난 돌아올 거야."

옐로팽이 말했다.

그레이포가 파이어포를 바라보았다. 파이어포는 고개를 끄덕였다.

옐로팽은 다른 말은 하지 않은 채 두 훈련병을 지나쳐 덤불 속으로 사라졌다.

"우리가 옳은 일을 한 걸까?"

그레이포가 물었다.

"나도 몰라."

파이어포는 솔직히 말했다.

"그렇다면 우리는 영웅이 되고 새끼 고양이들은 무사하겠지. 만약 틀렸다면, 우린 죽은 목숨일 테고."

파이어포는 천둥족 순찰대를 뒤쫓아 질주했다. 가시나무를 돌아서 가시금작화 길을 지나 쐐기풀을 헤치고 달려갔다. 그들의 흔적을 따라가는 건 어렵지 않았다. 화가 난 천둥족 고양이들은 그림자족 영역에 들어와 있다는 것을 굳이 숨기려 들지 않았던 것이다.

머리 위를 덮고 있던 짙은 구름이 마침내 물러갔다. 나무 위로 보이는 밤하늘에 별 무리가 반짝였다. 달이 떠오르고 있었지만, 차가운 달빛은 그늘진 숲에 내려앉은 안개를 뚫지 못했다.

파이어포는 앞쪽에서 나는 냄새에 집중했다. 화이트스톰의 냄새가 났다. 코를 다시 킁킁거려 보았다. 타이거클로는 그들과 함께 있지 않았다. 파이어포는 힘껏 달려가 천둥족 고양이 무리 뒤에서 미끄러지듯 멈춰 섰다.

전사들이 돌아서더니 그를 노려보았다. 그들은 털을 곤두세운 채, 귀는 공격적으로 납작하게 눕히고 있었다. 다크스트라이프, 젊은 암고양이 마우스퍼, 얼룩무늬 전사 러닝윈드가 함께 있었다. 암고양이는 마우스퍼뿐만이 아니었다. 윌로펠트도 있었다.

"파이어포!"

화이트스톰이 외쳤다.

"여기서 뭘 하는 거냐?"

파이어포는 숨을 헐떡거리며 대답했다.

"블루스타가 보냈어요! 저한테 옐로팽을 찾아서 먼저……."

화이트스톰이 그의 말을 끊었다.

"아! 블루스타가 여기 오면 친구를 하나 만날 거라고 했는데, 이제야 무슨 말인지 알겠군."

화이트스톰은 생각에 잠긴 얼굴로 파이어포를 바라보았다.

"타이거클로도 근처에 있나요?"

화이트스톰이 흥미롭다는 듯 그를 바라보았다.

"아니, 타이거클로는 진영에 남아 있다. 블루스타가 남아 있는 새끼 고양이들을 지켜야 한다고 했거든."

파이어포는 안심이 되어 재빨리 고개를 끄덕이고는 다급하게 말했다.

"도움이 필요해요. 제가 새끼 고양이들이 있는 곳으로 안내할 게요. 그레이포도 저를 기다리고 있어요. 우리는 오늘 밤 새끼 고양이들을 구해 낼 생각이에요. 같이 가실 거죠?"

"당연히 가야지!"

전사들이 흥분한 듯 꼬리를 휘둘렀다.

"그림자족 진영을 습격한다는 뜻이에요."

파이어포가 다시 말했다.

"네가 우리를 거기까지 데려갈 수 있다고?"

러닝윈드가 물었다.

"아뇨. 하지만 옐로팽이 도와줄 거예요. 그리고 그림자족에서 지원군을 데려오겠다고 약속했어요."

"옐로팽을 찾았어?"

마우스퍼가 그를 노려보며 물었다. 그녀는 화가 나서 꼬리를 휘둘러 댔다.

"이해할 수가 없구나."

화이트스톰이 어리둥절한 표정으로 말했다.

"옐로팽은 우리를 배신하고 새끼 고양이들을 훔쳐 갔어. 그런

356

데 이제 와서 새끼 고양이들을 구하는 걸 돕는다고?"

파이어포는 숨을 깊이 들이쉬며 마음을 가다듬었다. 그리고 화이트스톰의 눈을 차분하게 바라보았다.

"옐로팽이 한 짓이 아니에요. 스파티드리프를 죽이지도 않았고요. 우리가 새끼 고양이들을 구하는 걸 돕고 싶어 해요."

화이트스톰은 잠시 그를 마주 보다가 천천히 눈을 깜박였다. 그리고 명령했다.

"앞장서라, 파이어포."

그레이포는 물푸레나무의 썩은 나무둥치 주변을 불안하게 왔다 갔다 하며 기다리고 있었다. 안개 속에서 나타난 순찰대를 보자마자 그레이포는 걸음을 멈추고 수염을 씰룩거리며 반갑게 맞이했다.

"옐로팽은?"

파이어포가 물었다.

"아직 안 왔어."

그레이포가 대답했다.

"그림자족 진영까지 얼마나 먼지 모르잖아."

파이어포는 옆에 있는 화이트스톰을 의식하며 재빨리 말했다.

"지금 돌아오는 길일지도 몰라."

"아니면 그림자족 전우들과 행복하게 혀를 나누고 있을지도 모르지. 우리가 여기서 바보처럼 습격당하기를 기다리고 있는 동안 말이야!"

그레이포가 말했다.

화이트스톰이 두 훈련병을 바라보았다. 그의 귀가 불편하게 씰룩거렸다.

"파이어포?"

화이트스톰이 재촉하듯 입을 열었다.

"돌아올 거예요."

파이어포가 장담했다.

"말 한번 잘했구나, 애송이 파이어포."

옐로팽이 물푸레나무 뒤에서 걸어 나왔다.

"너만 몰래 접근할 줄 아는 게 아니란다."

옐로팽은 파이어포를 쳐다보며 재미있다는 듯 말했다.

"우리가 만났던 날을 기억하느냐? 너는 그때도 엉뚱한 방향만 보고 있었지."

나무 뒤에서 그림자족 고양이 셋이 더 나타났다. 그들은 옐로팽의 양옆에 차분하게 자리를 잡고 앉았다. 천둥족 고양이들은 미심쩍은 눈빛으로 경계하며 털을 세웠다.

두 종족은 말없이 서로를 바라보았다. 파이어포는 이제 어떻게 하면 좋을지 몰라서 안절부절못했다. 결국 그림자족 고양이 중 하나인 회색 수고양이가 입을 뗐다. 그의 긴 몸은 깡말라 있었고, 털도 칙칙해 보였다.

"우리는 당신들을 도우러 왔습니다. 해를 끼치러 온 게 아닙니다. 새끼 고양이들을 구하러 왔다니, 우리가 돕겠습니다."

"당신들이 원하는 것은 무엇입니까?"

화이트스톰이 조심스럽게 물었다.

"브로큰스타를 제거할 때 도움을 받고 싶습니다. 그는 전사의 규약을 어겼습니다. 그림자족은 고통 속에 신음하고 있습니다."

"아이고, 아주 간단하네요. 그렇죠?"

러닝윈드가 말했다.

"우리가 그림자족 진영에 들러서 새끼 고양이들을 구해 내고, 당신네 지도자를 죽인 뒤에 집으로 돌아가면 되겠네요."

"그림자족은 생각만큼 심하게 저항하지는 않을 겁니다."

회색 수고양이가 중얼거렸다.

옐로팽이 앉아 있던 자리에서 일어나 그림자족 고양이들 사이로 걸어갔다.

"내 오랜 친구들을 소개하지요."

옐로팽은 먼저 회색 수고양이를 스치며 지나갔다.

"여기는 애쉬퍼. 종족 원로들 중 하나입니다."

다음으로 그녀는 초라한 검은색 수고양이 주위를 빙 돌았다.

"여기는 나이트펠트. 래기드스타가 죽기 전까지는 노련한 선임 전사였지요. 그리고 여기는 어미 고양이, 돈클라우드. 바람족을 쫓아내다가 새끼 고양이 둘이 죽었어요."

작은 얼룩 고양이 돈클라우드가 인사를 건네며 말했다.

"나는 더 이상 새끼들을 잃고 싶지 않아요."

화이트스톰이 가슴을 재빨리 핥아 털을 가다듬었다.

"우리에게 그렇게 몰래 접근한 걸 보면, 여러분은 노련한 전사들이 분명합니다. 하지만 이 정도로 충분하겠습니까? 우리가 그

359

림자족 진영을 급습했을 때 마주칠 병력이 어느 정도나 되는지 알아야 해요."

"그림자족은 늙고 병들어 천천히 굶어 죽고 있습니다."

애쉬퍼가 말했다.

"새끼 고양이들 중에서 감당할 수 없을 만큼 많은 사상자가 나오고 있습니다."

"하지만 그림자족은 요즘 들어서 세력을 과시하지 않았습니까? 그렇게 엉망인 상황에서 어떻게 그럴 수 있었죠? 그리고 브로큰스타는 왜 아직까지 지도자 자리에 있는 겁니까?"

다크스트라이프가 불쑥 말했다.

"브로큰스타는 소수 정예 전사들에게 둘러싸여 있네."

애쉬퍼가 대답했다.

"그들이 두려운 존재들이지. 아무런 의심 없이 브로큰스타를 위해 목숨을 바칠 전사들이거든. 브로큰스타가 승리할 거라고 믿는 한 그의 편에서 싸울 거야. 하지만 그가 패배할 거라 생각한다면……."

"그에게 맞서 싸운다는 겁니까?"

다크스트라이프가 어처구니없다는 듯 물었다.

"무슨 충성심이 그렇답니까?"

그림자족 고양이들이 목덜미 털을 세우기 시작했다.

"우리 종족이 항상 그랬던 건 아니야."

옐로팽이 끼어들었다.

"래기드스타가 그림자족을 이끌었을 때, 우린 우리의 힘이 두려울 정도였지. 하지만 그 시절 우리의 기세는 전사의 규약과 종족에 대한 충성심에서 나온 거였어. 두려움이나 피에 대한 굶주림이 아니라."

나이 든 치료사는 길게 한숨을 내쉬었다.

"래기드스타가 더 오래 살았더라면……."

"래기드스타는 어떻게 죽은 겁니까?"

화이트스톰이 조심스레 물었다.

"소문이 무성하지만 아무도 확실히 알지는 못하는 것 같더라고요."

옐로팽의 눈이 슬픔으로 흐려졌다.

"다른 종족 전사의 습격을 당했어요."

화이트스톰이 생각에 잠긴 채 고개를 끄덕였다.

"그렇군요. 대부분의 고양이들도 그렇게 생각하는 것 같더군요. 정말 불운한 시절입니다. 지도자들이 명예로운 전투에서 당당하게 죽음을 맞지 못하고, 암암리에 죽임을 당하다니 말입니다."

파이어포는 얼굴을 찡그렸다. 여러 가지 전투 계획들로 머릿속이 어지러웠다.

"종족 전체에 알리지 않고 새끼 고양이들을 구해 내는 방법은 없을까요?"

돈클라우드가 대답했다.

"경비가 매우 삼엄하단다. 브로큰스타는 천둥족이 새끼 고양이들을 구하러 오기를 기다리고 있어. 비밀리에 데려가지는 못할 거야. 드러내 놓고 공격하는 방법밖에 없지."

"그러면 브로큰스타와 정예 전사들을 집중적으로 공략해야겠군요."

화이트스톰이 말했다.

옐로팽이 작전을 내놓았다.

"그림자족 전사들이 나를 생포한 척 진영으로 데리고 갈 거예요. 그래서 브로큰스타와 전사들이 거처 밖으로 나오게 만들어야 해요. 나를 생포했다는 소식이 전해지면 그들이 공터로 나올 겁니다. 일단 모두 탁 트인 곳으로 나오면, 내가 공격 신호를 보내지요."

화이트스톰은 잠시 침묵했다. 이윽고 그는 결정을 내린 듯 진지한 얼굴로 고개를 끄덕였다.

"잘 알았습니다, 옐로팽. 그림자족 진영까지 안내를 부탁드립니다."

24
쫓겨난 지도자

옐로팽은 몸을 돌려 고사리 덤불로 들어갔다. 화이트스톰과 다른 고양이들도 뒤를 따랐다.

파이어포는 흥분을 주체하기 힘들었다. 공기에 서린 축축한 한기도 느껴지지 않았고, 피로는 잊은 지 오래였다.

옐로팽은 무성한 덤불로 둘러싸인 작은 분지로 그들을 안내했다. 그리고 그림자족 진영으로 들어가는 입구를 가리켰다. 가시 덤불이 한데 뒤엉켜 있는 모습은 천둥족 진영으로 이어지는 말끔하게 정리된 가시금작화 굴길과는 전혀 다른 모습이었다. 진영 경계에는 구멍과 틈이 여기저기 나 있었고, 썩은 고기의 악취가 진동했다.

"까마귀 밥을 먹는 거예요?"

그레이포가 입을 비죽거리며 속삭였다,

"우리 전사들은 공격에는 익숙하지만 사냥에는 그렇지 못하다."

애쉬퍼가 대답했다.

"찾을 수 있는 건 뭐든 먹는다."

"천둥족은 저기 저쪽 고사리 덤불에 숨으십시오."

옐로팽이 말했다.

"독버섯이 잔뜩 있어서 냄새를 숨겨 줄 거예요. 내가 부를 때까지 기다려요."

옐로팽은 다른 그림자족 고양이들이 앞장설 수 있도록 뒤로 물러났다. 그런 다음 포로로 잡혀 가는 것처럼 무리 중간에 끼었다. 그들은 말없이 진영으로 향했다.

천둥족 고양이들은 독버섯 사이에 자리를 잡고, 바짝 긴장한 채 경계를 늦추지 않았다. 파이어포는 털이 쭈뼛 섰다. 곁에 있는 그레이포를 바라보자, 그 역시 목덜미 털을 세운 채 거칠게 숨을 내쉬고 있었다.

갑자기 그림자족 진영에서 커다란 외침이 터져 나왔다. 천둥족 고양이들은 주저하지 않고 숨어 있던 자리에서 나와 진영 입구로 질주했다.

옐로팽과 애쉬퍼, 돈클라우드, 나이트펠트가 잘 다져진 진흙 공터에서 포악해 보이는 전사 여섯과 몸싸움을 벌이고 있었다. 파이어포는 그 사이에서 브로큰스타와 부지도자 블랙풋을 발견했다. 전사들은 굶주린 얼굴에 전투로 얻은 흉터가 몸 여기저기나 있었다. 하지만 듬성듬성한 털 밑에는 탄탄한 근육이 불끈거렸다.

공터 언저리에서는 깡마른 고양이들이 불안한 눈빛으로 이 소란을 지켜보고 있었다. 그들은 놀라고 당황해서 앙상한 몸을 움찔거리면서도, 흐릿한 눈을 떼지 못했다. 파이어포는 러닝노즈가 뒤로 슬쩍 빠져서 덤불 아래로 숨는 모습을 힐끗 보았다.

화이트스톰이 고갯짓으로 신호를 보내자, 천둥족 고양이들은 전투에 뛰어들었다.

파이어포는 은색 얼룩 고양이를 발톱으로 붙잡았다가 놓쳐 버렸다. 파이어포가 나동그라지자, 그림자족 전사가 달려들어 가시처럼 날카로운 발톱으로 움켜쥐었다. 파이어포는 가까스로 몸을 비틀어 이빨로 상대의 살을 꽉 물었다. 전사가 꽥꽥 소리를 질러대는 것으로 보아 약점을 제대로 찾은 듯했다. 파이어포는 같은 곳을 더 세게 물었다. 전사는 다시 비명을 지르더니, 살점이 뜯겨 나가도록 발버둥을 쳐서 덤불로 달아나 버렸다.

파이어포가 일어서자 진영 끄트머리에 있던 그림자족의 어린 훈련병 하나가 달려들었다. 겁을 먹은 새끼 고양이의 보드라운 털이 잔뜩 부풀어 있었다.

파이어포는 발톱을 감춘 채 힘들이지 않고 훈련병을 물리쳤다.

"네가 나설 자리가 아니란다."

화이트스톰은 벌써 블랙풋을 꼼짝 못 하게 바닥에 짓누르고 있었다. 그가 사납게 이빨을 내리꽂자, 부상당한 부지도자는 진영 입구 쪽으로 달아나 안전한 숲 속으로 숨어 버렸다.

"파이어포!"

파이어포는 돈클라우드가 부르는 소리를 들었다.

"조심해! 클로페이스가……."

나머지 말은 듣지 못했다. 육중한 갈색 고양이가 그를 들이받았던 것이다.

'클로페이스!'

스파티드리프를 죽인 전사였다. 파이어포는 발톱으로 바닥을 세게 할퀴며 휙 돌아서서 싸울 태세를 갖췄다. 그는 끓어오르는 분노를 안고 갈색 수고양이에게 몸을 날렸다.

파이어포는 그림자족 전사를 바닥으로 몰아붙이고 머리가 흙 속에 묻히도록 세게 짓눌렀다. 분노에 사로잡힌 그는 클로페이스의 목에 이빨을 막 찔러 넣을 참이었다. 하지만 치명적인 상처를 입히기 직전에 화이트스톰이 그를 옆으로 밀쳐 내고 그림자족 전사를 꽉 붙들었다.

"천둥족 전사는 불가피한 경우가 아니면 상대의 목숨을 빼앗지 않는다."

화이트스톰이 파이어포의 귀에 대고 말했다.

"다시는 여기에 얼굴을 내밀면 안 된다는 것을 알려 주기만 하면 된다!"

화이트스톰이 클로페이스를 힘껏 물었다. 클로페이스는 날카로운 비명을 지르며 진영 밖으로 꽁무니를 뺐다.

파이어포는 여전히 분노를 주체할 수 없어 주변을 거칠게 둘러보았다. 브로큰스타의 전사들은 사라졌다.

그레이포 뒤에서 분노에 찬 고함 소리가 들려왔다. 그레이포가 펄쩍 뛰어 비켜나자, 옐로팽이 보였다. 그녀는 피로 물든 진흙투성이 발로 브로큰스타를 움켜쥐고 있었다. 브로큰스타의 몸 여기저기에서 피가 흐르고 있었다. 귀는 머리에 딱 붙어 있었고, 수염도 힘없이 늘어져 있었다. 그는 옐로팽에게 완전히 붙잡힌 채 몸을 웅크렸다.

"당신을 죽이는 게 내 아비를 죽이는 것보다 더 힘들 줄이야!"

브로큰스타가 옐로팽을 향해 으르렁댔다.

옐로팽은 벌에 쏘이기라도 한 것처럼 움찔했다. 이윽고 그녀는 충격과 슬픔으로 얼굴이 일그러졌다. 옐로팽이 발에서 힘을 빼자, 브로큰스타는 곧바로 건장한 몸을 비틀어 그녀를 옆으로 내동댕이쳐 버렸다.

"네가 래기드스타를 죽였단 말이냐?"

옐로팽이 믿을 수 없다는 듯 눈을 치뜨고 울부짖었다.

브로큰스타는 차가운 시선으로 그녀를 바라보았다.

"당신이 시신을 발견했지. 아버지의 발톱에 끼어 있던 내 털을 보지 못했나?"

옐로팽은 공포에 사로잡힌 시선으로 그를 바라볼 뿐이었다.

"내 아비는 나약하고 어리석은 지도자였어. 죽어 마땅했지."

"아니야!"

옐로팽은 고개를 떨구었다. 하지만 이내 몸을 푸르르 털더니, 등을 크게 말아 올리며 브로큰스타를 쳐다보았다.

"그럼 브라이트플라워의 새끼들은? 그 애들도 죽어 마땅했던 것이냐?"

브로큰스타의 목에서 으르렁거리는 소리가 났다. 그는 옐로팽에게 달려들어 그녀를 쓰러뜨렸다. 옐로팽은 그의 날카로운 발톱에 저항조차 하지 않았다. 파이어포는 슬픔으로 흐려지는 그녀의 눈을 불안하게 지켜보았다.

브로큰스타가 옐로팽의 귀에 얼굴을 들이밀며 쉭쉭거렸다.

"그 녀석들은 너무 약해 빠졌어. 그림자족에게는 아무짝에도 쓸모가 없었을 거야. 내가 아니었더라도 누구든 다른 전사가 죽였을 거다."

그림자족의 흑백 얼룩 어미 고양이 하나가 비통하게 울부짖는 소리를 냈다. 브로큰스타는 아랑곳하지 않았다.

"기회가 왔을 때 당신부터 죽였어야 했는데."

브로큰스타가 옐로팽에게 소리쳤다.

"나도 아버지처럼 물렁한 구석이 있었나 보지. 산 채로 그림자족을 떠나게 두다니, 내가 어리석었지!"

브로큰스타는 이빨을 드러내고 옐로팽에게 덤벼들었다. 당장 목을 물어뜯을 기세였다.

하지만 파이어포가 더 빨랐다. 브로큰스타가 쫙 벌린 입을 다물기도 전에 파이어포가 그의 등에 펄쩍 뛰어올랐다. 파이어포는 엉겨 붙은 얼룩무늬 털 깊숙이 발톱을 찔러 넣었다. 그리고 녹초가 된 옐로팽에게서 그를 떼어 내 공터 끝으로 내동댕이쳐 버렸다.

브로큰스타는 공중에서 몸을 비틀어 땅에 바로 내려섰다. 그는 파이어포의 눈을 들여다보며 난폭하게 소리쳤다.

"시간 낭비하지 마라, 훈련병! 난 별족과 꿈을 나누는 몸이다. 네가 나를 별족에게 보내려면 아홉 번을 죽여야 한다는 말이다. 네가 그 정도로 강하다고 생각하나?"

브로큰스타가 자신감에 찬 눈을 희번덕거리며 외쳤다.

파이어포는 그를 노려보았다. 배에 저절로 힘이 들어갔다. 브로큰스타는 종족의 지도자였다! 그가 어떻게 지도자를 이길 수 있을까? 그때 지켜보기만 하던 그림자족 고양이들이 패배한 지도자를 향해 천천히 걸어오기 시작했다. 그들은 증오에 찬 표정으로 으르렁거리고 쉭쉭거렸다. 그들은 반쯤 굶어 기진맥진했지만, 수가 많았다. 브로큰스타 역시 이 사실을 알아차린 듯 초조하게 꼬리를 휘둘러 댔다. 이윽고 그는 몸을 웅크리더니 숲으로 뒷걸음쳤다. 어둠 속에서 위협적으로 번득이는 그의 눈동자는 파이어포를 찾고 있었다.

"아직 끝나지 않았다, 훈련병."

브로큰스타는 이 말을 남기고, 몸을 돌려 자신의 전사들을 따라 숲으로 사라졌다.

파이어포는 화이트스톰을 바라보았다.

"뒤쫓아야 할까요?"

화이트스톰이 고개를 저었다.

"더 이상 여기서 환영받지 못하리라는 건 알겠지."

그림자족 전사인 나이트펠트도 그 말에 동의하듯 고개를 끄덕였다.

"그냥 놔둬라. 감히 여기 다시 나타나더라도, 그때까지는 그림자족도 그들과 맞붙을 정도로 강해져 있을 테니."

나머지 그림자족 고양이들은 엉망이 된 진영에 함께 옹송그리고 있었다. 지도자가 사라졌다는 사실에 다들 망연자실한 것 같았다.

'종족을 다시 일으켜 세우려면 시간이 좀 걸리겠군.'

파이어포는 생각했다.

"새끼 고양이들이야!"

공터 한구석에서 그레이포가 외치는 소리가 들렸다. 파이어포는 서둘러 친구에게 달려갔다. 마우스퍼와 화이트스톰이 그 뒤를 바짝 따랐다. 가까이 다가가자, 잎가지 더미 아래에서 새끼 고양이들의 애처로운 울음소리가 들렸다. 그레이포와 마우스퍼가 잎사귀들을 파헤치고 작은 구덩이 아래에 있는 천둥족 새끼 고양이들을 찾아냈다.

"다들 괜찮은 거야?"

화이트스톰이 걱정스럽게 꼬리를 흔들며 물었다.

"괜찮아요, 다들 조금씩 생채기가 났지만요."

그레이포가 대답했다.

"그런데 조그만 얼룩 고양이가 귀를 꽤 많이 다쳤어요. 옐로팽이 좀 봐 주시겠어요?"

나이 든 암고양이는 자신의 상처를 핥고 있다가, 그레이포가 부르는 소리를 듣고 한달음에 달려왔다. 그레이포는 구덩이 옆에 조심스럽게 얼룩무늬 새끼 고양이를 내려놓았다.

파이어포는 그레이포를 도와 나머지 새끼 고양이들을 끌어 올렸다. 마지막으로 올라온 고양이의 털은 불타고 남은 재처럼 보이는 회색빛이었다. 파이어포가 바닥에 내려놓자, 그 고양이는 야옹야옹 소리를 내며 몸을 꿈틀거렸다. 마우스퍼는 고양이들을 모두 끌어모아 핥아 주고 어루만져 주며 달랬다.

옐로팽은 다친 고양이의 찢어진 귀를 유심히 들여다보았다.

"피를 멎게 해야 돼."

그때 그늘에 숨어 있던 러닝노즈가 모습을 드러냈다. 그는 말 없이 앞발에 감아 놓은 거미줄을 옐로팽에게 건네주었다. 옐로팽은 고갯짓으로 고맙다는 인사를 하고, 새끼 고양이의 상처를 치료하기 시작했다.

나이트펠트가 천둥족 고양이들에게 다가왔다.

"그림자족이 잔인하고 위험한 지도자를 몰아내는 일을 도와주어서 고맙습니다. 하지만 이제 당신들 영역으로 돌아가야 할 시간입니다. 우리 영역에서 먹이를 충분히 찾을 수 있는 한, 천둥족 사냥터에 우리 전사들이 들어가는 일은 없을 겁니다. 내가 약속합니다."

화이트스톰이 고개를 끄덕였다.

"한 달 동안은 안심하고 사냥하세요, 나이트펠트. 천둥족은 종족을 재정비하는 데 시간이 필요하다는 걸 잘 알고 있습니다."

화이트스톰은 옐로팽을 돌아보며 물었다.

"옐로팽, 우리와 함께 돌아가겠습니까? 아니면 옛 동료들과 함께 여기 머무르겠습니까?"

"같이 돌아가겠어요."

옐로팽이 화이트스톰의 뒷다리에 깊게 난 상처를 힐긋 보며 대답했다.

"치료사가 필요할 테니까요. 당신도 그렇고, 새끼 고양이들도 마찬가지고."

"고맙습니다."

화이트스톰은 천둥족 고양이들에게 꼬리질로 신호를 보내고, 앞장서서 공터를 빠져나갔다. 마우스퍼와 윌로펠트가 지치고 당황해서 휘청거리는 새끼 고양이들을 부축해 주었다. 옐로팽은 상처 입은 새끼 고양이 곁에서 걸어가며, 그가 미끄러질 때마다 목덜미를 들어 올려 주었다. 파이어포와 그레이포는 그들을 따라 가시덤불을 헤치고 진영의 입구를 나와 숲으로 들어갔다.

고요한 하늘에는 달이 떠오르고 있었다. 천둥족 고양이들은 집으로 향하는 먼 길을 터벅터벅 걷기 시작했다. 숲에서는 갈색 잎사귀들이 나풀나풀 바닥으로 떨어져 내렸다.

25

전사의 이름

집에 돌아왔다는 안도감에 기분이 좋아진 파이어포와 그레이포는 순찰대를 앞질러 천둥족 진영으로 뛰어 들어갔다. 공터 한가운데에는 프로스트퍼가 고개를 발 위에 올린 채 슬픔에 빠져 있었다. 두 훈련병이 성큼성큼 공터로 들어서자 그녀가 코를 들고 냄새를 맡았다.

"내 새끼들!"

프로스트퍼는 벌떡 일어나 파이어포와 그레이포를 지나쳐서, 굴길에서 나오는 나머지 고양이들을 맞으러 달려갔다.

새끼 고양이들이 프로스트퍼에게 달려들어 옆구리에 코를 비벼 댔다. 그녀는 부드러운 몸으로 새끼 고양이들을 감싸고, 요란하게 가르랑거리며 차례로 핥아 주었다.

옐로팽은 진영 입구에 남아 잠자코 그들을 지켜보았다.

블루스타가 돌아오는 순찰대를 향해 다가갔다. 그녀는 애정 어린 눈으로 프로스트퍼와 새끼 고양이들을 바라보다가, 곧바로 화이트스톰에게 눈길을 돌렸다.

"모두 무사한 건가?"

"다들 괜찮습니다."

화이트스톰이 대답했다.

"수고했네, 화이트스톰. 그대는 천둥족의 명예로운 전사라네."

화이트스톰은 머리를 숙이며 칭찬을 받아들였다. 그리고 덧붙였다.

"새끼 고양이들을 찾을 수 있었던 건 이 훈련병 덕분입니다."

파이어포가 얼굴과 꼬리를 자랑스럽게 쳐들고 막 입을 떼려는 순간, 공터 건너편에서 타이거클로의 비난 섞인 외침이 들려왔다.

"왜 이 배신자를 데리고 온 건가?"

타이거클로가 순찰대를 향해 걸어와 지도자 옆에 섰다.

"옐로팽은 배신자가 아니에요!"

파이어포는 강력하게 말하며 진영을 둘러보았다. 새끼 고양이들을 맞이하고, 성공적으로 돌아온 순찰대를 축하하느라 천둥족 고양이들은 어느새 공터에 모여 있었다. 옐로팽을 발견한 몇몇은 증오에 찬 표정으로 그녀를 바라보고 있었다.

"옐로팽이 스파티드리프를 죽였잖아!"

롱테일이 소리쳤다.

"스파티드리프의 발톱 사이를 살펴보세요. 클로페이스의 갈색 털이 있을 거예요, 옐로팽의 털이 아니라!"

그레이포가 설명했다.

블루스타가 마우스퍼에게 고갯짓을 했다. 마우스퍼는 무리에서 빠져나와 새벽의 장례식을 기다리며 누워 있는 스파티드리프

의 시신을 향해 달려갔다. 종족은 긴장한 채 말없이 그녀가 돌아
오기를 기다렸다.

"그레이포 말이 맞아요."

마우스퍼가 숨을 헐떡거리며 급히 공터로 돌아왔다.

"스파티드리프는 회색 고양이에게 공격당한 게 아니에요!"

놀라서 웅성거리는 소리가 무리 안에 퍼져 나갔다.

"그렇다고 그림자족이 새끼 고양이들을 납치할 때 돕지 않았
다는 뜻은 아닙니다!"

타이거클로가 쉭쉭거렸다.

"옐로팽이 아니었다면 새끼 고양이들을 구해 내지 못했을 거
예요!"

파이어포가 소리쳤다. 너무 지친 나머지 인내심이 바닥나고
있었다.

"옐로팽은 그림자족 전사가 새끼 고양이들을 납치한 걸 알고
있었어요. 그래서 그들을 쫓고 있는 중에 절 만났고요. 게다가
목숨을 걸고 그림자족 진영으로 돌아갔어요. 우리를 그림자족
진영으로 데려다준 것도, 브로큰스타와 싸워 이길 수 있도록 전
투 계획을 짠 것도 옐로팽이었다고요!"

고양이들은 파이어포의 말을 듣고 놀란 표정이었다.

"파이어포 말이 맞습니다. 옐로팽은 우리 친구입니다."

화이트스톰이 말했다.

"정말 다행이군."

블루스타가 파이어포와 눈을 맞추며 중얼거렸다.

그때 무리에서 프로스트퍼가 놀란 목소리로 물었다.

"브로큰스타는 죽었나요?"

"아니, 달아났습니다."

화이트스톰이 말했다.

"하지만 다시는 그림자족을 이끌지 못할 겁니다."

프로스트퍼는 안도의 한숨을 내쉬며 다시 새끼 고양이들을 쓰다듬어 주었다.

화이트스톰이 블루스타를 바라보며 다시 입을 열었다.

"그림자족에게 다음 보름달이 뜰 때까지 전투는 없을 거라고 약속해 주었습니다. 브로큰스타는 지도자가 된 후로 종족을 혼란에 빠뜨렸습니다."

블루스타가 고개를 끄덕였다.

"현명하고 관대한 처사였네."

블루스타가 만족스럽게 말했다.

천둥족 지도자는 화이트스톰과 나머지 순찰대를 지나쳐 옐로팽에게 다가갔다. 블루스타가 거친 회색 털을 코로 어루만져 주자 옐로팽은 시선을 내리깔았다.

"옐로팽, 스파티드리프를 대신해서 천둥족의 치료사가 되어 주면 좋겠습니다. 치료에 필요한 재료들도 모두 그대로 남아 있을 겁니다."

고양이들은 기대감으로 꼬리를 흔들며 속닥거렸다. 옐로팽은 걱정스럽게 그들을 둘러보았지만, 아무 말도 하지 않았다.

프로스트퍼가 다른 어미 고양이들을 흘깃 살핀 뒤, 옐로팽과 눈을 맞추었다. 그리고 천천히 고개를 끄덕여 받아들인다는 뜻을 전했다.

옐로팽은 하얀 고양이에게 정중하게 고개를 숙인 뒤, 자신의 새로운 지도자에게 말했다.

"고맙습니다, 블루스타. 그림자족은 내가 알던 그 종족이 아니에요. 이제 천둥족이 내 종족입니다."

파이어포는 감격했다. 자신이 사랑하는 나이 든 암고양이가 이제 종족의 치료사가 된 것이다! 하지만 치료사의 거처에서 다시는 스파티드리프를 볼 수 없다는 사실에 생각이 미치자, 이내 꼬리가 축 처졌다. 그녀의 보드라운 털을 비추던 햇빛도, 그를 반겨 주며 반짝이던 호박색 눈동자도 다시 볼 수 없으리라.

"레이븐포는 어디 있나?"

별안간 블루스타가 질문을 던졌다. 슬프고 아름다운 추억에 빠져 있던 파이어포는 정신이 번쩍 들었다.

"그렇군, 내 훈련병은 어디 있지?"

타이거클로가 끼어들었다.

"하필이면 브로큰스타와 같이 없어지다니 이상하군."

타이거클로가 의미심장한 눈빛으로 종족을 둘러보며 말했다.

"레이븐포가 브로큰스타를 도왔을 거라 생각한다면, 그건 틀렸어요!"

파이어포는 과감하게 말했다.

타이거클로는 순간 몸이 굳어지면서 노란 눈을 위협적으로 번뜩였다.

377

"레이븐포는 죽었어요."

파이어포는 마치 슬픔을 못 이기는 척 고개를 푹 숙이고 이야기를 계속했다.

"그림자족 영역에서 시신을 발견했어요. 주변 냄새로 보아 그림자족 순찰병에게 죽임을 당한 것이 분명해요."

그는 블루스타를 바라보며 덧붙였다.

"나중에 다 말씀드릴게요."

옐로팽이 영문을 모르겠다는 표정으로 파이어포를 바라보았다. 파이어포는 묻지 말아 달라고 애원하는 눈빛을 보냈다. 옐로팽은 알아들었다는 뜻으로 귀를 움찔거리고는 짐짓 딴청을 부렸다.

"레이븐포가 배신자라고 말한 적 없다."

타이거클로는 잠시 말을 멈추고 눈에 슬픈 기색을 드러냈다. 그러고는 종족을 향해 말했다.

"레이븐포는 훌륭한 전사가 되었을 겁니다. 그의 죽음은 너무 빨리 찾아왔고, 우리는 그의 빈자리를 오래도록 기억할 것입니다."

'빈말은 잘하시네!'

파이어포는 씁쓸하게 생각했다. 레이븐포가 숲 저 너머에서 발리와 함께 쥐를 잡으며 잘 살고 있다는 사실을 타이거클로가 알면 뭐라고 할까?

블루스타가 침묵을 깼다.

"우리는 레이븐포를 그리워할 것입니다. 하지만 애도는 내일로 미뤄야겠습니다. 그보다 먼저 치러야 할 의식이 있습니다. 아마 레이븐포도 이해해 줄 것입니다."

블루스타가 파이어포와 그레이포에게 몸을 돌렸다.

"너희는 오늘 밤 대단한 용기를 보여 주었다. 이 둘이 잘 싸웠나, 화이트스톰?"

"전사들처럼 싸웠습니다."

화이트스톰이 진지하게 대답했다.

블루스타가 그의 노란 눈동자를 마주 보며 희미하게 고갯짓을 했다. 그리고 턱을 들고 하늘을 수놓은 별들을 뚫어지게 쳐다보았다. 고요한 숲에 그녀의 또렷하고 신중한 목소리가 울려 퍼졌다.

"나, 천둥족의 지도자 블루스타는 나의 선조 전사들에게 이 두 훈련병을 굽어살펴 주시기를 청합니다. 이들은 선조들의 고귀한 규약을 이해하기 위해 열심히 훈련을 받았으니, 이제 이 두 훈련병을 당신들의 뒤를 따를 전사로 임명합니다."

블루스타는 눈을 가늘게 뜨고 두 훈련병을 내려다보았다.

"파이어포, 그레이포, 전사의 규약을 지키고, 목숨을 걸고 종족을 보호하며 방어할 것을 맹세하느냐?"

파이어포는 가슴속에서 꿈틀거리는 불꽃을 느꼈다. 뱃속에서 타오른 불길이 귀까지 이글거리는 것 같았다. 문득 이제껏 종족을 위해 했던 모든 일들, 쫓았던 모든 먹잇감들, 적과 맞서 싸웠던 모든 전투가 지금 이 순간을 위한 것이었다는 생각이 들었다.

"맹세합니다."

파이어포는 침착하게 대답했다.

"맹세합니다."

그레이포도 똑같이 대답했다. 털이 흥분으로 쭈뼛 서 있었다.

"이제 별족의 권한으로 너희에게 전사의 이름을 내린다. 그레이포, 이 순간부터 너는 그레이스트라이프로 불릴 것이다. 별족은 너의 용기와 힘을 존중할 것이다. 그리고 우리는 너를 천둥족의 진짜 전사로 기꺼이 맞이할 것이다."

블루스타가 그레이스트라이프에게 다가가, 조아린 머리 위에 주둥이를 올렸다. 그레이스트라이프는 자세를 더 낮추고 존경심을 담아 지도자의 어깨를 핥았다. 그런 다음 일어나서 다른 전사들이 있는 곳으로 걸어갔다.

블루스타는 한참 동안 파이어포를 찬찬히 바라보았다. 그리고 마침내 입을 열었다.

"파이어포, 이 순간부터 너는 파이어하트로 불릴 것이다. 별족은 너의 용기와 힘을 존중할 것이다. 그리고 우리는 너를 천둥족의 진짜 전사로 기꺼이 맞이할 것이다."

블루스타가 주둥이를 그의 머리 위에 올려놓고 속삭였다.

"파이어하트, 네가 나의 전사인 것이 자랑스럽구나. 종족을 위해 훌륭한 전사가 되어 주길 바란다."

파이어하트는 너무나 떨려서 가까스로 몸을 굽혀 블루스타의 어깨를 핥았다. 그리고 갈라지는 목소리로 감사 인사를 하고, 조용히 물러나 그레이스트라이프 옆에 섰다.

축하의 소리가 무리에서 터져 나왔다. 고요한 밤공기 속에서 새 전사들의 이름을 연호하는 목소리가 높아졌다.

"파이어하트! 그레이스트라이프! 파이어하트! 그레이스트라이프!"

파이어하트는 종족을 둘러보았다. 지난 몇 달간 친숙해진 얼굴들이 보였다. 그는 새 이름을 불러 주는 소리에 귀를 기울였다. 동료들의 눈에 어린 다정함과 존경심에 가슴이 벅차올랐다.

"이제 달이 가장 높이 뜬 시간이 다 되어 간다. 선조들의 전통에 따라 파이어하트와 그레이스트라이프는 새벽까지 불침번을 서면서, 우리가 자는 동안 침묵하며 진영을 지켜야 한다."

파이어하트와 그레이스트라이프는 진지하게 고개를 끄덕였다.

나머지 고양이들이 거처로 사라지는 사이에 타이거클로가 파이어하트를 밀치고 지나갔다. 천둥족 부지도자는 걸음을 늦추고 천천히 지나가면서, 파이어하트의 귀에 대고 조용히 속삭였다.

"나를 속일 수 있다고 생각하지 마라, 애완 고양이. 블루스타에게 입조심하는 게 좋을 거다."

파이어하트는 등줄기가 오싹해졌다. 블루스타는 타이거클로의 계략에 대해 알아야만 했다!

타이거클로가 전사들의 거처로 사라지자, 파이어하트는 그레이스트라이프를 공터에 혼자 남겨 두고 블루스타를 쫓아갔다. 블루스타는 지도자의 거처 밖에 있었다.

"블루스타, 침묵의 서약을 깨고 있는 건 알아요. 하지만 불침번을 서기 전에 꼭 해야 할 말이 있어요."

블루스타는 파이어하트를 바라보며 고개를 저었다.

"이것은 중요한 의식이다, 파이어하트. 아침에 말하도록 해라."

파이어하트는 어쩔 수 없이 고개를 숙였다. 어차피 타이거클로 문제는 하룻밤 사이에 해결될 일이 아니었다.

파이어하트는 공터 한가운데에 있는 그레이스트라이프 곁으로 돌아갔다. 두 친구는 눈빛을 주고받았지만, 아무런 말도 하지 않았다.

파이어하트는 머리 위 달을 바라보았다. 그의 주황색 털은 서늘한 달빛을 받아 은빛으로 반짝였다. 덤불과 나무들을 휘감은 안개가 그의 털도 축축하게 적시고 있었다. 파이어하트는 눈을 감고, 어린 시절에 꾸었던 꿈들을 떠올려 보았다. 콧구멍으로 들어오는 선선한 숲의 냄새는 이제 진짜 현실이 되었고, 그의 앞에는 전사의 삶이 펼쳐져 있었다. 누를 길 없는 기쁨이 발끝에서부터 밀려와 온몸을 휘감았다. 그러다 불현듯 파이어하트는 눈을 번쩍 떴다. 전사의 거처에서 그를 향해 번득이는 눈이 있었다.

타이거클로였다!

파이어하트는 꿈쩍하지 않고 그 눈을 마주 보았다. 그는 이제 전사였다. 그는 종족의 부지도자를 적으로 만들고 말았지만, 타이거클로 역시 파이어하트를 적으로 만든 셈이었다. 그는 더 이상 종족에 갓 합류했던 때의 순진한 어린 고양이가 아니었다. 더 크고, 더 강하고, 더 빠르고, 더 지혜로워졌다. 타이거클로에게 맞서는 것이 그의 운명이라면, 기꺼이 받아들일 생각이었다. 파이어하트는 도전할 준비가 되어 있었다.

〈2권에 계속〉

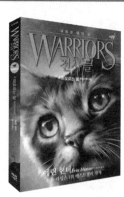

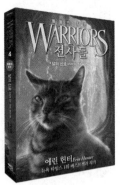

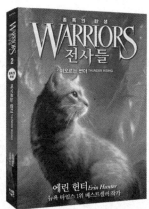

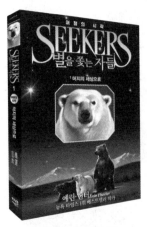

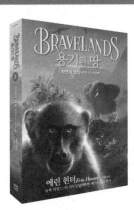
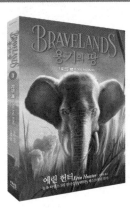

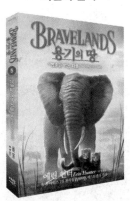
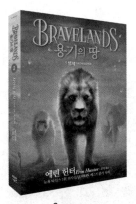